NARRATORI MODERNI

HIKA HARADA

COME PETALI NEL VENTO

Traduzione di
DANIELA GUARINO

Garzanti

Prima edizione: gennaio 2023

Per essere informato sulle novità del Gruppo editoriale Mauri Spagnol visita:
www.illibraio.it

Traduzione dal giapponese di
Daniela Guarino

Titolo originale dell'opera:
Sanzen-en No Tsukaikata

ISBN 978-88-11-00764-7

Printed in Italy

www.garzanti.it

COME PETALI NEL VENTO

1.

COME USARE TREMILA YEN

«Il modo in cui si usano tremila yen decide la vita di una persona, sai?» aveva detto la nonna.

«Eh? Tremila yen? Di che parli?»

Miho Mikuriya, che all'epoca era alle medie, aveva sollevato il viso dal libro che stava leggendo in quel momento. «In che senso decide la vita di una persona?»

«In senso letterale: le cose che si comprano, si scelgono o si fanno con una piccola cifra come tremila yen danno forma alla propria vita.»

Miho era andata a trovare la nonna, che abitava vicino a casa sua, e, seduta con le ginocchia al petto in un angolo della stanza, stava leggendo *Il baule dei sogni*. La nonna sorseggiava il tè seduta accanto al tavolo. Miho non capiva. Vedendo la sua espressione interdetta, la nonna si era messa a ridere.

«Per esempio, come hai pagato quel libro?»

«L'ho preso con i soldi che mi hai regalato per Capodanno.»

Quell'anno, Miho aveva ricevuto dalla nonna proprio tremila yen. Dopo essere andata qualche volta con le amiche al McDonald's e aver comprato il libro, i soldi erano finiti. Ma non era pentita di nessuna delle due cose: al McDonald's si era divertita a chiacchierare e aveva riletto *Il baule dei sogni* per ben tre volte, e ogni volta le era piaciuto. Non credeva di usare i soldi per cose inutili, ma, per qualche ragione, finivano subito. Lo stesso valeva per la paghetta mensile.

«Non prendi appunti su come spendi la paghetta, Miho?»

«Non ricevo così tanti soldi da dover tenere un registro!» La sua paghetta mensile era di cinquecento yen. Anche in quel caso, bastavano un'uscita al fast food e un libro, ed ecco che i soldi erano spariti. Così, qualche volta, se non ce la faceva, assillava il padre o la madre per farsi dare quanto le mancava.

La nonna aveva scosso il capo. Come a dire: "Ho capito. È proprio da te, Miho".

«Tua sorella per cosa li ha usati, i soldi?»

«Umh... fammi pensare. Se non sbaglio si è fatta accompagnare dalla mamma in un grande magazzino e ha comprato un portafogli di vernice rosa. Ha detto che ha dovuto aggiungere anche la paghetta.»

Anche sua sorella maggiore, che andava alle superiori, aveva ricevuto tremila yen dalla nonna come regalo per Capodanno. Il portafogli rosa era un po' da grandi e molto carino. Sua sorella aveva detto che non vedeva l'ora di portarlo con sé in gita scolastica.

«Quindi tu McDonald's e un libro, Maho un portafogli rosa. Non ti pare che da questo si veda il vostro carattere?»

«Be', ma quello non si chiama carattere. È solo che a me piacciono i libri e a lei le cose carine», aveva replicato Miho, ma la nonna si era limitata a mormorare: «Poi vedrai».

Miho non era convinta, e non era nemmeno molto d'accordo. La sua vita era appena cominciata, e non intravedeva in alcun modo come una piccola scelta potesse cambiarla.

«Sembri Marilla, nonna.»

«E chi sarebbe?»

«No, niente.»

Per qualche strana ragione, davanti allo scaffale di un negozio di articoli per la casa su cui erano allineate delle teiere, Miho si ricordò all'improvviso di quando da bambina la nonna le aveva detto quella cosa. Involontariamente le sfuggì un «ah!» e fece quasi cadere la teiera che teneva in mano. Da quando, sei mesi prima, era andata a vivere da sola, non aveva ancora acquistato una teiera vera e propria, e quindi, o si preparava il tè con le bustine, oppure ne comprava uno pronto al *konbini* prima di andare al lavoro. Ora, durante il suo giro per negozi, stava pensando di prendere un modello semplice, di vetro. Costava esattamente tremila yen. In più, quando avesse preparato una camomilla, si sarebbe visto il contenuto e il colore, e sarebbe stata molto bene nel suo appartamento, in cui il bianco era il colore dominante. Sarebbe stata bella anche con dentro il tè verde. Se non ricordava male, sua sorella Maho, di cinque anni più grande, sposata e con una figlia, ne aveva una di smalto, di quelle che si usavano per il caffè. Ci si poteva scaldare l'acqua e utilizzarla anche come piccolo bollitore.

"Mi pare che abbia detto di essersene innamorata a prima vista sulla pagina Instagram di una casalinga che fa l'influencer e suggerisce modi di risparmiare: era un po' costosa, per cui per comprarla ha messo da parte i soldi un po' alla volta."

Miho ricordava con quanta accuratezza sua sorella lavasse la teiera perché non si graffiasse, visto che era smaltata. Anche se Maho aveva detto che non era affatto a buon mercato, in realtà costava poco più di quella di vetro. A casa, sua madre aveva una teiera di un marchio nordeuropeo, regalatale per il suo compleanno da una cara amica dei tempi dell'università. Forse per via del fatto che avevano vissuto la loro giovinezza durante il periodo della Bolla,* davano sempre uno sguardo alle riviste femminili, ed erano attente a tutte le cose che andavano di moda. La nonna invece usava per il tè all'inglese una teiera in porcellana blu e bianca Royal Copenhagen e per il tè giapponese una realizzata da un noto ceramista comprata durante un viaggio, entrambe molto costose. Tuttavia, facendo un calcolo in relazione al lungo periodo di tempo in cui le aveva usate, probabilmente le erano costate meno di tremila yen all'anno. Erano a tal punto parte integrante del suo quotidiano che Miho non riusciva a immaginarsela se non mentre preparava il tè.

"Ora capisco. Effettivamente il modo in cui si usa il denaro probabilmente rivela com'è fatta una persona."

Miho rimise sullo scaffale la teiera in vetro che aveva in mano. Una volta cominciato a riflettere sul fatto che quell'ogget-

* La bolla speculativa giapponese interessò il mercato azionario e quello immobiliare tra il 1986 e il 1991. In seguito, il Giappone andò incontro a un lungo periodo di deflazione noto come «decennio perduto», che segnò la fine del boom economico del secondo dopoguerra. [*n.d.t.*]

to dovesse rappresentarla, non era più sicura che fosse davvero la teiera giusta. Il vetro trasparente sembrava fragile e facile a rompersi.

Negli ultimi anni, gli obiettivi di Miho erano stati laurearsi senza problemi, trovare un lavoro e andare a vivere da sola. Lavorava per una compagnia di medie dimensioni del settore IT, che aveva sede a Tokyo, nel quartiere di Nishi-Shinjuku. In quel settore essere un po' sfruttati era la norma e, nonostante la mentalità dei suoi superiori fosse relativamente moderna, i membri del direttivo, con a capo il presidente, erano parecchio retrogradi. All'epoca della fondazione, la compagnia era la sussidiaria di una nota impresa telefonica e, all'incirca dieci anni prima, si era resa indipendente dall'azienda madre, cambiando nome. Tuttavia, capitava ancora che ricevesse committenze dal governo o da enti pubblici, e godeva di una certa stabilità finanziaria.

Ai tempi dell'università, Miho aveva aspirazioni legate ai più disparati settori lavorativi, ed era indecisa su cosa orientarsi. Ma poi aveva scelto quell'azienda che, oltre alla vitalità tipica del settore tecnologico, offriva anche un solido sistema di welfare. Circa un anno dopo l'assunzione, aveva preso in affitto un appartamento a Yūtenji. Vivere da sola era stato da sempre il suo sogno. La casa di famiglia si trovava a Higashi Jūjō, vicino alla strada commerciale di Jūjō Ginza e a dieci minuti a piedi dalla stazione di Jūjō, per cui Miho desiderava fare l'esperienza di abitare nella zona occidentale di Tokyo. Era un'area a cui calzava a pennello l'espressione «tranquillo quartiere residenziale» e, così come l'azienda, le piaceva molto. Da lì, Nakameguro distava solo cinque minuti in bicicletta, e anche il popolare Blue Bottle Coffee era vicino. Il canone d'affitto, comprensivo delle spese di gestione, era un po' caro, ma era così in tutta la zona ovest di Tokyo; quindi Miho si vantava del fatto che quel monolocale accessoriato da dieci tatami, in un palazzo signorile piuttosto recente, fosse stato un affare. In altre parole, era assai soddisfatta della sua vita. Credeva di aver realizzato i suoi sogni e seguito i suoi desideri, in campo sia universitario sia lavorativo.

Fino a quando Machie Oda non era stata licenziata.

Machie aveva quarantaquattro anni ed era stata la tutor della neoassunta Miho. Era una persona estremamente brillante, gentile e brava nel suo lavoro. Non era un tipo troppo energico come ci si sarebbe aspettati da una donna capace come lei, ma sembrava più una placida fanciulla diventata adulta. In realtà, era una vera e propria signora. Una volta Miho era stata invitata a casa sua, nel quartiere di Suginami, un antico e grande edificio con un alto muro di recinzione e un giardino fitto di alberi, in cui la collega abitava insieme alla madre. Quando aveva suonato il vecchio campanello, Machie e sua madre, una donna dalla corporatura minuta, erano venute entrambe sull'uscio per darle il benvenuto. La madre, cosa rara per la sua epoca, aveva partorito Machie a trentacinque anni passati, per cui era già parecchio anziana.

«È tutto così vecchio che non sappiamo come fare», aveva detto Machie, non per modestia, ma con l'espressione di chi è realmente in difficoltà, quando Miho aveva espresso ammirazione per quella splendida casa. Indossava l'abbigliamento che spesso adottava anche in ufficio: una blusa a quadri marroni, un cardigan e una gonna dello stesso colore. Quando c'era una riunione o veniva qualche cliente, aggiungeva una giacca blu scuro. Miho aveva sentito che quel suo modo di vestire non era mai cambiato, sin da quando era entrata in azienda. E in effetti non era per nulla alla moda.

«Io sono figlia unica e mio padre se n'è andato presto all'altro mondo.»

Miho aveva capito alla prima occhiata che Machie e sua madre avevano vissuto in quella casa da sole. L'avevano condotta nella stanza per gli ospiti, dove c'era un divano con un rivestimento bianco.

«Mamma, questo è un regalo di Miho.»

«Oh, ma non doveva!»

Quando aveva sentito la voce pacata di Machie che, in cucina, parlava della cheesecake che aveva comprato a Nakameguro, Miho aveva pensato che fosse davvero una nobildonna.

«Mi vergogno a offrirti quello che hai portato, ma già che c'è, vogliamo assaggiarla?»

Miho aveva finito per urlare istintivamente: «Nessun problema!».

Era andata spesso a trovare delle persone a Jūjō, dove c'era la casa dei suoi genitori, e credeva fosse buona educazione rispondere così ai convenevoli. Ma probabilmente, in quell'occasione, era stato inappropriato alzare tanto la voce. Miho aveva provato un po' di vergogna. Le altre due avevano ridacchiato e le avevano portato il tè in un'antica tazza di manifattura giapponese decorata con piccole rose, insieme alla cheesecake e a degli *okaki.**

«Quegli *okaki* li ha fatti mia madre», aveva detto Machie arrossendo leggermente.

«Li ho fatti seccando i *kagamimochi* di Capodanno», aveva spiegato la madre arrossendo a sua volta. «Un negozio di dolci giapponesi, da cui ci serviamo da sempre, ogni anno finisce per prepararci dei *mochi* enormi. Io e Machie da sole non riusciamo a mangiarli, ma non me la sento di chiedere loro di farceli più piccoli.»

«Sì, perché ci conosciamo da tanti anni», aveva aggiunto Machie.

«Quindi avevamo preparato quelli da offrire, ma...»

«Ma lei invece ci ha portato questa meravigliosa torta. Oh che vergogna!»

«Ma no! Sono buonissimi!»

Era la prima volta che Miho mangiava quegli *okaki*, leggermente glassati, e il loro sapore le metteva nostalgia. Pur essendo fritti, non erano assolutamente pesanti, probabilmente perché erano stati cotti in olio di ottima qualità.

«Sono proprio incorreggibile: quando abbiamo un ospite, non faccio che offrire sempre la stessa cosa.»

«Anche mia nonna, che è brava a fare il cavolo cinese sottaceto, è perennemente impaziente di offrirlo alla gente.»

«Oh, davvero? Beata lei! Io coi sottaceti sono totalmente negata.»

Guardando quelle due, che ridevano accostando il viso

* Gli *okaki* sono dolcetti fatti con il *mochi*, ossia l'impasto di riso glutinoso. I *kagamimochi* sono costituiti da due *mochi* messi uno sopra l'altro e sormontati da un mandarinetto *daidai.* [*n.d.t.*]

l'una all'altra, a Miho era venuta voglia di infilzare con un unico spiedo tutti i colleghi maschi che in ufficio spettegolavano sul fatto se Machie fosse vergine oppure no.

Machie era considerata una persona affidabile e veniva trattata con riguardo, ma era anche oggetto di quel tipo di canzonature.

Nella primavera di quell'anno, Machie aveva avuto una lieve ischemia cerebrale. Per fortuna si trovava in casa ed era stata immediatamente trasportata in ospedale, il che le aveva permesso di rientrare al lavoro dopo circa un mese, tra ricovero e riabilitazione. All'inizio trascinava un po' una gamba, ma nell'arco di pochi mesi la cosa non si notava più. Ciononostante, per qualche tempo era stata esonerata dagli straordinari. I superiori, i colleghi, e la stessa Miho, le avevano raccomandato di riposarsi e Machie aveva continuato la riabilitazione, sentendosi grata nei confronti di tutti loro.

"È proprio un'ottima azienda", aveva pensato Miho commossa. "Sono tutti quanti gentili, lo sapevo che il mio istinto non si era sbagliato." Un pensiero, quello, che le aveva scaldato il cuore. E invece, quando in autunno l'azienda aveva attuato un piano di licenziamenti su larga scala, il primissimo nome che era stato menzionato era stato proprio quello di Machie, che era stata costretta a dare le dimissioni.

Da quando Machie non c'era più, Miho si era accorta di sentirsi strana. Mentre lavorava, mangiava il *bentō* o si trovava in riunione, improvvisamente finiva per ricordarsi di qualcosa che aveva a che fare con Machie. Le sue parole, i suoi insegnamenti, le sue espressioni, il suo sorriso. Si domandava come stesse trascorrendo le sue giornate in quella vecchia casa, insieme alla sua minuta e raffinata mamma, e il cuore le si riempiva di tristezza. Il licenziamento di Machie era motivato dal fatto che, per via dei problemi di salute, le sue ore lavorative erano diminuite; che era single e senza figli; che, seppur intestata a sua madre, possedeva una grande casa; che era stata ritenuta «più semplice da licenziare» – tutti sapevano che Machie era una gran signora del quartiere di Suginami – eccetera... Però, qualunque tipo di persona fosse, davvero era una a cui si poteva facilmente imporre di lasciare il posto? Quando Miho l'aveva incontrata, la madre stava bene di salute, ma era ormai in un'età per la quale, verosimilmente a breve, avrebbe avuto bisogno di assistenza. Era inoltre chiaro a tutti che, per una come Machie, che aveva passato i quaranta, sarebbe stato difficile trovare un altro lavoro.

Il primo giorno dopo le dimissioni di Machie, Miho, guardando la scrivania vuota di fronte a lei, aveva provato una sensazione di totale incertezza, come se le mancasse la terra sotto i piedi e tutto ciò su cui si fondavano la sua fiducia in sé stessa e la sua sicurezza fosse scomparso. Il direttore, il capufficio e anche i colleghi, durante la pausa, si esercitavano nello swing con il bastone da golf, ridendo e scherzando.

"Per loro le giornate trascorrono esattamente come prima. Non si accorgono affatto che Machie non c'è più", pensava Miho. "Io invece sono così depressa!"

Tuttavia, Miho non poteva far altro che tacere. Quando Machie era stata scelta come impiegata da licenziare, Miho non aveva certo potuto offrirsi al suo posto. Anche se sapeva bene che una giovane donna come lei avrebbe trovato un nuovo lavoro più facilmente. E così si ritrovava a odiare un'azienda che le faceva provare simili sentimenti.

Con dicembre era iniziato il periodo delle cene aziendali di fine anno. Anche nell'azienda di Miho si tenevano regolarmente quel tipo di eventi. I principali erano un rinfresco cui partecipavano poco più di duecento persone, dal capo del dipartimento in giù, e poi una cena che coinvolgeva i singoli uffici. L'organizzazione di entrambi spettava ai neoassunti oppure agli impiegati giovani, trattati alla stessa stregua dei primi.

In quel periodo gli impiegati ventenni rischiavano letteralmente di morire, per via del gran daffare di fine anno, cui si aggiungevano i preparativi per le cene aziendali. Anche Miho l'anno prima se l'era davvero vista brutta. Ma grazie a Machie era riuscita in qualche modo a portare a termine tutto. L'unica collega più anziana che si era prestata a darle dei consigli era stata lei. A quanto pareva, ogni anno, sia in segreto sia alla luce del sole, dava sostegno ai neoassunti che erano poco avvezzi a organizzare quegli eventi di grandissime proporzioni.

A richiesta elargiva loro consigli, e controllava che non facessero degli errori.

Mentre riportava alla mente tutte quelle cose, una dopo l'altra, improvvisamente a Miho era venuta una tale nostalgia da avere le lacrime agli occhi, al punto da dover interrompere di frequente il lavoro di preparazione che stava svolgendo.

"Se l'anno scorso Machie non mi avesse aiutata, sicuramente non sarei riuscita a portare a termine il mio compito. Meno male che mi ha insegnato tutte quelle cose", pensava con un profondo senso di gratitudine. E così, per quanto poteva, si era messa a dare consigli ai colleghi più giovani. Il giorno dell'evento aziendale, la prima cena si era conclusa senza problemi e, per la seconda, ci si era spostati nella sala del karaoke. Avevano riservato una grande sala che poteva accogliere tutti i dipendenti del dipartimento. Per favorire il coinvolgimento dei suoi superiori, che nonostante avessero voglia di cantare non si decidevano a farlo, Miho aveva inserito come prima canzone un duetto e aveva fatto da apripista insieme al caporeparto. Dopodiché tutti quanti avevano iniziato a cantare e Miho si era seduta in un angolo della stanza. Durante il primo evento aveva preparato i whiskey allungati con l'acqua ai superiori, si era occupata di controllare i cibi caldi e non aveva mangiato praticamente niente. Alla fine, aveva tirato un sospiro di sollievo e, mentre si portava alla bocca pizza e patatine ormai fredde, le era arrivata alle orecchie una battuta volgare.

«Allora? Alla fine era vero che il direttore Minamiyama se la faceva?»

Non era riuscita a sentire il discorso per intero. Però aveva capito immediatamente che stavano mettendo in ridicolo qualcuno, con un modo di parlare così sboccato da far venir voglia di tapparsi le orecchie con tutt'e due le mani.

«Ma no, non se la sarebbe mai fatta! O per lo meno questo è quello che ha detto il direttore. Perfino uno come lui non cadrebbe mai tanto in basso.»

«Si era sentita una risata soffocata. Miho aveva lanciato in quella direzione un'occhiata furtiva, notando che cinque o sei dei superiori facenti parte della comitiva si erano raduna-

in disparte e parlottavano tra loro a bassa voce. Nel
o, il direttore Minamiyama stava cantando al karao-
contento. Mentre lo guardavano, quegli uomini
olavano su di lui, come fosse uno stuzzichino per accompagnare i loro drink.

«Quindi Machie sarebbe ancora vergine?»

«Immagino di sì.»

Nell'istante in cui aveva capito che stavano parlando di Machie, Miho aveva sentito il sangue ritirarsi da tutto il corpo e le si erano gelate le punte delle dita.

«Ma come? E io che l'avevo trattata con i guanti solo perché avevo sentito che era la donna del direttore Minamiyama!»

«Proprio perché non lo era, quando è stata licenziata lui non si è messo in mezzo per salvarla, no?»

«Eh già, è vero.»

«E se invece non avesse osato difenderla proprio perché girava questa voce?»

«In ogni caso, è un dato di fatto che lei se ne sia avvantaggiata, e abbia trattato l'azienda come fosse una cosa sua.»

«Quando una si fa il nido in un posto, poi cavarsela nel mondo esterno risulta terribilmente difficile, mi sa», aveva detto pacatamente il caposezione Saitō, che aveva due anni in più di anzianità rispetto a Machie. «Siccome lavorativamente era bravina, e veniva anche adulata dai piani alti, ha finito per credersi chissà chi. Quando invece in un'altra azienda o con un diverso lavoro non potrà mai ricevere lo stesso trattamento.»

Nonostante parlassero proprio come se provassero compassione per lei, al contempo la criticavano, giudicandola dall'alto in basso. Come se loro, invece, fossero assolutamente irreprensibili.

«Se la si vede così, in un certo senso anche lei è una vittima della nostra azienda, eh?» aveva detto il caporeparto, che era più giovane di Machie, anche lui con l'espressione da uomo vissuto.

«Chi semina vento raccoglie tempesta», aveva commentato un'altra voce. Al che Miho non ce l'aveva fatta più a sentirli, e si era alzata per andare in bagno. All'improvviso si era sentita come se avesse mangiato troppo. Le era venuta una tale nausea da provare un'oppressione al petto e aveva finito per vomitare tutto ciò che aveva nello stomaco.

«Non so, è che un sacco di cose hanno perso di significato.»

Sentendo quelle parole di Miho, Daiki Hasegawa posò la tazza di caffellatte che aveva in mano. Da che era iniziato dicembre, Miho e il suo ragazzo Daiki erano entrambi molto indaffarati e non si vedevano da un pezzo. Senza rendersene conto, quando l'aveva rivisto dopo tanto tempo, Miho si era ritrovata a raccontargli per filo e per segno le cose che le erano accadute e le sue riflessioni.

«Se penso che perfino una come Machie, che si è dedicata anima e corpo all'azienda, viene poi tacciata di cose come quelle, mi domando allora a cosa serva impegnarsi al lavoro.»

Evitando di incrociare il suo sguardo, Daiki le rispose scegliendo bene le parole: «Sono sicuro che chiunque, se comincia a riflettere sul proprio lavoro, o sul significato della vita, trova che sia tutto privo di senso. E immagino che non valga solo per noi giovani, ma anche per gli impiegati anziani».

«Tu dici?»

«Vedi, noi siamo tutti quanti soltanto piccoli esseri umani. Ecco perché i tuoi superiori sparlavano con tanta foga di Machie. Sono così in ansia che si spalleggiano l'un l'altro a parole. E magari già solo comprendere questo è una cosa importante, non ti pare? Io reputo straordinario anche solo il fatto che tu sia una ragazza in grado di guardare in faccia la tua debolezza, la tua piccolezza.»

"Ah già, Daiki è sempre stato uno così. Estremamente dolce, e bravissimo a consolare."

Daiki era bravo a incoraggiare Miho, che a dispetto delle apparenze, era insicura e si buttava giù facilmente. Per quello lei se ne era innamorata.

«E inoltre, secondo me c'è un fondo di verità in ciò che dicevano i tuoi superiori.»

«Eh?»

Proprio quando si era commossa nel ritrovare dopo tanto tempo quella sua dolcezza, Miho avvertì una ventata gelida.

«Magari a tua insaputa Machie aveva veramente un lato così.»

«Impossibile. Machie non è affatto quel tipo di persona. E allora che faresti tu, se al lavoro venissi coinvolto in un pettegolezzo del genere?»

«Be', credo che, seppur malvolentieri, ascolterei in silenzio e col sorriso. Mi sa che le dicerie sono un male necessario della società. Nello specifico, parlar male di una donna che non è una figura fondamentale per il successo di un'azienda non ferisce e non mette in difficoltà nessuno.»

Una figura fondamentale per l'azienda. Improvvisamente la faccia di Daiki le sembrò quella di un vecchio retrogrado.

«Dici cose perfide, sai?»

«Ma no, è che, dico io, è davvero una cosa tanto brutta quella detta dai tuoi superiori?»

Quelle parole la colpirono come un ceffone in pieno viso. Anche se piccolo, era senz'altro uno shock.

«Tu tributi a Machie le più alte lodi, ma tutto ciò che lei faceva era, come si suol dire, lubrificare gli ingranaggi dell'azienda. Non ti ho mai sentita dire che reggesse le fondamenta dell'amministrazione aziendale, per cui mi domando se, nel suo caso, si possa davvero dire che fosse brava. Anche nella compagnia dove lavoro ci sono donne che, per il solo fatto di essere lì da molto, si comportano da arroganti e, a essere sincero, le ritengo un fastidio. Non c'è niente da fare se poi anche gli altri le ritengono inutili. Magari potevano andar bene in un'azienda anni fa... nel periodo di grande crescita, o durante la Bolla, ma nelle imprese di oggi penso che non ci sia tutto questo margine per tenere le persone così, come animali da compagnia.»

Tenere come animali da compagnia... Il cuore di Miho si raggelò per quella scelta di parole.

«In ogni caso devi rassegnarti. Non c'è niente che tu possa fare, Miho.»

A quel punto, lei perse il controllo.

«Stai dicendo che se continuassi a lavorare e a un certo punto venissi calunniata come è accaduto a Machie, per te andrebbe bene così, Daiki?»

«Ma a te non succederà. Prima o poi ci sposeremo, no? E quando avremo un bambino lascerai il lavoro come si fa normalmente.»

"Eh? Sposarci? Prima o poi? Ma che significa?"

Se l'avesse detto in un luogo e in un momento diverso, probabilmente le sarebbe battuto il cuore più forte che mai. Ma stavolta era diverso. Miho lo guardò in faccia sorpresa, ma lui distolse lo sguardo come per sfuggirle.

«Ma non ho mica cominciato a lavorare così, tanto per fare! E poi, al giorno d'oggi, tutte quante, anche dopo aver avuto un figlio, si rimboccano le maniche!»

Daiki era davvero un uomo con una mentalità tanto antiquata?

«Allora lavora pure quanto vuoi.»

Miho ebbe la sensazione di esser stata trattata con insolita indifferenza. Come se lui le avesse detto che le loro vite erano diverse. Continuando a non accorgersi dell'agitazione di Miho, Daiki passò a parlare del nuovo project team che si era formato in azienda.

Per le vacanze di Capodanno Miho tornò a casa dei genitori. Le erano arrivati diversi messaggi da sua madre di questa risma: Torna presto, che devi darci una mano con le pulizie e la preparazione degli *osechi*,* ma dopo l'ultima giornata di lavoro, il ventisette, lei era andata direttamente a sciare con le amiche dei tempi dell'università, ed era rientrata la sera del trenta. Il giorno dopo si era svegliata più o meno all'ora di pranzo ed era arrivata a casa dei suoi quasi a sera.

«Miho, sei in ritardo! Ma che hai fatto finora?»

Quando aprì la porta, sentì la voce di sua madre, che non era arrabbiata quanto le sue parole lasciassero intendere, e, chissà perché, uno scoppio di risate.

«Sono a casa!» salutò Miho, senza risponderle. Provava fastidio per il fatto che qualcuno avesse riso di lei, misto a un senso di colpa per non aver dato una mano.

«Ormai non è rimasto niente che possa fare tu, Miho»,

* Cibi tradizionali giapponesi tipici del Capodanno. [*n.d.t.*]

sentì dire da sua sorella Maho con un tono scherzoso, e poi sua figlia di tre anni Saho corse all'ingresso.

«Niente per Miho», disse facendo boccuccia come un'adulta, imitando sua madre. Anche se era la sua adorabile nipotina, e sapeva che diceva cose di cui praticamente non conosceva il significato, quel giorno stranamente Miho aveva i nervi a fior di pelle.

«Saho, se dici queste cose poi non ti do i soldini per il Capodanno.»

«Miho mi fa paura! Ho paura di Miho!» Vedendo l'espressione minacciosa della zia, la bambina corse rumorosamente vicino a Maho. Miho la seguì, entrando nel soggiorno con angolo cottura. Sua nonna, sua madre e sua sorella erano tutt'e tre sedute e sulla tavola erano allineati, uno attaccato all'altro, gli *osechi* quasi ultimati. Quando le tre sollevarono il viso, notò quanto si assomigliassero in maniera quasi fastidiosa. La nonna paterna e sua madre non avevano legami di sangue, eppure con quel viso rotondo leggermente grande e quella bocca compatta, con sua sorella maggiore in mezzo, sembravano tre fave uscite dallo stesso baccello. Assomigliavano anche alla faccia che ogni mattina vedeva nello specchio fino ad averne la nausea.

«Ma quanto sei infantile!» disse sua madre, fissandola con un'espressione dieci volte più spaventosa della sua di poco prima. Saho teneva la faccia affondata nel petto di Maho.

«Bentornata», disse la nonna, l'unica ad accoglierla con aria pacifica.

«Eccomi qua.»

«Non arrivavi mai! Abbiamo già finito le pulizie, e anche gli *osechi* sono quasi pronti.»

«Te l'avevo detto che andavo a sciare, no?»

«Come sempre, ti limiti solo a mangiare. E pensare che volevo chiederti di pulire il bagno e la grondaia!»

Miho era consapevole che sarebbe stato inutile replicare, perciò rimase in silenzio e si lasciò cadere pesantemente sul divano lì accanto.

«E non sederti! Fai qualcosa almeno!»

«Passo al setaccio le patate dolci da usare nel *kinton*? Oppure posso schiacciare i tuorli d'uovo bolliti.»

Patate e uova non potevano mai mancare tra gli *osechi* di casa Mikuriya, e persino una schiappa in cucina come Miho era in grado di prepararle.

«Abbiamo già finito.»

Dal suo punto di vista, preparare gli *osechi* era un lavoro noioso, un evento tradizionale per il quale la costringevano solo a setacciare cose a profusione. Ma per qualche ragione sia la nonna sia la madre, e negli ultimi tempi perfino sua sorella, lo facevano con grande entusiasmo.

«Allora faccio gli involtini di alga *kombu*. Avvolgo l'alga intorno alle aringhe e le lego con una strisciolina di *kanpyō*.»*

«Se ne sta occupando tua sorella.»

«E se strizzassi il *konyaku* per lo stufato alla *chikuzen*?»

Nella preparazione degli *osechi*, oltre che passare al setaccio gli ingredienti, a Miho erano destinate operazioni semplici quali avvolgere e strizzare.

«Già fatto.»

«Pelare i *taro*?»

«Quello lo abbiamo finito di fare già ieri.»

«Tagliare a fiore le carote?»

«Lo ha fatto tua sorella.»

«Bollire i fagioli neri?»

«Restano da completare gli ultimi passaggi, ma non posso affidarli a te, Miho.»

Era vero. Per qualche motivo, bollire i fagioli neri in modo che non apparisse nemmeno una grinza sulla buccia era una cosa imprescindibile per sua madre e sua nonna, che, ogni anno, ci si dedicavano anima e corpo, sperimentando svariati metodi. Nei momenti di festa, la nonna e la mamma si comportavano come se fossero in perfetta armonia. Ma ogni tanto Miho aveva sentito sua madre parlare al telefono in dialetto con la nonna materna e le era capitato di avvertire quanto,

* I *kanpyō* sono trucioli di una varietà di zucca essiccata. Il *konyaku* è una gelatina preparata da una pianta della famiglia delle aracee, l'*Amorphophallus konjac*. I *taro* sono tuberi simili alla patata, solitamente lessati. [*n.d.t.*]

com'era ovvio, si facesse scrupoli nei confronti della suocera. Sapendo bene quanto le figlie adorassero la nonna paterna, la madre non ne parlava mai male. Però non si poteva certo dire che fossero come madre e figlia.

«Sai, quest'anno abbiamo deciso di ritornare alle origini, senza usare la pentola a pressione, e far sobbollire i fagioli lentamente per lasciar penetrare lo zucchero. Li abbiamo messi a bagno tre giorni fa.»

«Se invece impastassi la purea di patate dolci e preparassi il *kinton*?» Se Miho l'avesse lasciata parlare dei fagioli neri, non l'avrebbe finita più, perciò cambiò discorso di netto.

«Veramente te l'abbiamo fatto fare due anni fa, ma lo hai bruciato, ti ricordi? Non posso più chiedertelo. Quest'anno lo faccio io.»

«E allora che cosa è rimasto ancora?»

«Te lo sto dicendo: insaporire lo stufato alla *chikuzen*, i fagioli di soia bolliti con le verdure, salare e grigliare le mazzancolle e le orate... poi resta da mettere tutto nei contenitori laccati, ma sono tutte cose che non posso chiedere a te.»

«Allora non ho niente da fare.»

«Ovvio, sei arrivata così tardi!»

Qualunque cosa Miho dicesse, si ritornava sempre allo stesso punto, quindi si distese imbronciata sul divano.

«Gioca un po' con Saho.»

«Va bene.»

Miho si voltò verso Saho, ma questa, che di norma le stava attaccata in maniera quasi insopportabile, ora rimaneva avvinghiata a sua sorella, senza lasciarla, forse perché ce l'aveva ancora su con lei per l'occhiataccia di prima.

«Tu riposati, Miho. Hai lavorato tanto e sei stanca», disse gentilmente sua nonna.

«Nonna, sei sempre troppo tenera con Miho! Anch'io, se è per questo, mi stanco a fare ogni giorno i lavori di casa e a badare alla bambina.»

Fingendo di dormire, Miho si lasciò scivolare di dosso l'obiezione di sua sorella. Le tre donne tornarono alla preparazione dei cibi e alle chiacchiere. Nessuna di loro era particolarmente preoccupata. Che Miho ci fosse o no, gli *osechi* sarebbero stati pronti e le pulizie ultimate. Tanto, grazie a sua madre, che amava pulire, la casa era sempre brillante. Maho stava dicendo che aveva intenzione di ricominciare a lavorare, una volta che Saho fosse andata all'asilo, e stava chiedendo consiglio su quale posto potesse andar bene. A detta sua, non c'erano molti lavori che soddisfacevano le sue esigenze. Si stava pure lamentando del fatto che lo stipendio del marito fosse basso. Tuttavia, nonostante dicesse di avere problemi economici, Miho si domandava se realmente sua sorella fosse in difficoltà fino a quel punto. Perché, se davvero aveva problemi tali da non poter mangiare, allora avrebbe fatto qualunque lavoro.

"Be', sarà perché sanno che non è così che sia la nonna sia la mamma la stanno a sentire in silenzio facendo solo di sì col capo. Tanto per cominciare, so di essere brutale, ma è stata lei che ha avuto il coraggio di sposare uno con uno stipendio modesto e farci pure una figlia!"

Il cognato di Miho, Taiyō, faceva il vigile del fuoco ed era decisamente attraente, con la pelle abbronzata e i denti bianchi. Lui e sua sorella erano fidanzati dai tempi del liceo e si erano sposati subito dopo aver cominciato a lavorare. Sua sorella, dopo aver preso la laurea breve, aveva lavorato presso un'agenzia di intermediazione finanziaria davanti alla stazione, ma aveva finito per licenziarsi. Miho non avrebbe mai preso in considerazione l'idea di sposare uno con un'entrata annua di poco superiore ai tre milioni di yen, e tantomeno quella di farci subito un figlio e lasciare il lavoro.

"Ma perché oggi finisco per pensare cose tanto cattive? Mio cognato è una brava persona, il suo è un lavoro statale e con un reddito sicuro. E Saho è adorabile."

Quando era nata, Miho si era talmente emozionata da mettersi a piangere. Eppure...

«Che ti è successo, zia? Sei sveglia?»

Senza che se ne accorgesse, Saho le si era avvicinata e la stava scrutando.

«Smettila di chiamarmi zia! Chiamami Miho.»

«Aaah! La zia non sta dormendo! Ah ah ah!» Saho scappò

via ridendo. A soli tre anni già sapeva che Miho si arrabbiava se la chiamava zia, e si stava prendendo gioco di lei.

«Ti prendo!»

Miho si alzò dal divano e si mise a inseguire Saho. La bambina ne era felicissima e correva per tutta la casa ridendo a più non posso. Di colpo Miho ebbe la sensazione di stare inseguendo una felicità che per lei era assolutamente impossibile da afferrare.

Dai suoi non si sentiva a suo agio, e così alla fine, il pomeriggio del due gennaio, con la scusa di dover lavorare, se ne tornò a casa. Arrivata alla stazione di Yūtenji, vide che la panetteria artigianale in cui passava sempre era aperta. Comprò del pane in cassetta e uno con le noci e i fichi, e poi tornò al suo palazzo. Quando aprì la porta del suo appartamento si sentì il cuore più leggero e le uscì un sospiro profondo. Ma sentendosi sospirare si era stupita di sé stessa. Quando era appena andata via di casa non era stato affatto così. Nonostante andare a vivere da sola fosse stata una scelta ben ponderata, la notte aveva paura, ogni piccolo rumore la terrorizzava, telefonava mille volte a sua madre e andava a casa dei suoi ogni fine settimana. A un certo punto si era resa conto che, prima del Capodanno, era da alcuni mesi che non vi faceva ritorno. Fino a poco tempo prima provava un senso di sicurezza al pensiero di potersi rifugiare a casa dei suoi qualora si fosse trovata in difficoltà. Ma ormai quella casa non era più la sua.

Miho fece scorrere l'acqua nella vasca, ci versò dentro i suoi sali da bagno preferiti e si rilassò, lavandosi con cura. Una volta terminato, aprì il frigorifero trovandovi un residuo del vino rosso stappato a Natale. Se lo versò e lo bevve accompagnandolo con il pane ai fichi. Era completamente ghiacciato, ma buono. Di nuovo, dal fondo del petto, venne fuori un sospiro. Era il vino che aveva bevuto insieme a Daiki a Natale. Era stata una serata talmente sotto tono che non avevano nemmeno finito la bottiglia. L'avevano trascorsa insieme tra mille difficoltà, prima a cena in un ristorante qualsiasi, poi a casa di Miho. Lei aveva ricevuto in regalo una collanina, mentre a lui aveva regalato una penna stilografica. Poi avevano guardato un film.

Era rimasta sorpresa che la panetteria fosse aperta già dal due gennaio. Da quello si capiva quanto fossero numerose le persone del quartiere per le quali il pane era necessario. E chissà se erano persone che vivevano da sole come lei, o che non ritornavano al paese natale per le feste. Quel quartiere le piaceva sempre di più. Il sapore del pane e del vino l'avevano consolata.

Il secondo lunedì di gennaio, Miho stava passeggiando per Nakameguro, un quartiere in cui camminare da soli era una cosa insolita: molti camminavano in coppia o in gruppo, e in particolare le caffetterie e i ristoranti nei pressi del fiume Meguro, dove c'era un negozio che vendeva gadget di un popolare personaggio del mondo dello spettacolo, erano pieni zeppi di donne. Negli ultimi tempi, Daiki diceva di essere molto impegnato ed era un po' che non si vedevano, scambiandosi solo telefonate e messaggi su Line. Miho era ormai talmente fredda nei suoi confronti che la cosa quasi non le importava. Era da circa sei mesi che si sentiva che probabilmente stava per arrivare la fine della loro storia. Aveva l'impressione che fosse inevitabile. Lavorando in due aziende diverse cambiavano anche le reciproche scale dei valori, così come le loro posizioni.

"Un tempo credevo che Daiki fosse uno che approvava che le donne lavorino. Non mi sarei mai aspettata che arrivasse a dire cose del genere."

Forse quello significava che non provava più interesse per Miho.

Bau! D'un tratto si sentì abbaiare. Miho si guardò intorno e immediatamente risuonarono in successione dei forti *bau bau.* Sembrava in tutto e per tutto che quella voce le stesse dicendo: "Sono qui! Non lasciartelo sfuggire!".

Il suono arrivava dall'area davanti ai grattacieli fuori dalla stazione di Nakameguro, dove sostano gli autobus e i taxi. Nel piccolo spazio riservato alle bancarelle di cibo addossate l'una all'altra, c'era «lui». Un chihuahua dalla schiena nera, che la osservava con i suoi piccoli occhi spalancati. Accanto a lui c'era un grosso cane bianco dall'espressione tranquilla. Miho guardò un'altra volta più da vicino e capì che si trattava di uno stand di volontari di un rifugio per cani e gatti. Sul banchetto erano allineate le foto degli ospiti della struttura e alcune scatole per la raccolta fondi. Tuttavia, in confronto alle altre bancarelle, piene di salsicce fumanti o verdure fresche in bella mostra, quello stand quasi scompariva per la sua semplicità. In compenso, gli occhi vi restavano appiccicati per l'abbondanza di musetti adorabili. Istintivamente Miho si accovacciò vicino ai cagnolini.

«Benvenuta! Siamo i volontari della Shine Angel, che si occupa di cani e gatti in cerca di casa», esordì una ragazza dall'aria gentile, che indossava una camicia écru, dei pantaloni color kaki e un berretto sui capelli legati in una coda.

«Anche questi cagnolini vivono in un rifugio?»

Pensando che accarezzare soltanto il chihuahua non fosse giusto, Miho fece lo stesso anche con il cane grande. A quel punto, il piccolino abbaiò come se fosse geloso. Il cagnone lo guardava con aria benevola.

«Sì, loro sono ospiti della nostra struttura.»

«Quindi anche cani così, cioè dei chihuahua, finiscono al rifugio?»

«Eh già. Lui lo abbiamo preso dal canile comunale.»

«Quanti anni avrà, più o meno?»

«Non lo sappiamo con certezza, ma probabilmente circa cinque.»

Il chihuahua strofinò il muso sul ginocchio di Miho.

«Eppure è così carino!»

Miho sapeva che tanti cani finivano nei rifugi, ma credeva che fossero quasi tutti meticci, di grossa taglia oppure cani anziani che necessitavano di cure – animali, insomma, che lei non avrebbe mai potuto tenere – e provava ammirazione per le persone eccezionali che vi lavoravano come volontari. Invece, guardando quei cani, provò una grande emozione. Se si fosse trattato di un animale in salute come loro, probabilmente avrebbe potuto prenderne uno anche lei.

«Sì, è proprio bello. Le piacciono i cani?»

«Quando ero bambina ne avevamo uno...» Sentì una fitta al cuore.

«Ora abita in un posto in cui è possibile tenere degli animali da compagnia?»

«No, sono in affitto in un palazzo.»

«Be', allora è difficile, vero?»

La ragazza consegnò a Miho una brochure.

«Qui ci sono le foto anche di altri cani e gatti. E poi sulla nostra home page potrà trovare tutte le news, per cui spero che voglia dare un'occhiata.»

«Grazie mille.»

«Per poter diventare un'affidataria ci sono varie condizioni da rispettare, ma nulla di insormontabile. Noi siamo sempre in cerca di persone che adottino, per cui, quando ne avrà l'occasione, ci contatti pure in qualunque momento.»

«La ringrazio davvero tanto.»

Alla fine, Miho tenne anche un po' in braccio il chihuahua. Era piacevolmente tiepido e la guardava fisso.

Dopo aver incontrato i cani del rifugio, Miho non fece altro che pensare a loro. Da bambina aveva avuto un bassotto nano. Si chiamava Pea, da Peanut, perché quando era cucciolo sembrava in tutto e per tutto identico a un'arachide, sia nel colore sia nella forma. Era il suo tesoro, che i suoi le avevano preso dopo che li aveva assillati a lungo dicendo che voleva un cane. Però poi, quando Miho era alle medie, Peanut, che aveva superato i dieci anni, era scomparso. Negli ultimi tempi aveva già manifestato qualche segnale legato all'età avanzata... Tante volte restava a fissare il vuoto dando l'idea di essere confuso. E poi, un giorno di pioggia, per qualche ragione era uscito di casa e da allora non avevano più saputo dove fosse finito. Miho era disperata. Aveva giurato che si sarebbe presa cura di quel cane per sempre, che avrebbe badato a lui in tutto, e invece, dopo aver iniziato le medie, tra il club sportivo, lo studio e il tempo che trascorreva con gli amici, lo aveva affidato completamente ai suoi genitori. Qualche volta loro la rimproveravano, e allora lei gli urlava di rimando che non poteva farci niente, perché anche lei aveva da fare. In quei momenti, Pea li guardava fisso da un angolo della stanza, con gli occhi tristi. Siccome era un cane intelligente, poteva darsi che soffrisse perché litigavano per colpa sua, o che pensasse che lo odiassero. Ancora adesso, ricordando quello sguardo, Miho sentiva una stretta al cuore. Lo avevano cercato con tutte le loro forze, ma non lo avevano trovato. In seguito avevano sentito dire che era stato messo in un canile e avevano scoperto la crudele verità, e cioè che lì, dopo aver aspettato per qualche tempo che i proprietari si presentassero, gli animali venivano soppressi. Miho biasimava sé stessa per non aver pensato, all'epoca, di andare a cercarlo lì. Aveva sempre provato rimorso per Pea. Forse quel rimpianto si sarebbe un po' smorzato, se avesse adottato un cane dal rifugio, se fosse riuscita a salvare una creatura simile al suo Pea. Miho sentiva che quella sarebbe diventata per lei una nuova ragione di vita, il suo scopo.

Tornò a casa e studiò con attenzione il sito web dell'associazione. C'erano così tante foto di cani da restarne sbalorditi. C'era anche quella del chihuahua che aveva appena visto, e altri cani di piccola taglia. Miho si rese conto che il suo sguardo si posava sempre sui cani graziosi e su quelli più giovani, e si vergognò di sé stessa, tanto che pensò di chiudere subito la pagina web. Ma forse per lei era davvero meglio un cane che fosse carino, con cui avesse un buon feeling. Continuò a guardare la pagina web, mentre si giustificava in quel modo.

"A proposito, la ragazza ha detto che c'erano delle condizioni da rispettare", si ricordò, e così cliccò sulla pagina che diceva PER CHI PENSA DI ADOTTARE, trovando i requisiti necessari. Innanzitutto, le spese per vaccinare e sterilizzare il cane o il gatto erano a carico di chi lo adottava. In secondo luogo, tutti i cani e i gatti andavano tenuti in casa e, per verificare che la sistemazione fosse adatta, i volontari avrebbero consegnato l'animale direttamente a domicilio. La terza condizione prevedeva la firma di un garante, che avrebbe preso in carico l'animale qualora chi lo aveva adottato fosse diventato impossibilitato a tenerlo per malattia o morte. Poi c'erano altre piccole regole, ma le principali erano quelle tre.

Miho pensò che fossero parecchio severe, ma le diedero

la misura del forte impegno dei volontari. Si mise subito a cercare in rete qualche condominio vicino a casa in cui gli animali fossero ammessi. Anche se già se lo aspettava, non solo erano pochi, ma pure carissimi. Quasi tutti i canoni d'affitto erano più del doppio rispetto a quello che pagava adesso. Miho capì che con il suo stipendio non ce l'avrebbe mai fatta. E se anche, facendo i salti mortali, avesse cambiato casa e poi fosse stata licenziata dall'azienda o le avessero ridotto lo stipendio, sarebbe finita in mezzo a una strada insieme al cane e non le sembrava giusto nei confronti dell'animale. Così non poteva certo dirsi di essere la candidata ideale per un'adozione. Improvvisamente si rese conto di una cosa: le regole non erano necessarie solo per un cane, ma anche per lei. Una «casa» adatta per poterlo ospitare, essere in «buona salute», e poi ovviamente del «denaro». Tutte cose necessarie, visto che si era ormai resa conto che non sarebbe più tornata a vivere dai suoi e che un matrimonio non era tra i suoi progetti immediati. E poi...

Fino a poco tempo prima, l'azienda era stata per Miho un sostegno, una sicurezza. Le dava fiducia. Ma dopo che Machie aveva dovuto rassegnare le dimissioni, aveva capito di non trovarsi affatto in un luogo sicuro. Un luogo da cui probabilmente, magari non adesso che non aveva ancora trent'anni, ma quando fosse stata giusto di qualche anno più vecchia, sarebbe stata sbattuta fuori così come niente fosse.

"In che modo vivrò d'ora in poi?"

Quei cagnolini, pur restando muti, stavano interrogando Miho sul modo in cui viveva. Chissà se da quel momento in avanti avrebbe trovato un lavoro più sicuro. Sicuro e con un buono stipendio. Era consapevole che, per raggiungere un tale obiettivo, avrebbe dovuto studiare con grande impegno già a partire dall'università, altrimenti sarebbe stato difficile. Per esempio diventando medico, o infermiera, o avvocato. Chiaramente era un po' utopistico. Ed erano professioni che a Miho non interessavano. Alla fine, forse non le restava altra strada che accumulare un poco per volta delle piccole sicurezze. Osservò un'altra volta le fotografie dei cani di piccola taglia, passando in rassegna le sue opzioni.

"Se comprassi un appartamento in cui sono ammessi gli animali, oppure una villetta indipendente?"

Sapeva di donne che riuscivano ad acquistare casa ancora giovani. Ma aveva sempre pensato che la cosa non la riguardasse affatto. Con animo timoroso, aprì un'altra pagina web. Pur convinta che per lei fosse del tutto impossibile, doveva intanto ragionare sulle cifre.

Inserì le parole chiave «quartiere Meguro, da ristrutturare, condominio», e scorrendo i risultati della ricerca le venne da sospirare. «Quartiere Setagaya, da ristrutturare, condominio.» Qui non valeva neanche la pena soffermarsi. «Quartiere Suginami, da ristrutturare, condominio», «Yokohama, lungo linea Tōyoko, da ristrutturare, condominio», «Quartiere Taitō, da ristrutturare, condominio», «quartiere Setagaya, da ristrutturare, soluzione indipendente»...

La ricerca proseguì fino all'alba.

«Mi stai dicendo che hai avuto un repentino cambiamento e vorresti iniziare a risparmiare?»

Il mese successivo, Miho si trovava nell'appartamento di sua sorella a Jūjō. Dai, vieni a mangiare da me una volta tanto! Di inviti come quello ne aveva ricevuti vari, probabilmente perché anche sua sorella era rimasta con l'amaro in bocca quando a Capodanno si erano salutate con una certa freddezza. Sebbene sembrasse una con la testa fra le nuvole, Maho era una persona che prestava molta attenzione a cose del genere. Domenica prossima Taiyō non c'è perché è di turno, vieni a trovarmi. Da sola mi sento triste.

Anche questo far finta di avere bisogno di coccole era tipico di sua sorella. Dopo essere stata ripetutamente invitata, Miho si era sentita incline ad accettare senza però passare da casa dei suoi, nonostante fosse lì vicino. Come sempre, il bilocale di Maho era pulito e ordinato. Il pranzo, a base di bistecche alla Salisbury in salsa giapponese e spaghetti al ragù, era senza particolari pretese e tipico di una casa in cui c'è un bambino, ma la carne era succosa e buonissima. Miho era rimasta impressionata quando la sorella, a fine pasto, le aveva offerto una torta di mele fatta in casa. Anche se a Capodanno c'era stata un'atmosfera tesa, adesso, mentre se ne stavano a tavola così, rilassate, Miho sentiva che il loro legame era quello di sempre. E così aveva finito per confessare a Maho che stava cercando una casa in cui poter tenere un cane e che aveva intenzione di mettere da parte del denaro.

«Eh? Vuoi comprare una casa? E per di più, non un appartamento, ma una villetta? Caspita! E pensare che noi probabilmente rimarremo in affitto per tutta la vita senza nemmeno arrivare a pensarla, una cosa simile!»

Dopo aver mangiato, Saho, che fino a quel momento aveva fatto un gran chiasso, si era addormentata buona buona. Le due sorelle chiacchieravano a bassa voce.

«È che una villetta è più adatta rispetto a un condominio», disse Miho mostrandole sullo smartphone la schermata con la ricerca.

«Ora le case nei condomini vanno per la maggiore, no? Ecco perché una vecchia villetta costa meno. Chiaramente dipende dalla zona.»

«Davvero?»

«Per di più, nel caso di un condominio, ci sono da versare il fondo di riserva, per non parlare delle spese di gestione. Se si considera che vanno pagate ogni mese, è più economica una soluzione indipendente.»

«D'altro canto, però, dovresti gestire casa tua da sola. E dicono che alla fine costa denaro e fatica. Non ti ricordi che nostra madre si lamenta spesso di quanto sia difficile mantenere la casa?»

Da brava casalinga, Maho faceva caso a ogni dettaglio.

«Be', sì. Però ci sono anche proprietà come queste.» Miho mostrò alla sorella delle case indipendenti un po' in periferia. «Questa ha il giardino e costa tredici milioni e ottocentomila. Con un prezzo così, prima o poi forse la potrei comprare.»

«Sì, ma con le vecchie case normalmente è difficile ottenere un mutuo.»

"È proprio una che sa tutto." Miho rimase nuovamente ammirata, stavolta per le conoscenze finanziarie di sua sorella. Poi si ricordò che prima del matrimonio lavorava in un'agenzia come broker.

«Ecco perché ho intenzione di risparmiare più che posso e mettere il denaro da parte. Passate le Olimpiadi, probabilmente i prezzi si abbasseranno, non credi?»

A quella frase Maho fece un bel sorriso e annuì.

«Se il tuo è un progetto a lungo termine, allora posso stare tranquilla. Hai preso la cosa molto seriamente.»

«È ovvio!»

«Pensavo che fosse solo un'idea momentanea. Perché sia un animale sia una casa comportano delle responsabilità.»

«Lo so benissimo.»

Probabilmente i cani del rifugio erano stati solo il pretesto per cominciare a pensare a risparmiare e a mettere da parte i soldi. Ma già da prima, il licenziamento di Machie e il cattivo rapporto con il suo ragazzo avevano preparato il terreno perché riconsiderasse daccapo la propria vita. I cani del rifugio avevano semplicemente acceso la miccia. Miho bevve la seconda tazza di tè che sua sorella le aveva versato. Aveva usato quella meravigliosa teiera di smalto.

«Allora devi mettere da parte dieci milioni.»

«Eh?»

«Scusa, comprerai casa senza fare un mutuo, no? Perciò per prima cosa devi provare a mettere da parte più o meno quella cifra.»

Dieci milioni. Effettivamente forse era all'incirca quella la cifra che le serviva, ma era un numero che fino a quel momento non aveva ben focalizzato.

«Se vuoi saperlo, anche il mio obiettivo è mettere da parte la stessa cifra. Perché devo pensare a mandare Saho all'università.»

«Eh? Davvero? Stavi pensando anche tu alla stessa cosa? E quanto hai già da parte?» Miho non tenne a freno la lingua. Per quanto fosse sua sorella, era una domanda difficile da fare. Anzi, forse proprio *perché* era sua sorella, non avrebbe dovuto chiederglielo. «Oh, scusa. Non dirmelo se non vuoi.»

«Per ora ancora solo sei milioni o poco più», rispose Maho senza farsi pregare.

«Cosa?!»

Miho era sbalordita. Non avrebbe mai immaginato che la

sorella, che non lavorava e aveva una figlia, avesse messo da parte una cifra pari al doppio dello stipendio annuo del marito.

«Un milione lo avevo messo da parte da sola prima del matrimonio, perché Taiyō non aveva nessun risparmio. Dei sei milioni o poco più che ti ho detto, circa un terzo proviene da un fondo d'investimento e i soldi che ho depositato stanno crescendo un po' alla volta. Non ho accumulato di più perché l'anno in cui è nata Saho ho finito per impiegarne un po'», si affrettò a spiegare Maho, fraintendendo lo stupore della sorella.

«Ma no, non hai capito. È che mi sembra una cifra straordinaria. Praticamente quasi un milione l'anno, no? Ma come hai fatto?»

Se anche fosse riuscita a fare una cosa del genere, non credeva di riuscire a mettere da parte tanto in dieci anni. Miho non poteva dirlo troppo ad alta voce, ma a essere onesta era ben consapevole che il suo stipendio era migliore di quello del cognato. Non aveva né un marito né dei figli. Miho alzò di nuovo lo sguardo.

«Non è che in realtà mangiate sempre solo tofu e germogli di soia? E che oggi hai fatto uno strappo alla regola e mi hai preparato una torta?»

Maho rise con aria trionfante. «Ma assolutamente no! Mangiamo sempre così. Certo, non posso fare piatti ricercati, però per mangiare spendo circa ventimila yen al mese.»

«Eeh?!» Quello era il secondo shock della giornata. «Ma se io, che sono sola, spendo quasi il doppio!»

«È proprio perché sei sola, che al contrario spendi tanto. Per te che lavori in azienda è complicato cucinare a casa, vero?»

«Sì, ma come si fa a mettere da parte tutti quei soldi?» A Miho era sfuggito un sospiro. «Io ho veramente intenzione di risparmiare, ma proprio non ci riesco. Il mese scorso ho cucinato da sola, e mi sono impegnata in vari altri modi, ma a fine mese, quando ho provato a fare i conti, contrariamente a quanto mi sarei aspettata, avevo speso più di prima. O meglio, ancora adesso non so bene quanto spendessi prima, ma in ogni caso sono finita in rosso.»

Era la verità. Con l'idea di risparmiare, aveva comprato al supermercato gli ingredienti per cucinare. E desiderando iniziare a prepararsi il *bentō*, aveva perfino acquistato, in un negozio di articoli per la casa, una scatola di legno di cedro piegato al vapore. Ma poi era riuscita a prepararsi il *bentō* soltanto un giorno, non era stata capace di ottimizzare gli ingredienti e aveva finito per buttare quasi tutto. Per risparmiare sulla bolletta della luce aveva fatto a meno della stufa elettrica, e fatto la doccia anziché il bagno. Ma così facendo, forse perché aveva preso freddo, si era buscata un raffreddore ed era stata costretta ad andare dal medico. Il senso di colpa per aver sprecato il cibo si era trasformato in stress e così aveva mangiato fuori più volte di prima. Probabilmente era completamente negata in cucina, e questo la deprimeva.

«Si può sapere quanti soldi hai da parte, Miho?»

«Circa... trecentomila yen.»

«Eh? Soltanto?»

Maho fissò Miho intensamente. «Allora c'è bisogno di una riforma radicale. Che ne diresti di rivedere le tue spese fisse? Devi diminuire le uscite di denaro.»

«Le spese fisse?»

«Sì, come l'affitto o la tariffa del cellulare, insomma i soldi che spendi ogni mese.»

«Però quelle sono spese *fisse*, come dice la parola, per cui non posso fare cambiamenti, no?»

«Se rivedi solo le uscite per il cibo o per l'energia elettrica non risparmi quasi nulla. Per prima cosa bisogna limare le spese fisse.»

«Umh...» Miho rifletté. La sua attuale casa di Yūtenji era confortevole e le piaceva un sacco. Vivere lì era un importante motivo di orgoglio.

«L'affitto è di 98.000 yen? Caro, troppo caro. E poi, in quella zona, anche il cibo è dispendioso, non è così? Ricordo che pure i supermercati erano tutti quanti raffinatissimi.»

«Be', sì.»

«Ci sono! Vieni ad abitare qui a Jūjō. Shinjuku è più vicina e l'affitto diventerebbe più basso di dieci o ventimila yen. Passiamo oltre: quanto spendi per il cellulare?»

«Credo diecimila al mese.»

«Wow, è carissimo! Io duemila. Con chiamate illimitate se la durata è inferiore a dieci minuti.»

«Eh?»

Maho le mostrò il suo smartphone rosa, terribilmente grazioso.

«Lasciami indovinare, lo hai pagato pochissimo, vero?»

«Esatto! Era in promozione e ho avuto un ulteriore sconto. Ricapitolando: ventimila yen risparmiati sull'affitto e ottomila sul telefonino, puoi risparmiare subito quasi trentamila yen al mese!»

«A Jūjō...»

«Guarda che Jūjō non è da buttare. I cibi pronti sono buonissimi e costano poco, e ci sono un sacco di supermercati estremamente economici. Potresti cenare a casa di mamma e papà, e anche portarti a casa qualche piatto già pronto.»

«Be', quello non mi va tanto...»

E pensare che era andata via di casa dichiarando che da quel momento in poi avrebbe vissuto da sola, che si sarebbe resa indipendente.

«Mamma e papà ne sarebbero contenti. Anch'io ci vado una volta alla settimana e me ne torno a casa con un sacco di cose. Vado pure dalla nonna. E anche lei è contenta di poter vedere sua nipote e la sua pronipote. Due piccioni con una fava, no?»

«Umh...»

«O ancora meglio, perché non torni a casa da mamma e papà? Così facendo, potresti dare loro trentamila yen per l'affitto e il resto metterlo da parte! Sì, devi fare così.»

«Eh? No, non voglio!»

Miho si sentiva scoraggiata e finì per accasciarsi sul tavolo.

Sapeva bene che ogni singola cosa che aveva detto Maho era giusta.

Sua sorella riprese il discorso: «Allora per prima cosa prova a mettere da parte cento yen al giorno».

«Cento yen... cioè?» Per certi versi si sentì un po' presa in giro. Come se Maho le avesse detto che per una come lei era quella la cifra che poteva andare bene.

«Cento yen puoi risparmiarli rinunciando a un po' di tè o a qualche dolciume del *konbini*. Se lo fai per un mese diventano tremila yen, che potresti versare progressivamente in un fondo d'investimento.»

«Un fondo d'investimento? E si fa in banca?»

«Si può fare anche in banca, però tu apriti un conto presso un'agenzia di intermediazione finanziaria. Ce ne vorrebbe uno indicizzato, possibilmente senza spese di commissione. Non appena hai racimolato tremila yen portaceli, ti spiego io come fare. Ah, e prima che tu apra il tuo conto in un'agenzia di intermediazione, parliamone, perché ce ne sono alcune in cui ti danno un bonus se le fai conoscere a qualcuno.»

Poi Maho mormorò una frase che Miho non aveva capito: «Così posso guadagnarci qualcosina anch'io», e aveva sorriso con compiacimento.

«Ho capito. Allora sulla strada del ritorno vado a comprare un salvadanaio.»

«Scema! Se spendi subito invece di risparmiare, che senso ha?»

"Ah! Era da tanto tempo che non mi chiamava scema."

Però era stato come essere tornate bambine, e quello «scema» sapeva di nostalgia, per cui a Miho non diede una sensazione spiacevole come anni addietro.

«Allora posso prenderlo in un negozio a cento yen, no?»

«No, nemmeno. Quei cento yen li devi mettere da parte.» Maho frugò sullo scaffale della cucina e prese un piccolo contenitore di latta dotato di coperchio.

«Questa lattina conteneva le noccioline che un'amica mi ha portato come souvenir dalle Hawaii. Metti i soldi qui dentro.»

A quel punto Saho si svegliò e la conversazione si interruppe. Più tardi Miho ringraziò la sorella e tornò a casa.

"Cento yen, eh?" Quel giorno si era un po' offesa, ma sentiva che, se si trattava di cento yen, sarebbe stata capace di metterli da parte. Ci pensò la mattina seguente, mentre sorseggiava un frappuccino, la novità della caffetteria in stile Seattle da cui passava sempre prima di andare in ufficio. Alzarsi un po' prima e passare in quel locale vicino all'azienda per programmare la giornata era per Miho un vero piacere, e anche un modo per fare il pieno di energia. Di norma, dopo passava al *konbini* a comprarsi una bibita in bottiglia e poi si dirigeva in ufficio. Ma quel giorno era diverso. Aveva preparato il tè come si deve a casa e se lo era portato al lavoro in una tazza termica. Con quell'accortezza aveva risparmiato centocinquanta yen. Be', anche se i dieci milioni di yen erano lontanissimi, con un tintinnio Miho lasciò cadere i centocinquanta yen nella latta che le aveva dato sua sorella. Da quel momento in poi aveva intenzione di appoggiarla sulla scrivania dell'ufficio e di mettere da parte i soldi un po' alla volta. Non era ancora sicura di voler ridurre le spese fisse come le aveva consigliato Maho. Il contratto biennale del cellulare sarebbe scaduto di lì a sei mesi, l'avrebbe cambiato allora. Sì, quello aveva intenzione di farlo. Un po' la preoccupava uno smartphone economico, ma se era per un adorabile cagnolino poteva accontentarsi. Però sull'affitto... Abitare nella zona ovest di Tokyo era stato il suo sogno per anni. E soprattutto, fare ritorno dai suoi oppure stare vicino a loro sarebbe stata, come dire... una sconfitta, forse? Sì, non riusciva in nessun modo a cancellare dalla sua mente quell'impressione di dover «lasciare la capitale» o fare una «fuga nottetempo».

«Ma non è affatto così. Akabane, che è accanto a Jūjō, è tra i primi posti della classifica dei quartieri in cui la gente desidera abitare!» aveva detto Maho, però Miho voleva pensare a delle alternative per risparmiare.

"Ma certo! Posso provare a leggere qualche libro o ad andare a un seminario sull'argomento." Se già solo parlandone con sua sorella, che era una profana, aveva ottenuto tutti quei consigli, probabilmente consultando un esperto avrebbe trovato modi ancora migliori per accantonare del denaro. Mandò giù quel che restava del frappuccino. Sapeva di poco. Nonostante non ne avesse bevuto neanche metà, i cubetti di ghiaccio si erano completamente sciolti e aveva finito per diventare un semplice caffè lungo dolce. Le capitava sempre di non fare in tempo a bere il frappuccino finché era buono.

"Forse è proprio questo caffè a essere superfluo?"

Miho ne controllò nuovamente il prezzo. Siccome pagava sempre con la carta clienti del locale, non ci faceva caso, ma il frappuccino più economico costava quattrocentoventi yen, tasse escluse. Quando un comune caffè freddo sarebbe costato un terzo e ancora meno al *konbini*...

Fino ad allora aveva creduto che i prezzi dei caffè non differissero granché. E che siccome si trattava di uno scarto di circa cento yen, tanto valeva bere quello che più le piaceva. Ma se doveva raggranellare cento yen al giorno, il discorso cambiava. Non voleva smettere di andare alla caffetteria. Però, se ci andava solo per riordinare i pensieri, allora andava bene anche un semplice caffè freddo.

"Proverò a cambiare a giorni alterni."

«Posso sedermi qui?»

Quando Miho sollevò il viso, un ragazzo in abbigliamento casual, che sembrava un universitario, le stava indicando la sedia accanto. I posti a sedere, che quando era arrivata erano quasi tutti vuoti, a cinque minuti dall'inizio della conferenza erano pressoché completamente occupati.

«Ah, sì. Prego.»

Miho spostò la borsa, rendendosi conto che, per quanto il suo interlocutore non potesse propriamente dirsi avvenente, aveva un aspetto fresco.

«Scusi.»

Quel giorno c'era il seminario sul risparmio di Sūko Kurofune, l'autrice del bestseller del momento, *8×12 = numero magico.* Kurofune era una financial planner che dava consigli su come risparmiare e negli ultimi tempi stava avendo parecchio successo. In realtà Miho non aveva ancora letto il suo libro. L'aveva vista per caso in televisione e, facendo una ricerca in rete, aveva trovato la notizia di quel seminario. Le era piaciuto il fatto che il sottotitolo dicesse *Voglio dedicarlo a uomini e donne tra i venti e i quarant'anni, in particolar modo agli impiegati d'azienda, o agli universitari che cominceranno a lavorare.* Per dirla con onestà, non le sarebbe servito a niente se avesse spiegato delle tecniche di risparmio rivolte, per esempio, alle casalinghe. Dopo una breve introduzione da parte del presentatore, la professoressa Kurofune apparve sul palco con aria fiera. Era una signora rotondetta, più o meno dell'età della madre di Miho, e sembrava più grassa dal vivo che in televisione, a differenza di quello che si sente dire di solito.

«Signore e signori, per prima cosa memorizzate questo.»

Subito dopo un breve saluto, la Kurofune prese in mano la penna e scrisse con tratto veloce e a caratteri grandi sulla whiteboard *8×12*.

"Ma non è lo stesso titolo del libro?"

«Oggi faremo solo questo. Dovete imparare soltanto quest'operazione. Voglio che ve lo incidiate dentro il cervello. E dunque, quanto fa otto per dodici?»

«Novantasei!» si levarono le voci dalla sala.

«Risposta esatta. Mettiamo da parte ottantamila yen al mese, più altri ventimila per ciascuna delle due mensilità integrative. In questo modo – oh, che cosa strana! – in un anno accantoniamo un milione di yen! E se riuscite ad accantonare un milione di yen all'anno, allora, quando a sessant'anni andrete in pensione, voi che avete trent'anni avrete totalizzato un patrimonio di trenta milioni e voi che ne avete venti, di quaranta.»

Ai presenti in sala sfuggì un suono che non si capiva se fosse una risata o un sospiro.

«È impossibile. Dite la verità, lo avete pensato, eh?»

Involontariamente Miho fece sì con la testa mentre sorrideva. Con la coda dell'occhio vide che anche il ragazzo accanto a lei annuiva.

«Siete appena stati colpiti dalla mia maledizione, anzi no, dalla mia magia. Una volta sentito questo numero, qualunque cosa voi facciate, quegli ottantamila resteranno impressi nella vostra mente. A un certo punto, senza rendervene conto, starete cercando di risparmiare ottantamila yen al mese. Se anche adesso fosse impossibile, vi sforzerete di avvicinarvi a quella cifra più che potete, di andarci vicino! In fondo, una volta che riuscirete a mettere da parte ottantamila yen al mese, potrete usare il resto nel modo che più vi aggrada!»

Dopo che per un istante erano rimasti tutti a bocca aperta, scoppiò un'esplosione di risate. Perché la Kurofune lo aveva proclamato spalancando tutt'e due le braccia, come fosse una cantante d'opera. Tuttavia, in quelle risate non c'erano scetticismo o derisione, ma un caldo entusiasmo. Miho rideva a crepapelle, e, quando il suo sguardo e quello del ragazzo accanto si incrociarono, anche lui stava facendo di sì col capo.

«Voi oggi avete speso davvero bene i vostri tremila yen. E ora esamineremo un po' per volta come fare per raggiungere lo scopo. Per prima cosa bisogna rivedere le spese fisse.»

«Eh?» A Miho sfuggì un lieve grido. "È la stessa cosa che ha detto Maho!"

Stavolta però Miho non se la sentiva più di respingere quell'opinione.

"E brava Maho!"

Non sapeva ancora se ci sarebbe riuscita o no, ma, come una studentessa diligente, aprì il quaderno per appuntarsi ciò che la Kurofune stava dicendo.

2.
A SETTANTATRÉ ANNI ALL'UFFICIO DI COLLOCAMENTO

Kotoko Mikuriya stava leggendo il giornale avvolta dal basso ronzio dei motori, quando si mise a sedere con un sussulto.

«Ah! La Mango Bank fa una promozione sul TFR! Interessi speciali annui al due per cento, tasse escluse.»

Kotoko si stava godendo un programma di massaggio total body di quindici minuti sulla sua poltrona massaggiante di ultimissimo modello. Pur chiamandosi poltrona, la spalliera aveva praticamente un'angolazione da chaise longue, per cui sollevare il busto si rivelò piuttosto faticoso, ma non poteva restare indifferente.

«Gli occhiali. Mi servono gli occhiali.»

Mentre li cercava lì intorno, non staccò gli occhi dal giornale. I suoi occhiali da lettura erano appoggiati sul tavolino proprio accanto alla poltrona. Dopo averli inforcati, lesse lentamente e con attenzione quell'inserzione pubblicitaria.

«Vediamo. Mango Bank, promozione sul TFR. Interessi speciali annui al due per cento, tasse escluse. Possono usufruire dell'offerta soltanto ultrasessantenni, pensionati, oppure i loro consorti. Solo che...»

Quel tipo di annunci pubblicitari aveva immancabilmente un rovescio della medaglia, che in quel caso era riportato più in basso. Kotoko era una consumatrice scaltra, perciò li leggeva per bene. Erano caratteri minuscoli come semi di papavero, molto più piccoli di quelli degli articoli del giornale. Particolarmente difficili da leggere per chi era affetto da presbiopia, sembravano dire «le condizioni sfavorevoli non le leggere!». Ma era proprio per quello che lei teneva pronti gli occhiali da lettura.

«L'interesse del due per cento è limitato ai primi tre mesi per chi deposita una somma superiore ai dieci milioni di yen. Successivamente passa allo 0,01 per cento... Be', certo. Era prevedibile.»

Quel tipo di campagne promozionali, pur proponendo degli interessi alti, che attiravano lo sguardo della gente, terminavano dopo un periodo che andava da uno a sei mesi. Dopo di che, nella quasi totalità dei casi, si tornava a tassi d'interesse pressappoco uguali a quello di un normale deposito a termine. Tuttavia, anche uno 0,01 per cento era comunque buono, perché in quel momento era superiore gli interessi di un conto corrente in una qualunque banca cittadina.

«Che assurdità», mormorò Kotoko. «La situazione economica è leggermente migliorata, eppure le banche ti danno pochissimo! Chissà quanto ci guadagnano.»

Comunque, non avrebbe ricavato nulla criticando le banche.

«Dunque, dieci milioni di yen a deposito per tre mesi, se non sbaglio fanno circa cinquantamila yen.»

Kotoko scese dalla poltrona, andò in cucina e, dopo aver preso da un cassetto il suo abaco, consumato dall'uso, fece rapidamente il calcolo. Una volta diplomata, aveva lavorato come commessa in un grande magazzino di Ginza, e faceva prima con quello che con la calcolatrice.

«Ci ho azzeccato! Se metto a deposito dieci milioni per tre mesi, maturo un interesse di 49.998 yen... tolte le tasse, 39.546 yen.»

Kotoko cercò la Mango Bank sul suo smartphone.

«Questo "mango" del nome non ispira proprio fiducia, però anche la Tomato Bank ha un nome ridicolo.»

La Mango Bank, a quanto pareva, si trovava nel Kyūshū, nella prefettura di Miyazaki e, fino a dieci anni prima, aveva la rigida denominazione di Banca del commercio e dell'industria. Capitava spesso che fossero gli istituti di credito di periferia a fare quel tipo di grosse promozioni sugli interessi, ma la procedura restava invariata: i moduli si ordinavano per telefono, si compilavano e, dopo aver aperto il conto, bastava versarci il denaro senza il bisogno di recarsi appositamente in sede. Ovviamente, offrendo interessi così alti, puntavano a rastrellare i risparmi delle persone anziane. Fino a pochissimi anni prima di banche che facevano quel tipo di campagne ce n'erano a bizzeffe, e tra esse una addirittura aveva fatto a Kotoko, senza il suo permesso, una simulazione su come sfruttare la cifra che aveva da parte dicendo: «Senza dubbio le praticheremo degli interessi al cinque per cento!».

All'epoca perdurava la tremenda crisi economica sotto il governo del partito democratico, ed era un periodo di deflazione. Il prezzo delle azioni era basso, lo yen era forte e mancavano posti decenti dove poter mettere il proprio denaro, per cui anche Kotoko per un attimo era stata sul punto di lasciarsi tentare.

«No, nonna, non devi! Anche se qui c'è scritto che ti restituiranno il capitale accresciuto del cinque per cento, non è indicato da nessuna parte quando. Io dico che, ad aspettare che aumenti del cinque per cento, finirà che muori prima di averlo. Praticamente è una truffa!»

Per fortuna sua nipote Maho, che aveva lavorato come broker, se n'era accorta e l'aveva fermata, ma c'era mancato un pelo che venisse imbrogliata.

«Che vergogna che una così grande compagnia si metta a fare cose tanto spietate!» si era indignata Maho. Ma siccome in seguito l'andamento del mercato era migliorato grazie all'Abenomics, probabilmente quell'incremento del cinque per cento avrebbe potuto realizzarsi davvero. A quel punto l'impiegato di banca, tronfio, le avrebbe proposto un altro investimento con una faccia innocente. Alla fine era tutto fatto in modo da andare a vantaggio della banca. In un primo momento Kotoko aveva rinunciato agli investimenti, ritenendoli «una cosa pericolosa». Poi, però, un'amica le aveva sussurrato all'orecchio un modo per fare soldi senza investimenti. Era una tecnica per guadagnare un gruzzoletto sfruttando in maniera intelligente i prodotti ad alto tasso d'interesse cui le banche ricorrevano per attirare gli anziani dopo il pensionamento. L'idea era di cercare istituti di credito che, come ora la Mango Bank, proponevano interessi al due o al tre per cento per un brevissimo lasso di tempo, aprire e chiudere il conto, continuando a cambiare offerta. Quando si era consultata con Maho, la nipote aveva letto dettagliatamente le brochure delle banche, poi aveva annuito dicendo: «Questo forse può andar bene. Però quanto t'invidio, nonna. Le banche, a noi giovani, non danno assolutamente interessi così. Quando invece saremmo proprio noi ad aver bisogno di più soldi per il nostro futuro».

Per quanto si rammaricasse per le parole di sua nipote, Kotoko aveva pensato che, se una cosa poteva essere sfruttata, allora andava fatto. In fondo anche le banche, senza arrivare a dire che se li sbranavano, avevano comunque intenzione di abbindolare gli anziani, e quindi lei doveva farsi furba. Inoltre non era forse un peccato non sfruttare al meglio il patrimonio che il suo defunto marito le aveva lasciato dopo aver lavorato con tanta fatica? Era stato impiegato in una ditta commerciale ed era venuto a mancare cinque anni prima per un tumore ai polmoni. Poiché aveva fumato soltanto per pochissimo tempo quando aveva vent'anni, non si era praticamente mai controllato. E così, quando era andato in ospedale per una terribile tosse, non c'era più nulla da fare.

Spostare una cifra come dieci milioni di yen la spaventava, ed era anche una seccatura, ma una volta fatta l'abitudine non era poi niente di trascendentale. Se le filiali erano abbastanza vicine da raggiungerle da sola, li stipava dentro uno zaino da montagna e li trasportava nelle varie banche, una dopo l'altra. Lo faceva una volta al mese o una ogni tre mesi. Uno sforzo di quella portata non era certo un problema. Certo, doveva firmare un sacco di scartoffie, ma lei di tempo ne aveva da vendere.

«Ma non ti infastidisce lo sguardo degli impiegati delle banche?»

Maho la prendeva in giro, ma anche quello, dopo averci fatto il callo, non le faceva più nessun effetto. Kotoko si era prefissata lo scopo di acquistare una poltrona massaggiante con i soli interessi incassati dalla banca. E così, dopo tre anni, lo aveva realizzato. Massaggiava dolcemente tutto il corpo, dal collo fino alle piante dei piedi e, ogni mattina, la cosa che più di ogni altra le dava piacere era mettersi lì distesa e leggere il giornale dall'inizio alla fine. Eppure, forse perché la situazione del mercato era migliorata, o perché erano aumentate le persone che si comportavano come Kotoko, dall'anno precedente quel tipo di campagne promozionali era diminuito a vista d'occhio. Ecco perché quella della Mango Bank era un'inserzione pubblicitaria di grande portata.

"Però..."

Dopo aver dato una scorsa a tutte le clausole, Kotoko lasciò cadere con un tonfo il giornale di fianco a lei.

"Tanto ormai la poltrona me la sono comprata." Adesso non c'era nulla che desiderasse in particolare. E non desiderare nulla era un lusso, una cosa di cui essere grata. Un tempo le sembrava che le mancasse tutto. Quando cresceva i suoi figli... Loro andavano matti per lo Yakult nei flaconcini di plastica, che era stato appena lanciato sul mercato. Era costoso e non si trovava al supermercato. Col desiderio di vedere l'espressione di gioia di suo figlio, e avendo sentito che faceva molto bene alla salute, Kotoko cercava di farglielo bere a costo di saltare lei stessa un pasto. Non erano propriamente poveri: tutte le persone intorno a loro erano, chi più chi meno, nella stessa situazione economica, però quella era un'epoca in cui non si avevano soldi da sprecare in cose inutili. Dopo essersi abbandonata alla nostalgia, Kotoko tornò in sé. Se voleva approfittare dei vantaggi di quegli interessi alti, allora era necessario telefonare alla banca, farsi mandare i documenti, compilarli e poi rispedirli indietro. E inoltre doveva andare alla banca in cui teneva a deposito la liquidazione del marito e sbrigare le procedure per ritirare quella grossa somma. Per la prima volta, quella sfilza di operazioni le sembrò una seccatura. Era strano. E pensare che fino a prima di comprare la poltrona massaggiante, quelle erano operazioni che le facevano provare un brivido di eccitazione. Già solo spostare il conto da una parte all'altra la divertiva. Aveva la sensazione di giocare. Ma adesso, per qualche ragione, non aveva voglia di fare niente di tutto ciò. E pensare che le sarebbe bastato spostare un po' di denaro per ottenere quasi quarantamila yen di interessi. Oltre a scocciarsi, c'era però anche un altro motivo per il quale Kotoko era maldisposta a depositare alla Mango quella somma di denaro. Dopo la morte del marito, aveva lasciato all'ufficio postale un deposito di alcuni milioni di yen, oltre ai dieci in banca. Siccome la pensione le era stata ridotta quasi della metà, negli ultimi tempi stava erodendo il capitale. Ormai restavano appena alcune centinaia di migliaia di yen. "È proprio in un momento come questo che dovrei cogliere al volo l'offerta e far crescere il capitale", pensava, ma siccome li avrebbe potuti usare solo tre mesi dopo, se prima di allora fosse subentrata una spesa improvvisa avrebbe finito per trovarsi in difficoltà. Quando suo marito era appena morto, le era sembrato che quei pochi milioni di yen fossero una cifra enorme, e non avrebbe mai creduto che potessero svanire tanto presto. I dieci milioni della liquidazione erano per Kotoko un supporto emotivo. Aveva intenzione di tenerli per quando le sarebbero serviti per entrare in una struttura di accoglienza o per rendere la casa adatta a una persona con difficoltà motorie; eppure, se pensava che presto avrebbe dovuto iniziare ad attingere da lì, le veniva un'intollerabile ansia. In realtà era dall'anno prima che quella questione la preoccupava. Ma, pur interrogandosi su come avrebbe potuto fare, era arrivata fino a quel giorno cercando di non pensarci troppo. Ora quella campagna promozionale la metteva di nuovo di fronte a quel problema.

«Beata te che hai questo tipo di pensieri!»

Quando gli aveva parlato della campagna promozionale sul TFR, tralasciando di lamentarsi del fatto che la pensione non le bastava, Yasuo Komori si era messo a ridere di cuore.

«Tu dici?»

«Se davvero si possono avere quarantamila yen, fossi in te mi muoverei immediatamente. Io posso vivere bene per un anno con un milione, perciò con quelli ci pagherei le spese per due settimane. Ma se li avessi tutti insieme, probabilmente allungherei la durata di un viaggio. In questo periodo, per esempio, sarebbe bello andare a Bangkok, in Thailandia... Ah, però ultimamente è diventata cara anche Thanon Khaosan. Allora potrei andarmi a rilassare a Malacca, in Malesia.

Anzi no, a pensarci bene, non sarebbe male nemmeno starmene a casa mia a non fare altro che leggere libri.»

Yasuo sfoggiava un sorriso smagliante sul volto abbronzato. Era un amico di Kotoko, di molti anni più giovane. Si erano incontrati la prima volta nel novembre di due anni prima, in un grande negozio di bricolage poco lontano da casa. Quella volta Kotoko era indecisa. Nell'angolo del giardinaggio, dentro a grandi cassette di plastica, erano in offerta delle piantine di viola. Probabilmente il negozio ne aveva prese talmente tante da non riuscire a venderle tutte e, siccome avevano un aspetto ormai un po' avvizzito, le stava dando via a prezzo di costo. Kotoko si era accovacciata e stava controllando a una a una le piantine per vedere in che condizioni fossero. Alcune non avevano fiori, ad altre ne rimanevano attaccati a stento alcuni avvizziti e marroni. Altre ancora, al contrario, avevano steli che si erano allungati troppo e penzolavano, con gli ultimi fiori in pieno sboccio. Una persona che, come lei, masticava un po' di giardinaggio, capiva subito che mettendo le viole a dimora in un buon terreno, tagliando di netto gli steli cresciuti troppo e i fiori appassiti, e dando loro del concime, avrebbero ricominciato a fiorire a profusione.

"Adesso è ancora novembre. Di sicuro me le potrei godere da ora fino a maggio."

Ma uno stock da trenta era chiaramente troppo. Per Kotoko, che era arrivata al negozio con la bicicletta elettrica, era impossibile trasportarle tutte, e nel giardino di casa sua non c'era posto per piantarle.

"Se fossero solo quindici... E pensare che, se riempissi lo spazio accanto all'ingresso, fiorirebbero tutte insieme in meno di un mese, attirando lo sguardo della gente!"

La cosa che più di tutte la rendeva riluttante a rinunciare era che c'era un'alta probabilità, qualora non le avesse comprate lei, che quelle piantine venissero buttate via come merce invenduta. A pensarlo si sentiva così triste che addirittura le doleva il petto.

«Ma è un prezzo stracciato!»

In quel momento la voce di un giovane aveva fatto ritornare Kotoko alla realtà. Quando si era voltata aveva visto dietro di lei, spostato su un lato, un uomo abbronzato con un bel sorriso. Vedendosi osservata dall'alto, si era affrettata a rialzarsi.

«Costano proprio poco. Vorrei portarmele a casa, ma non me ne servono così tante.»

«Sì, infatti», gli stava rispondendo Kotoko senza rendersene conto. Di norma si comportava in maniera piuttosto guardinga con gli sconosciuti. Era una donna anziana che viveva sola, non poteva prevedere dove e quando sarebbe potuta incappare in qualche strano individuo. Si sentivano un sacco di storie spaventose in televisione, sui giornali e anche sui settimanali che di tanto in tanto leggeva in biblioteca. Se una come Kotoko aveva finito per abbassare la guardia era sia perché si trovava nell'angolo giardinaggio, sia per la gioia di aver trovato qualcuno che la pensava come lei. Ma la sua circospezione si era ammorbidita anche per via del fatto che l'uomo, che non era propriamente bello, aveva un sorriso davvero simpatico e in qualche modo spensierato.

«Peccato, perché se me le portassi a casa sono certo di poterle far riprendere.»

L'uomo si era accovacciato e aveva sfiorato dolcemente le piantine. «Mi pare che alle radici non abbiano assolutamente nessun problema.»

Kotoko non sapeva chi fosse o da dove venisse, ma era felice di poter chiacchierare di giardinaggio.

«Queste qui, se le si travasa e pulisce dal secco si riprendono immediatamente, dico bene?»

«Proprio così. Però anche in giardino non potrei mettercele tutte.»

L'uomo aveva toccato delicatamente un fiore mezzo avvizzito. «Chissà se verranno buttate via.»

In quel momento, tutti e due contemporaneamente, avevano pronunciato la frase: «Facciamo a metà?». Istintivamente si erano guardati ed erano scoppiati a ridere.

«Ma sì, facciamo a metà!»

Kotoko aveva cercato di pagare un po' di più la sua parte, ma Yasuo aveva rifiutato categoricamente l'offerta. Solo a scambiarci due chiacchiere, Kotoko aveva capito che non doveva avere molti soldi. Ma il fatto che, nonostante quello, avesse voluto dividere a metà, le aveva fatto una buona impressione, non sembrava un taccagno. Dopo aver pagato alla cassa, mentre si stavano dividendo le piantine, lui le aveva spiegato di abitare in una vecchia villetta con giardino, dalla parte opposta della strada commerciale di Jūjō in cui si trovava la casa di Kotoko. Siccome era venuto in moto, si era offerto di trasportare anche le sue viole fino a casa, ma ovviamente lei aveva declinato l'offerta. All'epoca, non conoscendolo ancora bene, Kotoko aveva arbitrariamente immaginato: "Sarà un padre di famiglia, che non ha molti soldi perché i figli sono piccoli? Se di mattina si trova in un posto come questo, probabilmente fa un lavoro con dei turni, come il marito di Maho, e oggi è di riposo".

Successivamente, lo aveva incontrato qualche volta nel negozio di bricolage o lungo la strada commerciale di Jūjō. Una volta che avevano memorizzato le reciproche facce, i due si incrociavano così tante volte che era quasi strano. Ogni volta che Yasuo individuava Kotoko, le veniva incontro sorridente, come se avesse ritrovato una vecchia conoscente o persino una ex fidanzata. E poi si metteva a parlare con lei in maniera amichevole, dicendo cose tipo «come stanno le sue viole? Le mie ormai sono in piena fioritura», o «ultimamente si gela, eh?», o ancora «secondo lei si possono potare un'altra volta prima della fine dell'anno?»

All'arrivo della primavera era stata invitata a prendere insieme un tè. Kotoko si era messa sulla difensiva, pensando che forse lui avrebbe cercato di farla aderire a qualche gruppo religioso o cose del genere, ma aveva finito per entrare in una caffetteria economica, dicendosi che, in quel caso, sarebbe bastato dirgli di no. Era stato lì che aveva saputo che Yasuo non solo non aveva figli, ma non era nemmeno sposato, che non aveva un lavoro fisso e per metà dell'anno viaggiava all'estero oppure svolgeva dei lavoretti stagionali. La villetta di cui parlava era la casa dove aveva vissuto sua nonna, costruita cinquant'anni prima e ora disabitata. Kotoko aveva anche capito che Yasuo era seriamente affetto dalla sindrome di «cocco di nonna».

«Non ho soldi, però mia nonna ci teneva tanto al suo giardino, perciò almeno quello voglio mantenerglielo bello.»
A quelle parole, Kotoko aveva finito per rompere ogni indugio.

«Però, sei stata proprio brava a mettere da parte una tale somma!»
Quel giorno Yasuo, che per qualche tempo doveva andare all'estero, era venuto da lei per affidarle le chiavi di casa. Mentre lui era via, Kotoko innaffiava le piante del giardino e cambiava aria alle stanze. Fino all'anno prima, a quanto pareva, chiedeva la stessa cortesia a una sua vicina, ma questa, che era molto anziana, aveva avuto dei problemi di salute e ora stava a casa della figlia a Yokohama, per cui dall'autunno aveva chiesto una mano a Kotoko.
«Ma nonna! Sei sicura che vada bene far entrare in casa quell'uomo?» aveva detto Maho strizzando gli occhi, quando Kotoko le aveva parlato di Yasuo. «Potrebbe essere un ladro!»
«Guarda che sono io quella che ha la copia delle sue chiavi di casa!»
«Probabilmente è solo una trappola per conquistare la tua fiducia.»
«Be' sì, può darsi.»
«Da quanto ho capito non ha neppure un vero lavoro, giusto?»
Effettivamente Yasuo non aveva un posto fisso. Tuttavia, da quando Kotoko aveva cominciato a parlare con lui, era arrivata a pensare che era proprio perché non aveva un lavoro stabile che la sua personalità e serietà emergevano. I suoi lavoretti erano spesso incarichi stagionali a Okinawa o in Hokkaidō. Yasuo si adattava subito e, a suo dire, imparava velocemente il mestiere. Era attento verso gli anziani e bravo ad ascoltare. Ecco perché poteva condurre una vita tanto raminga. Inoltre, quando Kotoko era stata a casa sua per occuparsene, aveva iniziato anche a parlare con i suoi vicini, trovando la conferma che la sua storia passata, così come la sua attuale situazione finanziaria, corrispondevano a quanto le

aveva riferito. In ogni caso, Kotoko si fidava e provava anche una grande simpatia nei suoi confronti.

«Ti porterò dei souvenir. Ah, e poi, siccome è quasi il momento di raccogliere i piselli e le taccole, prendine pure e mangiane quanto vuoi.»

«Allora non faccio complimenti.»

In quella stagione le piante stavano bene anche con poca acqua e siccome erano in piena terra, era sufficiente innaffiarle una volta alla settimana. Ovviamente, se c'era una cosa che Kotoko aveva a volontà, era il tempo, perciò non sarebbe stato un problema annaffiarle più di frequente.

«Grazie mille, sono in debito con te.»

E così quel giorno Kotoko si era ritrovata a parlargli della campagna promozionale sul TFR e degli interessi.

«Quella cifra per me è il sogno dei sogni.»

Kotoko si era un po' pentita, pensando che in effetti sarebbe stato meglio non rivelargli particolari con cui lui potesse arrivare a intuire la cifra che teneva da parte. Invece Yasuo, senza accorgersi dei dubbi di Kotoko, sorrideva rilassato, con un'espressione serena.

«Non è una gran cosa. Le persone della mia età sono più abbienti di quando erano giovani.»

«Sarà, ma quando è morta mia nonna, dal *butsudan* sono uscite fuori solo vecchie banconote. Probabilmente pensava che un giorno avrebbero avuto un qualche valore. Di sostanze aveva soltanto quello.»

«Però c'è la casa, no?»

«Una casa tanto vecchia si può usare solo come legna da ardere per scaldare l'acqua della vasca.»

«Non dire queste cose. Il terreno è pur sempre nel quartiere di Jūjō, dico bene? Seppure non al livello del periodo della Bolla, dovrebbe avere un discreto valore.»

«Tu dici? Scommetto che tu sei una di quelle che hanno messo il denaro da parte grazie alla cosiddetta "arte del risparmio", non è così?»

«Te l'ho già detto, non sono un caso particolare. Era il periodo che era buono.»

Kotoko scosse il capo. Era restia a parlare dei propri soldi, ma Yasuo proseguì come se non se ne fosse accorto. «Parli del periodo del miracolo economico o di quello della Bolla?»

«Sì, ci sono stati anche quelli, ma quando noi abbiamo iniziato a lavorare la paga era di diecimila yen circa. Da lì fino al momento di andare in pensione, si è rivalutata di cinquanta volte. Se siamo potuti arrivare dove siamo è perché c'è stata una corretta crescita economica.»

Pur volendo smettere, finì per raccontargli del passato. Non era un argomento che le dispiaceva. Dopotutto, leggendo i giornali o guardando la televisione, anche a lei venivano in mente automaticamente quei pensieri.

«Ho una gran pena per i giovani d'oggi, che non hanno la fortuna di vivere in un'epoca come quella. Io, seguendo l'insegnamento di mia madre, ho sempre tenuto un quadernetto con la contabilità domestica. A essere onesta, penso mi abbia aiutata molto ad arrivare dove sono ora.»

«Un quaderno per la contabilità domestica?» chiese Yasuo con tono stranito. «Le parole "contabilità domestica" sono quanto di più lontano c'è dalla mia vita.»

«Mia madre era nata nel tredicesimo anno dell'era Taishō, ossia nel 1924. La prima volta che uno schema per tenere la contabilità domestica è uscito su una rivista femminile è stato nel 1904, l'anno della guerra russo-giapponese.»

"Ah, sono certa che a questo giovane non interessino affatto tutte queste digressioni", pensò Kotoko. Yasuo faceva comunque finta di ascoltarla, muovendo il capo per annuire, e non mancava di rispondere con qualche breve frase di approvazione. Kotoko pensò che uno così fosse probabilmente quel che si dice un incantatore per natura.

Pur avendone parlato con Yasuo, Kotoko non riusciva in nessun modo a decidere se fare richiesta o no di aderire alla campagna con alti interessi. Se doveva farlo, allora era meglio affrettarsi. Per prima cosa doveva telefonare in banca per i documenti. E avrebbe fatto meglio a sbrigare al più presto anche le pratiche presso l'istituto di credito dove aveva depositato la liquidazione... Ci rimuginava senza sosta, ma il suo corpo non accennava a muoversi. E pensare che, anni addietro, avrebbe portato a termine quella serie di operazioni tutta contenta. Invece anche oggi non faceva altro che starsene con la testa tra le nuvole, stesa sulla poltrona massaggiante. In effetti, come diceva Yasuo, poteva andar bene usare gli interessi maturati per le spese quotidiane. Ma a pensare così, aveva la sensazione che si sarebbe presto trovata faccia a faccia con la consapevolezza di essere a corto di denaro perché la pensione non le bastava. Le uscì un lungo sospiro. Uno di quelli che ti fanno prendere coscienza del fatto che stai respirando.

"È proprio in momenti come questo che è importante segnare tutto sullo *Schema per la contabilità domestica* e riflettere bene. Oh issa!" si disse alzandosi con uno slancio dalla poltrona. Dopo che suo marito, a sessant'anni, era andato in pensione, aveva lavorato fino ai sessantacinque nel consiglio di amministrazione di una società. Dopodiché aveva iniziato a vivere da pensionato e, sommando le due pensioni, veniva accreditata in banca, una volta ogni due mesi, una cifra non eccezionale; grazie ai risparmi alla posta, però, facevano spesso dei bei viaggi e lei non si era mai sentita pressata dal fatto che i soldi non bastassero. Una volta rimasta sola, la pensione si era ridotta a circa ottantamila yen al mese. Ciononostante, all'inizio aveva pensato: "Tanto ormai non ho grandi spese. Trascorrerò la mia vita tranquilla in casa e senza concedermi dei lussi". Ma le cose non erano andate così. Quando si cucina in casa, i costi non variano poi tanto tra una porzione o due. Da che era rimasta sola, inoltre, gli inviti da parte delle vecchie amiche erano notevolmente aumentati. Proposte pressoché inesistenti quando suo marito era in vita, tipo: «Andiamo a pranzo fuori? Ad Akabane hanno aperto un nuovo ristorante italiano!», oppure: «Vogliamo andare a mangiare le pesche a Fukushima?», ora le arrivavano ogni mese. E, se accettava, c'era da pensare ai vestiti e alle scarpe, perché non poteva mica andarci sempre con gli stessi vestiti! Certo avrebbe potuto declinare l'invito, ma sentiva che la cosa più importante era il tempo trascorso insieme agli amici e alla famiglia. Anche le sue amiche erano d'accordo. Se però avesse avuto bisogno di cure, se si fosse ammalata, non aveva la minima idea di quanti soldi le sarebbero occorsi. Frasi contradditorie come: «Usiamoli adesso, tanto non ce li possiamo portare mica nella tomba» e «Per quanti soldi abbia messo da parte, sono comunque preoccupato, perciò devo assolutamente risparmiare» sono tipiche degli anziani. Giusto qualche giorno prima Kotoko aveva sentito dire da una sua amica: «Per le patologie croniche della terza età ci vogliono in media più di novecentomila yen all'anno. Quindi, se mettiamo il caso di dover essere curati per cinque anni, vuol dire cinque milioni di yen». Se era così, allora non poteva assolutamente allungare la mano su quei dieci milioni.

"Come sarebbe bello se gli dei dicessero prima quanto tempo ci rimane", pensò Kotoko mentre scriveva sul quadernetto della contabilità.

Se gli dei gliel'avessero detto in anticipo, certamente avrebbe pianto, ma Kotoko pensava che, conoscendo il proprio futuro, ne avrebbe provato anche una sorta di sensazione di sollievo. Nella realtà, però, non esistevano dei così gentili, perciò, anche se forse era solo un palliativo, lei teneva in ordine la propria contabilità domestica. Prima di cominciare a vivere con la pensione, Kotoko era molto preoccupata. Ma poi, andando in libreria, si era procurata *Schemi per la contabilità domestica nella terza età* e *Quaderno per pensionati per tenere la contabilità*, e si era sentita meglio. Le differenze con i quadernetti per la contabilità usati fino ad allora erano che la pagina di ogni mese cominciava il giorno quindici, ossia quello in cui vengono pagate le pensioni, che c'erano più voci relative alle spese mediche, e che i mesi erano raggruppati a due a due in modo da poter fare i calcoli su base bimestrale.

Schemi per la contabilità domestica nella terza età si basava sul modello di Hani Motoko, la giornalista che aveva creato il primo schema per la contabilità domestica del Giappone, e vedendone la copertina così familiare, Kotoko si era sentita rincuorata e aveva pensato: "La professoressa Hani non si smentisce mai". Dopo aver provato a fare diversi raffronti, il primo anno Kotoko aveva usato quello, mentre dal secondo aveva iniziato a compilare un quadernetto più semplice ed economico.

Kotoko tirò fuori dal portafogli lo scontrino della spesa fatta il giorno prima al supermercato. Appuntò con cura le cifre, una per volta. Già solo facendo quello, ebbe la sensazione che il cuore le si rasserenasse.

La telefonata da parte della nuora Tomoko arrivò circa una settimana dopo che Yasuo era partito.

«Buongiorno, mamma, è da tanto che non ci sentiamo!»

Diversamente dalle nipoti, la chiamava sul telefono fisso. Tomoko usava ancora un comune cellulare, non uno smartphone, e non aveva intenzione di cambiarlo.

«Mia madre è proprio arretrata! E dire che, se si prendesse uno smartphone, potrei contattarla tramite Line. Praticamente la linea fissa la tengo attiva solo per lei e papà.»

Le nipoti se ne lamentavano sempre, ma inaspettatamente capitava spesso che le persone sui cinquant'anni come Tomoko fossero più conservatrici di quelle della generazione di Kotoko. Tomoko non aveva mai fatto un corso di informatica in azienda e, a suo dire, aveva sempre avuto una sorta di repulsione nei confronti dei computer e di internet. Contribuiva anche il fatto che, siccome le figlie li sapevano usare bene, l'aiutavano in tutto. Ancora adesso, se c'era qualcosa che non capiva, Tomoko consultava il dizionario o andava a cercare un libro in biblioteca. E Kotoko aveva sentito che, se anche così non la capiva, telefonava alle figlie e chiedeva loro di fare una ricerca su internet.

«In realtà, mamma, avrei un favore da chiederti.»

"Non avrà mica intenzione di chiedere anche a me di farle una ricerca su internet?" pensò Kotoko tenendosi pronta.

«A Capodanno abbiamo fatto quegli *osechi*, no?»

«Eh? Gli *osechi*? Sì, e con questo?»

Kotoko era rimasta stupita da quella domanda.

«Ti ricordi che frequento un corso di inglese?»

Kotoko provava ammirazione per il fatto che la nuora studiasse con grande entusiasmo e avesse alte aspirazioni. Era tipico delle donne che avevano vissuto i loro vent'anni durante il periodo della Bolla. Si lanciava sempre nei più vari passatempi, dallo yoga al tennis, alla composizione floreale.

In particolare lei, che si era laureata in letteratura francese, aveva sempre continuato a studiare le lingue straniere. Anche negli anni in cui lei e suo marito dovevano sostenere le spese scolastiche per il liceo o l'università delle figlie aveva partecipato ai corsi economici che si tenevano nel quartiere. Diceva che in futuro, dopo che Kazuhiko fosse andato in pensione, il suo sogno era di salire loro due soli su una lussuosa nave da crociera e conversare in inglese o in francese con altri passeggeri. Però, quando le aveva parlato di quel sogno, Tomoko non le aveva mai detto: «Vieni anche tu con noi, mamma».

Non che lei avesse voglia di salire su una nave, però a volte le capitava improvvisamente di pensare che avrebbe potuto invitarla almeno una volta, fosse anche solo per cortesia. Se a non farlo fossero state le nipoti non le avrebbe giudicate, ma trattandosi della nuora finiva per provare amarezza. Kotoko credeva di aver sempre teso lei la mano verso Tomoko. Invece la nuora, pur accettandola con il sorriso, se la suocera tentava di entrare più in confidenza con lei, la respingeva di scatto. Ovviamente non le era mai capitato di essere respinta in maniera diretta, ma nonostante si frequentassero da molti anni Kotoko aveva la sensazione che Tomoko non le avesse mai aperto la parte più profonda del suo cuore.

«Sì. È ammirevole che tu stia continuando a studiare dopo tutti questi anni.»

«È perché la professoressa Elaine è proprio una brava persona. Ogni settimana mi diverto tantissimo.»

«E quella è la cosa migliore.»

«L'altro giorno si parlava di come avessimo trascorso il Capodanno, e abbiamo condiviso le foto delle nostre feste in famiglia.»

A quanto pareva, al corso di inglese di Tomoko non si facevano solo esercizi di conversazione di base, ma si intavolavano anche quel tipo di discussioni.

«Io ho mostrato le foto degli *osechi* che abbiamo preparato a Capodanno e tutti mi hanno fatto i complimenti per quanto fossero belle le pietanze messe dentro le scatole di lacca. Così mi hanno detto che vorrebbero che insegnassi loro a preparare gli *osechi.*»

"Addirittura!" pensò Kotoko scoppiando involontariamente a ridere. «Non sarà che te lo hanno chiesto solo per farti due moine?»

«L'ho pensato anch'io, invece fanno piuttosto sul serio.»

«E cosa c'entrano gli *osechi* con gli stranieri?»

«Non si tratta della professoressa, ma dei compagni di corso che dicono di voler imparare.»

«E queste persone sono giovani? Appena sposate?»

Kotoko pensò che, se così fosse stato, sarebbe stata una cosa comprensibile. Ma non riusciva a non pensare che gli *osechi* fossero cibi tipici di ciascuna famiglia la cui preparazione andava imparata dai propri genitori.

«Nient'affatto. Sì, ci sono anche ragazzi giovani, ma ci sono anche persone mie coetanee o più grandi.»

Tomoko le spiegò che, quando una donna si sposava, cominciava a trascorrere il Capodanno con la famiglia d'origine del marito. Se in quella casa non si preparavano gli *osechi* ma li si comprava già fatti, c'era il rischio di arrivare all'età avanzata senza averli mai cucinati. E poi, dopo che i suoceri erano morti, non si sapeva da che parte incominciare per portarli in tavola e si finiva per sentirsi perduti.

«In fondo non è niente di speciale. Tanto per cominciare, ci sono innumerevoli libri su come preparare gli *osechi*, e a fine anno escono pure gli speciali delle riviste. Basta fare come sta scritto lì.»

«Sì, è vero. Però quando si arriva a una certa età diventa difficile imparare una cosa nuova.»

«Capisco.»

«E quindi, dacché prepararli tutti in una volta sarebbe troppo problematico, avrei pensato di invitarli a casa tutti i mesi, per bere un tè insieme, e provare a cucinare un po' di piatti per volta. Non è che mi aiuteresti anche tu, mamma? Voglio dire, sei stata tu a insegnarmi a fare i pesciolini secchi caramellati e le uova grattugiate di due colori per gli *osechi*. Più che da me, penso che sarebbe meglio che imparassero come si deve da una brava.»

«Ma tu esageri! Non potrei mai e poi mai insegnare a qualcuno a cucinare!»

Mentre diceva così, però, Kotoko non provava affatto una brutta sensazione. Anzi, era felicissima. "Tomoko è una persona che fa di questi gesti sinceramente carini!" pensò contenta, dimenticandosi completamente l'amarezza di un attimo prima.

Alla fine accettò tutto ciò che Tomoko le proponeva e stabilirono che dal mese successivo avrebbero tenuto un corso sugli *osechi*. Discussero anche alcuni particolari come, per esempio, se non sarebbe stato meglio partire con i classici: dolcetti morbidi di castagne, stufato alla *chikuzen*, e pesciolini secchi caramellati.

Il corso di cucina *osechi* si rivelò un discreto successo. Tomoko aveva raccolto cinquemila yen a persona per il costo del corso, comprensivi del costo per il tè e gli ingredienti – vada per le spese per gli ingredienti, ma che sua nuora si fosse fatta pagare aveva lasciato Kotoko sbalordita. Si erano iscritte immediatamente sei persone, ma a suo dire anche altre avevano espresso il desiderio di iscriversi. Per di più, una delle partecipanti aveva portato con sé una donna americana, e così la casa si era inaspettatamente trasformata in un luogo di scambi internazionali. Un'altra aveva fatto un mucchio di foto con lo smartphone per poi postarle sui social network. Tomoko aveva preventivamente preparato dei fogli con su scritti gli ingredienti e i procedimenti. Li aveva distribuiti a tutti e poi era andata avanti con le operazioni spiegando ogni passaggio. Siccome era una che studiava tante cose, probabilmente sapeva bene come organizzare un corso del genere. Dopo aver cucinato, assaggiarono gli antipasti e i dolci ormai pronti e chiacchierarono allegramente sorseggiando del tè.

«Ti ringrazio davvero, mamma.»

Dopo che tutti erano andati via, Tomoko le aveva fatto un inchino.

«E di che? Anch'io mi sono divertita.»

Non era una bugia quella. Com'era ovvio, incontrare gente era divertente. Avevano tutti trattato con rispetto Kotoko, che era la più anziana, alla quale aveva fatto piacere il fatto che le avessero chiesto un sacco di cose. Nonostante l'indecisione iniziale, a un certo punto si era ritrovata a parlare di come aveva cresciuto i figli o della propria vecchiaia. Quando stava per tornarsene a casa, Tomoko le aveva detto: «Questa è per ringraziarti», e le aveva consegnato una busta. Kotoko aveva cercato più volte di rifiutarla, rispondendo che non era il caso, ma la nuora era stata irremovibile: «Queste cose qui vanno fatte come si deve», e poi gliel'aveva infilata di forza nella borsa. «Se non la prendi, va a finire che non avrò il coraggio di chiedertelo la prossima volta. Tranquilla, ho trattenuto la mia parte», aveva ribadito con un sorriso birichino. Una volta a casa, Kotoko aveva trovato nella busta una banconota da cinquemila yen.

Clang! Frusc! Sentendo quei rumori, Kotoko si svegliò. A marzo, di mattina presto, ancora si gelava. Indossò la vestaglia di pile che teneva accanto al letto e uscì nel corridoio completamente buio. Un tempo indossava un kimono imbottito, ma le nipoti, dicendole che era pesante ma non scaldava, le avevano regalato quella. Effettivamente era morbida e comoda al punto che non sarebbe mai più riuscita a indossare il vecchio kimono. Kotoko ritirò da sotto la fessura l'edizione del mattino. Il *clang* era il rumore del coperchio di ferro della fessura quando veniva sollevato, e il *frusc* quello fatto dal postino quando ci infilava il giornale. Dormendo nella piccola camera accanto all'ingresso, quella che un tempo fungeva da stanza dei bambini, finiva per essere svegliata da quei rumori alle quattro del mattino. Dopo aver preso il giornale, ritornò in camera da letto, poi proseguì lungo il corridoio andando direttamente in cucina. Attivò la macchina del caffè e aprì il giornale.

Negli ultimi tempi Kotoko, dopo aver dato una rapida scorsa ai titoli, aveva preso l'abitudine di cominciare a leggere partendo dagli inserti pubblicitari. Il fatto di aver ricevuto da Tomoko quei cinquemila yen aveva provocato un grande cambiamento in lei. Era felice. Semplicemente felice. Anche lei, dunque, era ancora in grado di guadagnare. Quel giorno, dopo essere ritornata a casa e aver tirato fuori la banconota dalla busta, il suo cuore si era riempito fino a traboccare di un'indicibile gioia, di un senso di soddisfazione e di un'emozione che da molti anni oramai non assaporava più, orgogliosa di segnare sul quaderno per la contabilità un'altra voce di entrata oltre a «pensione». La felicità era stata talmente grande che si era sentita confusa. Addirittura all'inizio si era preoccupata pensando che una qualche malattia le stesse provocando quelle palpitazioni al cuore. "Ma allora era solo il denaro che desideravo?" aveva riflettuto dentro il suo letto. "Un po' me ne vergogno, e mi rende triste. Però no, non è soltanto quello", ci aveva poi ripensato. Probabilmente desiderava della gratitudine. Ma ne riceveva anche quando badava alla sua pronipote o se innaffiava il giardino di Yasuo. Insomma, non era forse che voleva che qualcuno le fosse grato e in più ricevere un compenso?

"In parole povere voglio lavorare, allora?" aveva pensato spaventata. "Voglio lavorare? Io, che ho settantatré anni, che potrei avere un infarto da un momento all'altro, e che vengo presa in giro dalle mie nipoti, che mi chiedono se non ho la demenza senile? Ma no, va bene tutto, ma quello proprio è impossibile", si era detta scuotendo il capo. Anche se ovviamente in televisione si parlava di «società che dà opportunità a tutti, senza distinzioni», lavorare dopo i settant'anni era una cosa irrealizzabile. Se solo ne avesse avuti dieci di meno...

Quella sera si addormentò arrovellandosi su quella questione e, il giorno successivo, trovò su un volantino pubblicitario all'interno del giornale un annuncio interessante.

Pulizie quotidiane di appartamenti! Non ci sono limiti di età o bisogno di un'esperienza specifica, tutti sono ben accetti. Vi aspettiamo!

Fino a quel momento non aveva fatto altro che pensare a come coprire le spese con il denaro che le rimaneva o con la pensione, ma forse poteva ancora guadagnare qualcosa. Quella speranza le stava dando una spinta. Cominciò a passare avidamente in rassegna gli altri volantini fra le pagine del quotidiano, e ne trovò un altro che diceva: *Si ricerca staff per pulizie domestiche.* L'annuncio era di un'agenzia interinale che forniva colf e che, dopo un periodo di training, ne mandava una in ogni casa. A Kotoko non era sfuggita la precisazione *Anche le persone in là con gli anni sono le benvenute.*

Un altro giorno, poi, al *konbini* sulla sua strada, sentì un annuncio che richiedeva personale part time.

«*Siamo alla ricerca di candidati che lavorino insieme a noi. Casalinghe, persone alla prima esperienza, stranieri, sono tutti i benvenuti, senza limiti di età Non vuoi lavorare anche tu insieme a noi?*»

In quel momento, istintivamente, Kotoko aveva messo in pausa le compere e ascoltato con attenzione. "Magari è vero... che c'è carenza di persone che lavorino, e che è una società che dà opportunità a tutti, senza distinzioni", pensava Kotoko mentre sfogliava i giornali. Quel «voglio lavorare», che provava vergogna anche solo a pronunciare, forse non era poi un'ambizione così irraggiungibile.

«Mmh... Ha settantatré anni?» Il direttore del *konbini* – in apparenza più o meno dell'età di Yasuo e di nome Saitō – piegò il capo di lato, osservando il curriculum di Kotoko. Vedendo la sua espressione perplessa, Kotoko sentì tutto il suo corpo farsi bollente e poi un attimo dopo di ghiaccio, tanto che le venne voglia di andarsene via. Quello era il *konbini* dove giorni prima aveva sentito la canzoncina che annunciava: «*Grande ricerca di persone della terza età!*». Così, senza indugio, Kotoko aveva chiesto alla cassa: «Scusi... riguardo a questa ricerca di personale, mi domandavo se potessi andar bene anch'io», e il giovane che ora era davanti a lei le aveva risposto, con un profondo inchino: «Ma certamente! Venga pure a portarci il suo curriculum vitae».

Eppure...

«Mi deve perdonare, signora Mikuriya. È che lei mi era sembrata più giovane. Non ha affatto l'aspetto di una settantenne, ma più di una donna tra i cinquantacinque e i sessantacinque anni.»

Kotoko non sapeva se lo stesse dicendo per piaggeria o se lo pensasse davvero, ma in quel momento una dichiarazione del genere non la rendeva felice neanche un po'.

«Non me lo sarei mai sognato che lei avesse più di settant'anni. Anche se il suo curriculum è davvero perfetto.»

«Quindi, come immaginavo, non vado bene?»

Kotoko non poteva fare a meno di provare vergogna, perché una vecchia come lei lì non ci sarebbe proprio dovuta andare.

«Ma no, non è così.» Saitō agitò entrambe le mani, con un gesto che non si capiva se fosse di negazione o di affermazione. «E non c'è nemmeno qualche regolamento che lo vieti. Però... il problema reale è che le persone di settant'anni che finora hanno lavorato per noi non sono riuscite in nessun modo ad abituarsi a questo lavoro, finendo per licenziarsi subito. Non c'è solo da battere la cassa, ma anche diversi terminali e macchine, e molte persone non riescono a imparare a usarli.»

Mentre lo sentiva mormorare a bassa voce alle sue spalle «Se solo avesse sessant'anni...» Kotoko lasciò il negozio quasi di corsa.

"Voglio lavorare."

Come avrebbe potuto realizzarsi il piccolo sogno di Kotoko, anzi, forse grandioso, per una di settant'anni? Dopo essere stata respinta dal *konbini*, Kotoko finì per chiedere consiglio via e-mail a Yasuo. Cose che era difficile dire alla sua famiglia, erano facili da scrivere a un estraneo com'era lui. In più Kotoko aveva la sensazione che non avrebbe escluso la cosa in maniera categorica. Più che chiedere un consiglio, la sua e-mail era praticamente una lagnanza. Come si aspettava, le arrivò questa risposta.

Cameriera per ristorante, colf, personale di assistenza per doposcuola, custode per istituto, portiera di condominio, badante, personale per pulizie edifici, cuoca per mensa ospedaliera o scolastica, vivaista, parcheggiatrice, bidella in un asilo, aiuto cuoca...
Ho solo fatto una breve ricerca su internet, e già ho trovato tutti questi annunci di lavoro in cui cercano gente con più di sessantacinque anni. Pare che a Tokyo ci sia anche un centro di supporto al lavoro rivolto a utenti senior. E ho sentito pure che anche i centri di consulenza del lavoro hanno aggiunto

un servizio proprio per rispondere alle esigenze dei senior. Che ne diresti di provare ad andarci? Io faccio il tifo per te.

A quanto pareva, Yasuo, anche da lontano, aveva subito fatto una ricerca per lei. Provò una forte gratitudine per lui. Quel «io faccio il tifo per te» le riecheggiava nel petto. Doveva mettersi d'impegno anche per lui, che era stato tanto caro. Kotoko sentì riaccendersi la miccia del desiderio che, dopo il primo fallimento, si era mezzo mutato in esitazione.

«Innanzitutto è importante mettere ordine dentro di lei, per capire come mai, il perché lei vuole lavorare.»

Quella fu la prima cosa che dissero a Kotoko al centro per l'impiego.

«Se lei per prima non lo capisce bene, la sua sarà solo una ricerca senza criterio e, alla fine, inevitabilmente, o non troverà niente o, anche trovando qualcosa, finirà per lasciare subito.»

«Ah.»

Kotoko pensava solo di prenotare una consulenza, ma le avevano risposto che non era necessario, così finì per riceverne una su due piedi.

Dopo un'attesa di trenta minuti circa, fu accolta da una donna sulla quarantina.

«Ha con sé il curriculum vitae?»

«Veramente oggi... non ho pensato di portarlo. Perché non credevo di sostenere subito un colloquio.»

La donna, senza fare la minima espressione di disappunto, pose a Kotoko delle domande sulle sue esperienze lavorative e inserì le risposte nel computer.

«Quindi, prima di sposarsi, ha lavorato in un grande magazzino di Ginza. Non ha altre esperienze, giusto?»

«Esatto.»

La donna era estremamente cordiale e non c'era niente in lei che mettesse soggezione. Tuttavia, Kotoko ebbe come l'impressione che le avesse rimproverato la scarsa esperienza, e chinò il capo. Al grande magazzino di Ginza era stata responsabile del reparto sciarpe e fazzoletti, al pianoterra, ed era al primo posto nella classifica delle venditrici. Era lì che aveva conosciuto suo marito. Lui lavorava lì vicino e ogni giorno si avvicinava a lei per comprare un fazzoletto. Quando ebbe preso tutti i tipi di fazzoletto da uomo del reparto, le fece la dichiarazione d'amore. Ma ripensare a quell'esperienza non serviva proprio a niente.

«Ha per caso qualche hobby o qualche particolare abilità? C'è gente che cerca lavoro per valorizzare cose del genere.»

«No... niente in particolare.»

Come hobby aveva quello di comprare fiori a poco prezzo e farli crescere. Era in grado di far riprendere anche le piante avvizzite. Ma non esisteva un lavoro del genere. Oltre a quello, sapeva calcolare gli interessi bancari. Anche se, ovviamente, non capiva nient'altro di economia. E poi aveva sempre tenuto la contabilità domestica. Tutte quelle cose, però, non le sembravano tali da poter essere definite «un lavoro» o «un'abilità speciale». La voce le si fece sempre più sottile.

«Non ho niente di tutto ciò.»

«Però ha cresciuto dei figli, ha sempre svolto i lavori domestici e avuto cura di loro. Un grosso impegno, sa?»

Finalmente Kotoko sollevò il viso e riuscì a sorridere.

«Grazie mille. Immagino che sia bizzarro che una vecchia come me voglia lavorare.»

«Assolutamente no! Di persone come lei ce ne sono tantissime. Ma le consiglio di riordinare prima i suoi pensieri.»

La donna le fece vari esempi di motivazioni valide per lavorare: essere utile alla gente o alla società, sfruttare le proprie abilità, far fruttare un hobby, essere di supporto a qualcuno, ricercare contatti con il prossimo, migliorare sé stessi, guadagnare dei soldi eccetera.

«Credo che ce ne siano altre ancora... E immagino che qualcuno lo faccia per più di uno dei motivi che ho elencato. Signora Mikuriya, che ne dice di rifletterci per bene ancora un po' prima di mettersi a cercare un lavoro?»

Sulla strada del ritorno Kotoko ripensò alle parole della consulente. Perché non era riuscita a dirle che era per i soldi che voleva lavorare?

"Non mi aspettavo di essere tanto superficiale", pensò, disgustata da sé stessa. Non voleva certo diventare un'impiegata a tempo indeterminato né lavorare full time. Però, se fosse riuscita ad avere un buono stipendio, la sua vita sarebbe stata notevolmente più semplice. Magari fosse riuscita a dirlo! Con un'entrata di alcune decine di migliaia di yen al mese, non avrebbe più attinto ai suoi risparmi e probabilmente non avrebbe nemmeno esitato a usare il denaro per i viaggi o il giardinaggio, che erano le sue passioni. In aggiunta, se possibile, si augurava di poter essere utile ai giovani. E desiderava anche venire a contatto con persone nuove. Impegnarsi nel lavoro e mettere soldi da parte sarebbe stato probabilmente un bene anche per le sue nipoti.

E dunque, alla fine, a che tipo di lavoro corrispondeva tutto ciò? La donna delle pulizie? Ah, giusto. Adesso si diceva «colf». Non che lei odiasse le faccende di casa, ma né le piacevano né era così brava. Per di più, alla sua età, quando finalmente aveva finito di prendersi cura della famiglia, il pensiero di dover ricominciare di nuovo non la allettava molto. Allo stesso modo, non aveva molta voglia di badare agli ammalati. A pensarci bene, la cosa migliore sarebbe stata un lavoro di commessa. Aveva esperienza, e poi le piaceva conversare con i clienti. Che fosse una richiesta troppo pretenziosa?

«Forse le sembrerà strano detto da una nella mia posizione, ma nel caso delle persone anziane spesso il lavoro arriva grazie alla raccomandazione di qualche conoscente. Che ne pensa di spargere in giro la voce che sta cercando un lavoro, o di chiedere consiglio a chi le sta intorno?» le aveva detto la consulente.

«Be', va bene, però credo che tra i miei amici o familiari non ci sia nessuno che possa raccomandarmi.»

L'unico a cui ne aveva parlato era Yasuo, ma non le sembrava il tipo che potesse aiutarla in tal senso. La sua situazione era già abbastanza precaria.

«Non lo dia per scontato. A volte capita che la raccomandazione arrivi da dove meno ce la si aspetta. In questi casi, la cosa migliore non è uno sterile curriculum standardizzato, ma una presentazione fatta da qualcuno che conosce il carattere della persona in questione.»

Così le aveva detto quella donna, ma Kotoko si domandava se non fosse solo un pretesto per mandarla via. Alla fine fece un lungo sospiro.

La settimana dopo l'e-mail di risposta di Yasuo, Maho andò a trovarla. Si scambiavano messaggi su Line, ma quando, con nonchalance, Kotoko le aveva scritto: Ieri mi è arrivata un'e-mail di Yasuo, aveva ricevuto una risposta arrabbiata che diceva: Ma nonna! Ancora frequenti quel tizio?!

– Non è poi così male, sai? È un brav'uomo

– Quando dici così, vorrei strapparmi perfino i peli del sedere

– Non dire queste volgarità :)

– Non c'è niente da ridere. Domani vengo da te. Perché se non controllo che quello non ti stia imbrogliando, mi preoccupo!

"Santa pazienza", pensò Kotoko scrollando le spalle. Era tipico di Maho preoccuparsi e al contempo adirarsi fino a diventare volgare. Quando andava a casa di Kotoko restava per pranzo, cenava prima di andarsene e s'incartava pure una porzione di cibo per il marito. Non si lasciava sfuggire neppure le pietanze già pronte dentro il frigorifero. Faceva piazza pulita di tutto, senza lasciare né le sue provviste di frutta e verdura né i cibi ricevuti per l'*ochūgen* o l'*oseibo.** E non lo faceva solo con il cibo. Kotoko si era accorta che Maho si portava via anche gli asciugamani e le lenzuola nuovi, e persino il tappetino per asciugarsi i piedi quando si esce dalla doccia, dicendo: «Ma com'è carino questo, nonna! Regalamelo!».

Siccome una volta aveva preso in mano addirittura delle mutande di cotone che Kotoko aveva comprato in stock, gliele aveva scippate rispondendole: «Ma tu sei ancora giovane! Almeno quelle lasciale stare».

Lei e sua nuora ridevano di nascosto dicendo: «Maho e Saho sono proprio una piccola gang».

Ovviamente la piccola gang si presentava molto spesso anche a casa di Tomoko. Ciononostante, a Kotoko la cosa non dispiaceva. Addirittura ne era felice. E probabilmente anche

* Doni consistenti in generi alimentari che ci si scambia a luglio (*ochūgen*) e a dicembre (*oseibo*) con parenti e amici. [*n.d.t.*]

Maho si sentiva libera di fare la teppistella perché aveva indovinato i sentimenti di sua nonna.

"Ah, come vorrei guadagnare un po' di soldi anche per quelle due!"

Il pomeriggio del giorno dopo, quando Maho si presentò insieme a Saho, dopo aver a malapena salutato, chiese a Kotoko: «Ma insomma, nonna! Si può sapere cosa diamine hai raccontato a quel tizio?».

Kotoko era preparata al fatto che sarebbe stata aspramente rimproverata quando le avesse risposto che gli aveva parlato dei suoi risparmi, del quaderno per la contabilità di sua madre e del fatto che gli aveva chiesto consiglio perché voleva lavorare.

«Ma parlandogli degli interessi, avrà subito capito quanti soldi hai da parte.»

Come Kotoko si aspettava, la nipote la mise in guardia, però poi la prese in contropiede, scherzando: «Quindi hai da parte dieci milioni di yen, nonna?». Maho aveva fatto un rapidissimo calcolo a mente.

«Sì, però non gli ho mica rivelato dove tengo il libretto di risparmio o il mio sigillo!»*

«E vorrei vedere! Se gli avessi detto cose del genere dovresti immediatamente traslocare!»

«Guarda che non è affatto una cattiva persona. Un giorno te lo presento.»

«Be', non che abbia tutta questa voglia di conoscerlo, però se è per il tuo bene... Voglio che tu me lo faccia incontrare quando c'è anche mio marito. Così che si renda conto che ci sono un sacco di persone che lo tengono d'occhio.»

Kotoko pensava che quella sorveglianza non servisse, ma non sarebbe stato male che giovani della stessa zona facessero conoscenza.

«Sì, va bene. Quando rientra dall'estero, ti chiamo.»

«Oh, poveri noi. Lo dici proprio come se fosse il tuo fidanzato.»

* In Giappone, la firma è sostituita da un timbro sul quale è inciso il nome della persona o dell'azienda. Il timbro è utilizzato per qualsiasi questione legale e per firmare i contratti. [*n.d.t.*]

Dopo averle lanciato un'occhiataccia, Maho riprese: «E dimmi, che cosa sarebbe questo quaderno per la contabilità domestica?».

«Ah già, a te non ho mai parlato molto di mia nonna o di mia madre, vero?»

«No.»

"Ma certo!" Kotoko si ricordò che anni prima aveva cominciato a raccontarlo a Tomoko, ma siccome aveva fatto una faccia in qualche modo infastidita, o scocciata, aveva rinunciato a parlarne con la famiglia. Tuttavia, a pensarci bene, sua nuora e le sue nipoti erano in due posizioni diverse. Per queste ultime si trattava del racconto delle radici a cui erano legate, per cui probabilmente l'avrebbero ascoltata.

«Devi sapere che mia nonna e mia madre tenevano un quaderno per la contabilità domestica anche durante la guerra. Però ti avverto: è una storia un po' lunga», l'avvisò iniziando a raccontare.

Lo *Schema per la contabilità domestica* nacque nel 1904, il trentasettesimo anno dell'era Meiji, quando per la prima volta fu pubblicato dalla casa editrice Fujinnotomosha sotto la supervisione di Hani Motoko. Pare che l'autrice scrivesse anche una rubrica di consigli per le lettrici in difficoltà sulla rivista «L'amica delle signore» dal titolo *Domande e risposte di economia domestica.* La madre di Kotoko, Mine Ushio, era del tredicesimo anno dell'era Taishō, il 1924, circa vent'anni dopo quella prima pubblicazione. Sua nonna, invece, era una lettrice affezionata di un'altra rivista femminile, «L'amica delle casalinghe». A detta di sua madre, la nonna diceva che «la professoressa Hani è un po' troppo severa», e quindi le piaceva quell'altra rivista, più divulgativa, che proponeva un'immagine più moderna della casalinga. E poi, quando nel quinto anno dell'era Shōwa la Shufunotomosha, editrice della sua rivista preferita, aveva pubblicato il *Modello per la contabilità domestica,* era corsa subito a comprarlo. Era stato il suo vanto aver tenuto dettagliatamente la contabilità di casa utilizzando quello «fin dalla sua prima uscita».

Anche quando Mine si era sposata e aveva avuto dei figli,

tenere la contabilità domestica usando lo stesso modello era stata per lei un'ovvia consuetudine. Questo modello, pur mutando titolo in *Quaderno per la contabilità della vita domestica* aveva continuato a uscire sia durante sia dopo la guerra. Kotoko riassunse il tutto per sommi capi; essendo storie di tanti anni prima, credeva che non l'avrebbero interessata, e invece Maho l'aveva ascoltata con entusiasmo.

«Ne so qualcosa! Fino a poco tempo fa tra le riviste sui metodi per risparmiare c'erano "Thank you!", "Una moglie straordinaria", "Buongiorno signora". Mamma di tanto in tanto comprava "Una moglie straordinaria", invece io ero una fan di "Thank you!", più attenta alle mode. Alla fine, è stata sospesa la pubblicazione sia di "Una moglie straordinaria" sia di "Buongiorno signora".»

«Dopo la guerra le riviste femminili hanno dato vita al "Taccuino sul vivere", e la lotta sulle vendite tra la Shufunotomosha e la Fujinnotomosha è stata terribilmente feroce.»

Era divertente parlare di riviste femminili, ma se continuava così non sarebbe mai arrivata al punto.

«Mia madre utilizzava regolarmente il modello edito dalla Shufunotomosha, ma la cosa più stupefacente è che venne pubblicato anche durante la guerra.»

«Ah...»

Sebbene Kotoko stesse raccontando con tono appassionato, Maho si limitava ad annuire mentre dava dei leggeri colpetti sulla schiena di Saho, che dopo aver mangiato si era addormentata. Kotoko pensò che probabilmente i giovani non potessero capire quanto fosse straordinario, e la cosa un po' la rattristava.

«Guarda che è stato un incredibile sforzo. Io sono nata durante il conflitto, perciò non ho ricordi di quel periodo, però, in un'epoca in cui mancavano così tante cose, pubblicare un rivista era davvero difficile. Questo dimostra quanto fosse importante.»

«Guarda, nonna, che lo so anch'io, perché l'ho studiato a scuola, e poi lo vedo a volte in televisione», rispose Maho con un sorriso amaro, forse sorpresa dalla furia di Kotoko.

«A parte il diciottesimo e il ventesimo anno, quello della

fine della guerra, il *Modello per la contabilità domestica* ha continuato a uscire per tutta l'era Shōwa. Finita la guerra, il Giappone è precipitato in un periodo di terribile inflazione. L'inflazione è una cosa per cui i prezzi subiscono una gigantesca impennata.»

«Sì, è l'opposto della deflazione di un po' di tempo fa.»

«Quello che costava cinquanta yen, pochi giorni dopo ne costava cento. Non si potevano più comprare le cose con il denaro, e così si barattavano i kimono con altre merci, o si acquistava sul mercato nero. Ma anche in un'epoca come quella, il *Modello per la contabilità domestica* ha continuato a sopravvivere.»

«Immagino che occuparsi della casa in quel periodo di prezzi alle stelle fosse veramente complicato.»

«Alla fine della guerra mia madre scriveva tutto su un quadernetto pensato da lei. Una volta me lo sono fatto mostrare e di voci di contabilità non ce n'erano quasi più. Piuttosto annotava le cose accadute ogni giorno, come in una sorta di diario. Chissà, forse era diventato un rifugio per l'anima, in quella vita così dura.»

Per alcuni giorni, dopo l'armistizio del 15 agosto, contrariamente a quanto ci si aspetterebbe, su quel diario non era stato segnato assolutamente niente. Quella cosa era rimasta fortemente impressa in Kotoko, perché era come se raccontasse lo stato di confusione in cui si trovava sua madre.

«L'anno dopo, la rivista "L'amica delle signore" dell'editrice Fujinnotomosha ha lanciato la Lega a sostegno del quaderno per la contabilità domestica.»

«Lega a sostegno?» rise Maho. «E sarebbe proprio come dice la parola?»

«Sì, esatto. Il movimento invitava a tenere la contabilità domestica in modo tale che, presentandone i risultati alla rivista, loro ne avrebbero ricavato diverse statistiche. Dalla contabilità domestica di allora sono derivati parecchi dati, come la cosiddetta legge di Engel.»

«Chissà, magari a mano a mano che i tempi andavano migliorando tenere la contabilità domestica è diventato un po' più semplice.»

«O piuttosto», disse Kotoko voltandosi verso Maho, «magari è proprio perché le donne hanno tenuto la contabilità domestica che le cose in qualche modo si sono sistemate.»

«In qualche modo si sono sistemate?»

«Probabilmente è un'esagerazione, ma mi domando se, in quel periodo di caos, non siano state proprio le casalinghe a tenere le redini.»

«Non hai tutti i torti. Non so perché, ma oggi ti vedo tutta infervorata, nonna», commentò Maho mettendosi a ridere. In quel momento Saho si svegliò, perciò la conversazione si concluse senza che Kotoko le potesse confessare il suo desiderio di lavorare. E comunque, ripensandoci, non poteva dire alla nipote che la sua pensione non le bastava.

«Su, Saho, vieni un po' dalla nonna.»

Quando Kotoko la prese in braccio, Saho era sudata e pesante. Appena sveglia, la pronipote la fissò per un istante con occhi trasparenti un po' velati di tristezza, poi scoppiò a piangere.

«Su, non piangere. Sono la nonna.»

Maho fece per riprenderle la bambina dalle braccia, ma Kotoko continuò a cullarla. Dentro il cuore provava il desiderio che tenerla stretta a sé potesse liberarla dai suoi pesanti fardelli. Allora prese una decisione.

"Proverò a fare qualunque cosa." Certo, questo andava contro il parere della consulente, ma tanto non le restava molto da vivere e non sapeva per quanti anni avrebbe potuto lavorare. Magari, accumulando diverse esperienze, avrebbe capito cosa fosse più adatto a lei.

«Mi scusi, è la casa della signora Kotoko Mikuriya?»

Quella telefonata da parte di una voce gentile le arrivò alcuni giorni dopo.

«Sono Saitō.»

«Non ho capito. Chi è lei?»

«Ah, mi perdoni. Sono del *konbini*... Il negozio di Jūjō.»

Era Saitō, il direttore del *konbini* in cui Kotoko era andata a fare un colloquio, ma dalla voce non l'aveva assolutamente riconosciuto.

Kotoko si scusò per averlo disturbato perché, secondo lei, era la cosa più giusta da fare dopo essersi presentata senza nessuna convocazione, pur non essendo qualificata per lavorare in un *konbini* e facendogli perdere tempo.

«Ma no, si figuri, signora Mikuriya. Se avesse avuto sessant'anni saremmo stati molto lieti di assumerla.»

Per quanto una donna potesse essere in là con gli anni, non trovava di certo così piacevole che si tirasse in ballo di continuo la sua età e, visto che ormai non era stata selezionata, Kotoko non voleva che se ne parlasse più.

«Lo ha poi trovato un lavoro?»

«No... non ancora.»

Kotoko gli raccontò tutto quello che le era successo, e cioè che si era recata all'ufficio per l'impiego e aveva ricevuto una consulenza.

«Però ci ho pensato a lungo, e credo che proverò a fare qualunque cosa. Così per intanto mi sono candidata sia a un posto come colf sia a uno in una ditta di pulizie.»

Kotoko rise in maniera un po' autoironica. «Be', comunque non so se mi prenderanno a lavorare oppure no.»

«Ah, meno male!»

«In che senso?»

«Oh, mi deve scusare. È che in realtà oggi la chiamavo per parlarle di una cosa.»

«Mi dica pure.»

«Ecco, veramente si tratta del negozio Minato-ya, quello all'uscita sud della stazione.»

Conosceva Minato-ya, era un famoso negozio di dolci giapponesi in attività a Jūjō fin dal periodo post bellico. Nonostante Kotoko non avesse spesso occasione di andarci, perché era lontano dal solito tragitto, quando doveva prendere dei dolci da regalare, sceglieva sempre Minato-ya.

«Finalmente aprirà una sede sulla strada commerciale di Jūjō. Non vedevamo l'ora!»

«Oh, ma è un'ottima cosa! Così sarà più comodo.»

«Pare che metteranno un banchetto all'esterno per gli *odango*, e dentro invece ci sarà un bancone vetrina per la vendita. Poi creeranno un piccolo angolo caffetteria sul fondo.»

«Ah, ma allora sarà un locale piuttosto sontuoso!»

«Sì, e al banchetto degli *odango* davanti al negozio vorrebbero mettere una persona di età matura, be', in altre parole una persona in là con gli anni. Come dire, un'anziana. Insomma una nonnina.»

«Non mi dica!»

«Vede, l'altro giorno ne abbiamo parlato un po' al Lions Club e il titolare di Minato-ya si lamentava che inaspettatamente non si trovasse una "nonna" che andasse a pennello per quel lavoro. Una signora elegante, seria, che potesse diventare il volto di Minato-ya... Quando l'ho sentito mi è subito balenata l'idea che lei fosse perfetta, signora Mikuriya.»

«Eh? Ma io non...»

«Niente ma. Lei sarebbe perfetta. Ha sia l'aspetto di una graziosa nonnina sia un curriculum di tutto rispetto. A dire il vero, ho già parlato con il titolare di Minato-ya, che mi ha chiesto a tutti i costi di organizzare un incontro.»

«Ma l'altro giorno non aveva detto che io sembro più giovane?»

«Be', veramente quella volta...»

Kotoko ebbe come la sensazione di vedere Saitō che si grattava la testa.

«Quello è stato... be', come dire, un modo di cavarmi d'impaccio. Ho un po' esagerato. Però sono certo che lei andrà bene per quel posto, signora Mikuriya. Perché dimostra proprio sessantacinque anni.»

«Lei è troppo sincero, lo sa?»

«Le chiedo scusa», rispose Saitō mettendosi a ridere.

«È che per qualche ragione lei ha suscitato il mio interesse.»

«E come mai?»

«Perché nonostante l'età avanzata, ha gli occhi che le brillano, e mi è sembrata estremamente motivata. Ho la sensazione che si renderà molto più utile a Minato-ya.»

Dopo averle chiesto per sicurezza se avesse potuto dare il suo recapito telefonico, Saitō chiuse la telefonata.

"Non so perché, ma quando una cosa è andata a buon fine avviene tutto senza sforzo", pensò distrattamente Kotoko mentre metteva giù il ricevitore. Non che l'assunzione fosse già decisa, e se pure l'avessero presa, non sapeva di certo se sarebbe stata in grado o no di fare bene quel lavoro. Tuttavia, dopo tanto tempo, c'era qualcuno che credeva potesse ancora rendersi utile. Aveva l'impressione che l'ultima volta fosse stato quando il suo futuro marito era venuto a comprare un fazzoletto e le aveva detto: «Ti prego, diventa la mia compagna», e per qualche ragione le erano spuntate le lacrime agli occhi.

3.
PERSEGUI IL TUO OBIETTIVO: METTI DA PARTE DIECI MILIONI

Maho stava digitando sullo smartphone i suoi dati personali. Nome, indirizzo, numero di telefono... Avendolo già fatto molte volte, bastava che inserisse le prime lettere e i campi venivano riempiti uno dopo l'altro dal suggeritore automatico. Dopo aver completato la procedura, restava solo da rispondere se desiderava o no ricevere la newsletter o l'estratto conto online. In più digitò il numero del conto bancario per avere l'accredito automatico, copiandolo dal bancomat che aveva tirato fuori dal portafogli. Alla fine le veniva chiesto di aggiungere il reddito annuo del marito, la sua attuale situazione immobiliare (se la casa era di proprietà, in affitto, o se era in un appartamento aziendale), se aveva dei debiti, a quanto ammontavano i suoi risparmi eccetera. Quella parte variava leggermente in base alla società che forniva la carta di credito. Quando finì di compilare tutti i campi, cliccò su un pulsante più grande degli altri che diceva VUOLE INOLTRARE LA RICHIESTA CON LE INFORMAZIONI INSERITE?, e la schermata scorse senza intoppi.

Più tardi le invieremo un'e-mail di conferma. Qualora non le arrivasse una risposta entro ventiquattr'ore la preghiamo di contattare il seguente numero telefonico.

Un lieve suono metallico le comunicò l'arrivo dell'e-mail di conferma. Ora non restava che inviare i documenti per confermare la propria identità. A quel punto, Maho Ido espirò. Nonostante fosse un'operazione a cui era avvezza, quasi una routine quotidiana, era leggermente tesa, com'era naturale. Perché anche il più minuscolo errore poteva costarle la mancata attribuzione dei punti o un ritardo nel riceverli.

Maho si massaggiò le spalle e girò il collo in un verso e nell'altro. Saho stava facendo un pisolino, e di solito tra le due e le tre e mezzo di pomeriggio lei poteva dedicarsi ai suoi «piccoli guadagni». Un'espressione generica per indicare vari espedienti per ottenere delle piccole entrate, attraverso internet o lavoretti a cottimo.

Si trattava di compiti che una casalinga poteva facilmente svolgere a casa e di cui spesso si parlava in articoli sul risparmio. Con l'operazione appena fatta, calcolava di poter ottenere entro la fine del mese un punteggio pari a un valore di cinquemila yen. Era una cifra più che decorosa per Maho, ma quel mese avrebbe voluto guadagnare qualcosina in più. La settimana successiva era in programma una rimpatriata con le amiche dell'università e avrebbero pranzato in un ristorante francese di Omotesandō. Poteva indossare il vestito che aveva acquistato l'autunno precedente con l'app dell'usato. Era un capo di qualche stagione prima, ma di un brand che non mancava mai nei grandi magazzini più importanti. Aveva una semplice fantasia a fiorellini marroni, e sia i suoi genitori sia suo marito Taiyō le avevano fatto i complimenti dicendo che si intonava bene con il colore castano scuro dei suoi capelli. In famiglia, Maho era l'unica ad avere i capelli leggermente castani. Alle medie e alle superiori veniva spesso ammonita dagli insegnanti,* ma dopo il diploma era stato la sua salvezza, perché la faceva apparire stilosa anche senza andare dal parrucchiere.

Non aveva ancora indossato quel vestito davanti alle amiche e aveva acquistato degli orecchini nuovi apposta per l'occasione tramite un'applicazione che permetteva di scegliere accessori e oggetti per la casa fatti a mano da non professionisti. Erano degli orecchini con perle barocche e catenelle dorate, molto simili a quelli indossati dalla protagonista femminile di una fiction di successo. Alle orecchie di Maho erano particolarmente carini, perché le perle si affacciavano

* Il castano dei capelli in un giapponese viene comunemente ritenuto innaturale, ottenuto con una tintura, e quindi gli alunni che li hanno di quel colore vengono ripresi dai professori. [*n.d.t.*]

dondolando in mezzo ai capelli. Un paio uguale, ma in oro, non se lo sarebbe mai potuto permettere.

Maho decise di curiosare un altro po' sul sito. Ne esistevano diversi di quel genere, ma lei usava Petit Wallet, che offriva un sacco di modi per guadagnare. Facendo acquisti online riceveva un punteggio pari all'un per cento del valore d'acquisto, altrimenti poteva rispondere ai questionari, oppure, per immagazzinare ancora più crediti, aprire un conto in banca presso un'agenzia di intermediazione finanziaria o un conto Forex.

Negli ultimi tempi, Maho aveva spesso utilizzato l'espediente di richiedere una nuova carta di credito, puntando ai momenti in cui c'era qualche promozione grazie alla quale il punteggio era più alto. Anche se poi non le usava quasi mai. Tutte quelle che le spedivano le metteva da parte, e circa una volta ogni sei mesi le buttava. Si sentiva in colpa nei confronti delle compagnie che davano una grande quantità di punti per incentivare l'utilizzo di carte di credito, ma frattanto che sua figlia era piccola non era un modo così malvagio di guadagnare qualcosa. C'era però un limite al numero di carte: quasi tutte le compagnie accettavano solo nuovi richiedenti e Maho, che aveva cominciato a farlo dall'anno precedente, stava per arrivare al punto in cui sarebbe stato difficile trovarne una che le dava un punteggio. Oltre a quello, per guadagnare si occupava di compravendita di azioni di piccolissimo valore e vendeva articoli usati attraverso l'app.

Per la compravendita delle azioni utilizzava un conto presso un'agenzia di brokeraggio che non prevedeva commissioni per transazioni inferiori ai centomila yen al giorno. Tenendosi aggiornata periodicamente, comprava con cautela azioni a beneficio speciale per gli azionisti con poche fluttuazioni, e poi, non appena otteneva un profitto di alcune migliaia di yen le rivendeva. Comprava con un anticipo di circa due mesi rispetto alla data della presa di profitto le azioni che, bene o male, sapeva che sarebbero per certo aumentate di prezzo. Se il prezzo si fosse comunque abbassato, le teneva fino alla data della presa di profitto e riceveva benefici speciali. Trattandosi di transazioni di piccola entità, fino a quel momento non aveva mai subito perdite rilevanti. Eppure Maho stava molto attenta a che i propri guadagni non si concentrassero solo negli investimenti azionari. Proprio perché aveva lavorato in un'agenzia di intermediazione finanziaria, sapeva molto bene che con le azioni o gli investimenti non c'era niente di «assolutamente sicuro». Una volta soltanto le era capitato che le azioni in suo possesso si fossero enormemente svalutate a causa di un'improvvisa abolizione del trattamento preferenziale, e così aveva finito per avere una perdita. Se fosse stata single non sarebbe stato un problema, ma nella sua posizione di madre di una bambina, che utilizzava una parte dei guadagni di suo marito, voleva a tutti i costi evitare di far decrescere i loro risparmi. Maho aveva stabilito in circa cinquemila yen la cifra mensile da tenere per sé, e pensava che se ogni mese fosse riuscita a guadagnare da qualche migliaio fino a diecimila yen era più che sufficiente. Quello che avanzava lo metteva da parte a poco a poco, per le emergenze. Almeno il denaro per le piccole spese voleva guadagnarselo da sola. Non perché pensasse che era sbagliato prenderlo dallo stipendio di suo marito, ma se lo guadagnava da sé era più divertente e poteva usarlo a suo piacimento.

Suo marito Taiyō aveva un lavoro stabile, ma lo stipendio non era certo entusiasmante. Il diciassette di ogni mese, il giorno di paga, Maho si recava in banca di buon mattino e ne prelevava una parte, che custodiva in un portafogli rosa adibito alle spese di casa. Si faceva cambiare il denaro per le spese alimentari in banconote da mille, e teneva separati i soldi per sé stessa da quelli per la famiglia affinché non si mescolassero. Aveva acquistato quel portafogli di vernice rosa all'epoca del liceo usando una parte dei soldi ricevuti dalla nonna per Capodanno. I bordi erano un po' rovinati, ma la vernice era ancora bella lucida. All'epoca lo aveva talmente desiderato che quando finalmente era riuscita a comprarselo aveva fatto i salti di gioia. Ecco perché, pur sapendo che un modello con il fiocco come quello era un po' infantile per una che aveva passato i vent'anni come lei, Maho continuava a usarlo con cura. Quando ritornava a casa dalla banca divideva le venti banconote da mille yen in cinque buste da quattromila ciascuna. Usava ogni busta per le spese dei pasti di una settimana, e alla quinta settimana metteva da parte il denaro avanzato e lo utilizzava per le spezie o lo aggiungeva al proprio fondo personale. A Taiyō dava ogni mese, da usare per sé stesso, ventimila yen. Fino a poco tempo prima erano stati diecimila, ma li aveva aumentati perché lui si era lamentato. Tutti i mesi li metteva in una busta della banca, poi insieme a Saho ci attaccavano degli adesivi, ci disegnavano sopra e gliela consegnavano. Scriveva anche un messaggio che diceva *Grazie papà!* Dopodiché annotava le entrate e le uscite sul quaderno per la contabilità domestica e quando lo richiudeva sbattendolo, nel suo petto si diffondeva un piacevole senso di soddisfazione. Sulla copertina aveva scritto, a caratteri grandi, PERSEGUI IL TUO OBIETTIVO! METTI DA PARTE DIECI MILIONI DI YEN!

Era Maho ad aver stabilito la cifra. Su una rivista per casalinghe aveva letto un articolo che dava consigli pratici per risparmiare. Si intitolava *Mettiamo da parte dieci milioni per quando il primo figlio andrà all'università!* Maho si era appuntata la cifra sul quaderno e, sebbene fosse una somma che aveva deciso in base a cose dette da altri, era diventata per lei una ragion d'essere. Sentiva che sarebbe stato sufficiente realizzare quello perché le ansie per il futuro si attenuassero un po'. Ogni mese sembrava che vivessero in ristrettezze, però così riuscivano ad accumulare un milione di yen all'anno. Con quel che restava, facevano qualche viaggio o compravano degli elettrodomestici, per cui non si sentiva poi così insoddisfatta. Tuttavia, da quando avevano avuto una bambina, i viaggi si limitavano alle terme vicino a casa, e come acquisti importanti avevano comprato soltanto il lettino per Saho. Non facevano nessuna grande spesa. Ma quando guardava la copertina del quaderno per la contabilità domestica, Maho riusciva a tollerare tutte le rinunce. Se cominciava a scrivere le entrate e le uscite di casa Ido, veniva fuori questo:

Stipendio: 230.000 yen
Affitto: 88.000 yen

Spese alimentari: 20.000 yen (4000 a settimana per cinque settimane)
Spese varie (necessità giornaliere): 5000 yen
Spese personali di Taiyō: 20.000 yen
Spese cellulare (per due): circa 5000 yen
Consumi energetici: 10.000 yen
Assicurazione (solo Taiyō): 2000 yen
Somma di riserva, spese per il divertimento ecc.: 20.000 yen
Somma messa da parte: 60.000 yen

Quando Saho fosse andata all'asilo lei avrebbe ripreso a lavorare e avrebbe guadagnato un po' di più, ma al momento si sentiva piuttosto appagata.

Spesso, nel giorno di paga del marito, Maho preparava le bistecche alla Salisbury. Così, quel giorno, preparò l'occorrente aggiungendo alla carne macinata mista di bovino e suino un pezzo di tofu ben strizzato e del mais in scatola. Dopo aver rosolato in padella le bistecche su entrambi i lati, aggiunse il formaggio filante e poi le fece cuocere versando, al posto della salsa classica, il condimento istantaneo per il riso *hayashi* comprato al negozio a cento yen. Il roux del condimento *hayashi* si trasformava in una corposa salsa demi-glace che rendeva la bistecca speciale, che così piaceva tanto a Taiyō. Quel piatto voleva esprimere la massima gratitudine nei confronti di suo marito. Nel tardo pomeriggio Taiyō rientrò dicendo con voce allegra: «Sono a casa!». La sua voce parve a Maho più forte del solito e così, istintivamente, mentre era in cucina, fece un risolino. Anche Saho, nonostante non ne capisse il significato, si mise a ridere portandosi una mano sulla bocca, imitando sua madre.

«Che c'è? Che succede? Perché ridi?»

Mettendosi a ridere anche lui, col suo viso abbronzato, Taiyō prese in braccio Saho.

«Vai a cambiarti e a lavarti le mani, che oggi ho fatto le bistecche alla Salisbury.»

«Ci sono le bistecche, babbo!»

Maho si faceva chiamare «mamma» da Saho, ma per qualche ragione Taiyō si faceva chiamare «babbo». A detta sua, era stato per anni il suo sogno. Ed era una cosa bizzarra, visto che Taiyō chiamava i suoi genitori «papà» e «mamma», ma Maho pensava che probabilmente fosse la stessa cosa di quando ai cani si danno leziosi nomi dal sapore nipponico, come Wasabi o Azuki. Come se quell'appellativo suonasse trendy.

Vedendo che il marito si stava incamminando verso il bagno di ottimo umore, mentre con degli «Uoh ho ho» scuoteva Saho tenendola in braccio, Maho gli gridò: «Che ne diresti di farvi direttamente la doccia tutti e due?».

«Ah!» rispose Taiyō, senza dire né sì né no.

"Sono proprio fortunata", pensò Maho.

«Wow!»

Quando videro l'anello di fidanzamento della loro amica Koharu, non soltanto Maho, ma anche le altre due non si trattennero dall'urlare. All'ora di pranzo di sabato, nel ristorante francese che era in un edificio indipendente in una stradina appartata di Omotesandō, stavano festeggiando il fidanzamento di Koharu. L'anello era stato fatto fare da Tiffany su ordinazione, e tutt'intorno a un grosso diamante a forma di cuore erano incastonati dei diamanti più piccoli. Luccicava intensamente alla luce del lampadario del ristorante.

«È un carato e due», annunciò Koharu con un tono di voce che tradiva il suo sforzo di dirlo nella maniera più calma possibile. Il diamante sembrava sul punto di traboccare dal sottile anulare.

«Non so perché, ma ho l'impressione di non poterti chiedere quanto costi…» commentò sorridendo Nami anche se, agli occhi delle amiche storiche, quel sorriso appariva un tantino permeato di amarezza. Lei era quella che tra le quattro aveva il temperamento più deciso e chiacchierava sempre più di tutte.

«Ma no, non esageriamo.»

Koharu non rispose alla domanda, spalancando di nuovo un generoso sorriso. Nel fare così, sembrava un personaggio dello spettacolo che annunciava ufficialmente il proprio fidanzamento.

«Te l'ha comprato Kōtarō quello?» le chiese Ikuno, anche lei con cautela. Lavorava nell'amministrazione di una piccola azienda alimentare della capitale. I suoi risultati all'università erano sempre stati buoni, ma era un tipo pacato, che non esternava molto i propri sentimenti. Stava anche studiando per fare l'esame da commercialista.

«Umh...»

Koharu, piegando di lato il collo sottile, assunse un'espressione indecifrabile. «Non lo so bene, perché non gliel'ho chiesto. Forse si è fatto aiutare dai suoi genitori.»

Il fidanzato di Koharu era un normale impiegato d'azienda, ma i suoi genitori gestivano una grande impresa edile a Chiba. Dopo essersi laureata all'università breve, Koharu aveva iniziato a lavorare, e quando aveva raccontato alle amiche di averlo conosciuto a un incontro combinato, dopo il quale lui aveva subito iniziato a corteggiarla con insistenza, Maho non aveva prestato attenzione a quelle prime informazioni. A essere sincera, era stata tutta presa a chiedere all'amica quanto era alto e quanto pesava, dove lavorava, che faccia aveva, insomma com'era lui, e si ricordava a stento del fatto che i suoi genitori gestissero un'impresa edile in uno sperduto posto di campagna. Eppure non avrebbe mai pensato che, nell'istante stesso in cui era stato deciso il matrimonio, quella cosa avrebbe fatto una così grande differenza. Per di più, a quanto pareva, i suoceri di Koharu avevano predisposto come nuova casa per gli sposini un appartamento in un complesso residenziale di nuova costruzione che sarebbe sorto a Toyosu.

«Loro ci comprano solo la casa, poi noi dovremo provvedere alle spese di gestione e a versare il fondo di riserva. Ho la sensazione che ogni mese sarà dura.»

Comunque fosse, era una spesa minore rispetto all'affitto dell'appartamento di Maho. A quella piccola cifra avrebbe potuto abitare in un immobile di lusso da più di cento metri quadri nell'eccellente location di Toyosu.

«Ah, quel complesso immobiliare a torre, eh? Scommetto che lì un appartamento costa cento milioni di yen», disse Nami, che lavorava presso una società immobiliare, con una voce che aveva abbandonato ogni pudore. All'epoca dell'università, Koharu, alta e magra come un chiodo, nonostante avesse un bel fisico, era una ragazza con le palpebre cadenti, che non si notava. Ma poi, dopo essere andata a lavorare in un grande magazzino ed essere stata assegnata al reparto vendite a domicilio, era completamente cambiata. I tailleur di buona fattura esaltavano la sua figura slanciata, grazie al potere del trucco i suoi occhi sottili la facevano sembrare una modella di qualche altro paese asiatico, e i capelli più lunghi avevano aumentato la sua femminilità. Il ricevimento si sarebbe tenuto in un hotel extralusso di Ebisu, e per il viaggio di nozze avevano in progetto di andare in Italia per dieci giorni. Anche in quel caso sarebbe stato un viaggio sfarzoso, con voli in business class e alberghi super lussuosi. Senza farsi scoprire dalle altre, Maho fece una serie di brevi sospiri.

«E come sta la piccola Saho? Si sarà fatta grande, eh?»

Dopo essersi unita al discorso del fidanzamento di Koharu per tutto il tempo, dall'antipasto, all'insalata, alla zuppa e al piatto principale, quando avevano più o meno finito di mangiare il pollo confit, Nami pose a Maho quella domanda. Più che informarsi sulla crescita di Saho, probabilmente voleva sottrarsi alle chiacchiere su quel matrimonio da pseudo celebrità.

«Sì, è cresciuta. Ha già tre anni ormai.»

Maho visualizzò sul display dello smartphone una foto recente di Saho e la mostrò a tutte. L'aveva scattata la domenica precedente: Saho al parco sopra l'altalena e Taiyō che la spingeva.

«Oh, ma guardala!»

Koharu, come al solito, osservava sorridendo con aria pacata – l'unica espressione che Maho le avesse mai visto, per cui non si sapeva mai cosa provasse davvero –, invece Nami e Ikuno fecero dei gridolini di gioia.

«Ma guarda cosa?» Maho si mise istintivamente a ridere, e Nami fece un profondo sospiro.

«Guarda la bimba che ieri aveva delle manine piccole come foglie d'acero, e che oggi è cresciuta al punto da poter andare in altalena da sola, non so perché, ma mi commuove. Mi viene da chiedermi cosa abbia fatto io nel frattempo.»

Ma certo. Pochi giorni dopo che Maho aveva partorito Saho, tutte e tre le amiche erano venute a trovarla e a turno avevano preso in braccio la bambina, le avevano toccato le ditine e accarezzato la fronte.

«Ma che dici, Nami? Tu stai costruendo in maniera soddisfacente la tua carriera, no?»

Quell'anno, Nami aveva ottenuto la qualifica di responsabile delle transazioni per gli immobili abitativi, diventando «responsabile del residenziale». Inoltre stava studiando per accreditarsi come interior designer. Aveva il sogno di costruire appartamenti interamente progettati da lei.

«A ogni modo, Taiyō è sempre un figo pazzesco!» disse Ikuno, che ancora stava guardando con comodo la foto.

Maho ne andava molto fiera: stavano insieme dalle superiori ed erano uno il primo amore dell'altra. Lui era un vigile del fuoco e si allenava tutti i giorni, perciò aveva un fisico muscoloso. Anche Saho, col suo naso bello dritto, pareva aver preso dal padre, e i due insieme erano da pubblicità.

«Quando sentii che a ventitré anni ti stavi per sposare con un ragazzo della tua stessa età, a essere sincera pensai "ma perché?", però ora, vedendoti così, con questa adorabile piccolina, capisco che anche questa è una scelta possibile.»

«Vero?» si dissero Nami e Ikuno guardandosi a vicenda e facendo di sì col capo.

"Eh?" Maho non aveva capito bene il significato di ciò che aveva appena sentito, e per un istante il suo corpo si irrigidì.

«Sì, all'epoca non approvai la tua decisione. Ma ora, guardando Saho, penso che tu non abbia sbagliato.»

Le due sembravano sinceramente ammirate dal profondo del loro cuore.

«Lasciare il lavoro e tutto il resto, e con quel marito, poi. È stato come scommettere tutto su di lui, no? Una cosa straordinaria.»

"Quindi tutte quante la pensavano così?" Maho non sentiva più il sapore della sua crema chiboust con mele e albicocche.

Di gioielli, Maho aveva soltanto una minuscola collanina. Gliela aveva regalata Taiyō quando erano ancora studenti, con i soldi messi da parte con un lavoretto part time. Tre piccoli diamantini erano affiancati in un disegno che ricordava una stella cadente. Era estremamente graziosa, e quando l'aveva ricevuta ne era stata felicissima. Era infatti un regalo di grande valore, nonostante lui all'epoca non avesse chissà quale disponibilità. Maho e Taiyō non avevano comprato gli anelli di fidanzamento. Lei sapeva che Taiyō non aveva tanti soldi, e poi, siccome aveva già ricevuto la collanina di diamanti, pensava che fosse sufficiente. Soprattutto, una collega più anziana dell'ufficio l'aveva consigliata dicendo che l'anello di fidanzamento si metteva per pochissimo tempo, solo fino al matrimonio, e che quando avesse avuto un bambino non lo avrebbe più indossato, il che l'aveva ancora di più convinta che non fosse necessario. Avevano però acquistato le fedi da Cartier e se le erano regalate a vicenda. Erano anelli semplici, ma a lei piacevano molto. Ma adesso, vedendo sbandierato l'enorme diamante di Koharu, il cuore le batteva forte. Se doveva essere sincera, lo desiderava anche lei. Voleva provare a metterselo al dito per un momento, solo per guardarlo brillare per bene. O comunque voleva indossarlo per sentirsi dire: «Oh, ma che meraviglia!». Avrebbe voluto riporlo nel portagioie e andare a guardarlo di tanto in tanto. Fino a quel momento non l'aveva neanche mai pensata una cosa del genere. Non era interessata alle pietre preziose, e poi era talmente impegnata che non andava neppure a farsi un giro nei grandi magazzini. Ancora una volta Maho si rese conto che in realtà le persone, se non vedono accanto un oggetto, non conoscono un sentimento come il desiderio.

Una volta visto quel diamante enorme, la sua collanina le sembrò dozzinale, con quei diamantini di scarto. Non erano forse più piccoli di quelli che circondavano il grande diamante a cuore dell'anello di Koharu? Fino ad allora Maho era stata molto orgogliosa del suo gioiello, che metteva soltanto nelle occasioni importanti. Invece ora si sentiva profondamente sollevata di non averlo indossato quel giorno per andare al ristorante francese. Probabilmente, accanto a quello di Koharu, avrebbe finito per scomparire e, nella sua attuale condizione, comprare dei diamanti non era fattibile, e probabilmente dopo qualche tempo se ne sarebbe dimenticata. Invece le parole di Nami e Ikuno l'avevano davvero ferita. Anche dopo, le due avevano continuato a rincarare la dose: «Sai, Maho? Quando subito dopo aver iniziato a lavorare ti sei licenziata senza pensarci su due volte, siamo rimaste basite». E poi ancora, unanimemente: «Io non potrei farlo mai», «Nemmeno io! Ci sono ancora cose che voglio fare, come il lavoro, o vivere l'amore», «Sei proprio straordinaria, Maho», «Fossi stata al tuo posto, probabilmente mi sarei detta che magari potevo trovare un uomo con un lavoro migliore».

Le loro frasi suonavano come espressioni di ammirazione sincera, ma al contempo, sentite dopo il racconto di Koharu, sembravano dire: "Hai avuto un bel coraggio a lasciare il lavoro con un marito dallo stipendio tanto basso!". Anche Maho, però, avrebbe dovuto immediatamente replicare: «Un momento, si può sapere che intendete dire con questo?». Se lo avesse fatto, probabilmente avrebbe capito le loro reali intenzioni e non sarebbe rimasta in quello stato di incertezza.

Dopo quel giorno, per qualche ragione, Maho non riuscì a togliersi quel peso di dosso. Ora sapeva che cosa pensavano veramente le sue amiche di lei. Sentendo del matrimonio di Koharu, Maho si mise a ricordare il periodo in cui si era sposata, i sogni che aveva allora. Lei e Taiyō non erano andati all'estero per il viaggio di nozze. Erano andati a Okinawa con un biglietto aereo low cost, e avevano fatto il giro dell'isola. Pur spendendo poco, avevano mangiato un sacco di cose buonissime, una notte avevano pernottato in un cottage in riva al mare e trascorso una serata romantica. Maho avrebbe voluto andare alle Hawaii. Ma all'epoca anche Taiyō aveva appena cominciato a lavorare e non poteva prendere delle ferie tanto lunghe. Soprattutto, pensando alla nuova vita che li aspettava, non potevano spendere una somma tanto elevata tutta in una volta. E così «andare un giorno alle Hawaii» era diventato per Maho un vago desiderio. Le Hawaii erano una meta in voga non solo tra le spose, come testimoniavano tutti gli speciali delle riviste per casalinghe, e ogni volta che

Maho le vedeva ne restava conquistata. Leggendo attentamente, Maho aveva concluso che le Hawaii erano un ottimo compromesso tra costi e benefici. Per prima cosa si potevano fare delle bellissime foto molto instagrammabili. Seconda cosa, si potevano comprare souvenir famosi che avrebbero reso felici tutti. E poi, come terza cosa – e in un certo senso probabilmente la ragione principale –, si veniva moderatamente invidiati, ma non era una meta di viaggio così speciale da attirarsi malevoli rancori o gelosie. Ovviamente le Hawaii erano costose, ma se l'alternativa era usare più volte il denaro in terme sperdute tra le montagne o in qualche resort di livello inferiore, allora tanto valeva andare alle Hawaii una volta sola, per dare soddisfazione a lei stessa e anche alle amiche. La foto di una giovane mamma con indosso un lungo vestito prendisole e della sua piccola bambina che giocano tra le onde su una spiaggia di sabbia bianca, era già un quadro di suo, chiunque fosse a scattarla. Già solo a pensarlo, Maho si sentiva rapita. E poi le sarebbe piaciuto fare colazione in un ristorante in riva al mare, o comprare vestitini per bambini economici e carini. Aveva sentito dire che alle Hawaii si trovavano un sacco di abiti a prezzi convenienti e modelli che in Giappone non c'erano. Avrebbe voluto provare a mangiare i gamberi all'aglio, che si potevano comprare ai food truck di cui tanto si parlava, e le *malasadas*, le tipiche ciambelle fritte. Desiderava anche un portafogli di Louis Vuitton, da comprare al duty-free. Anche quello appariva spesso sulle riviste. Vuitton era un marchio di lusso, ma casual, duraturo, e si poteva usare per molto tempo, a prescindere dalle mode. Una come Maho, quando comprava un portafogli, era certa di utilizzarlo per almeno dieci anni. Per cui non sarebbe stato affatto un acquisto dispendioso. E poi, anche se non poteva dichiararlo troppo ad alta voce, qualora non le fosse piaciuto più o si fosse ritrovata a corto di soldi, avrebbe potuto portarlo a un banco di pegni o venderlo su un sito. Era un brand dall'alto tasso di realizzo. Maho però, oberata dalla vita quotidiana, aveva smesso di pensare a quel sogno. Ma da cos'è che era tanto oberata, poi? Pensava vagamente di voler «mettere da parte dieci milioni», ma davvero era quello che voleva? Ci dovevano essere anche altri modi di vivere o di usare il denaro, per godersi maggiormente la vita. Aveva stabilito di andare al supermercato solo due volte alla settimana, ma calcolava sempre a mente a quanto ammontassero gli articoli dentro il suo carrello. Erano anni che non acquistava qualcosa senza guardare il prezzo e senza seguire un piano preciso. A spendere grosse cifre, poi, ci aveva quasi rinunciato fin dal principio. Anche Saho non faceva più i capricci al supermercato come gli altri bambini se vedeva dei dolci o dei giocattoli. Perché sapeva benissimo che sua madre non glieli avrebbe mai comprati. Davvero le stava bene quella vita?

«Che cosa? Ti sei forse pentita di esserti sposata, Maho?»

Il sabato di quella stessa settimana sua sorella minore, che era venuta a trovarla, glielo chiese senza mezzi termini.

«Non sto dicendo questo. Solo che...»

«Be', sinceramente anch'io all'epoca ho pensato "che coraggio a lasciare il lavoro!".»

«Eh?»

«Sì, perché al giorno d'oggi sono poche le donne che lasciano il lavoro non appena si sposano, no? Per lo meno continuano fino a che non hanno un bambino, giusto?»

«Ma è stato perché... Taiyō fa un lavoro che prevede anche i turni di notte, e sarebbe stato difficile far combaciare i nostri orari.»

Istintivamente, e con qualche esitazione, Maho ripeté la motivazione che aveva dato a tutti all'inizio del matrimonio. Ma in realtà ce n'era un'altra che non aveva mai confessato né a sua sorella minore Miho né a nessun altro della famiglia. La vera ragione del suo licenziamento era che all'agenzia di brokeraggio la quota minima di operazioni da svolgere era dura da sostenere, e aveva finito per odiare sia la vendita sia la promozione ai clienti. Quando arrivava la fine del mese, telefonava ai clienti e le costava un'enorme fatica dire cose come: «Signor Satō, lei ha un milione e duecentomila yen nel fondo comune monetario, dico bene? Che ne direbbe di convertirli in dollari australiani? Sa, c'è un fondo che utilizza i bond emessi dalle aziende automobilistiche giapponesi. E gli interessi sono del 5,5%. È un buon momento per il dollaro australiano...». Subito dopo essere entrata in azienda aveva capito di non essere portata per il lavoro di vendita. Fossero stati davvero dei fondi da cui si ricavava un profitto, sarebbe andato anche bene, ma quello era il periodo del forte apprezzamento dello yen, e quindi non era affatto il momento giusto per comprare né i dollari australiani né quelli americani, e anche il prezzo delle azioni era calato. Pure i clienti lo sapevano, e non si mostravano molto interessati, ma lei li assillava per convincerli. A ogni modo, voleva a tutti i costi raggiungere la quota stabilita di operazioni da svolgere. Maho non se la sentiva di biasimare i consulenti delle banche che consigliavano a sua nonna dei fondi a condizioni sfavorevoli, perché anche lei un tempo faceva la stessa identica cosa. All'epoca aveva confidato soltanto a Taiyō il fatto che il lavoro le costasse tanta fatica. Sentendola lamentarsi tutte le volte che uscivano insieme, lui le aveva fatto la proposta dicendo: «Allora sposami e smetti di lavorare».

Per quanto lei avesse accolto la proposta con grande gioia, se avesse confessato agli altri che lui l'aveva sposata perché si lagnava del lavoro, sarebbe suonato un po' terra terra e per niente romantico, per cui non lo aveva raccontato a nessuno.

«E allora nessun problema, no? In fondo è vero che Taiyō fa un lavoro così», disse Miho placidamente.

«Be', sì. Però...»

«Non devi badare alle tue amiche più di tanto.»

Invece ci badava eccome. Perché il motivo per cui si era sposata non era soltanto quello.

«Piuttosto, parliamo di me. Sto pensando di trasferirmi.»

«Eh?» Maho guardò di nuovo Miho che aveva sul viso una specie di sorriso imbarazzato. «Davvero?»

«Sì.»

«E dove?»

«Da queste parti... voglio dire, a Jūjō.»

«Sul serio? Ma... come mai?»

Miho distolse lo sguardo e poi, guardando Saho, spiegò: «Sai, dopo che me lo hai detto tu, ho pensato a un mucchio di cose. Mi sono messa pure a studiare… Sono andata a una conferenza sui metodi per risparmiare, e sugli investimenti, e anche a delle colazioni di gruppo… Be', una specie di gruppi di discussione. Ho partecipato anche a quelle».

«Ma è fantastico!»

«E così, la cosa che ho capito, ovunque andassi, è che dicevano praticamente le stesse cose che mi hai detto tu. Rivedere le spese fisse, mettere da parte piccole somme per volta, eccetera.»

«Eh? Veramente?»

«Ti dico di sì. So che non dovrei essere io a dirlo, ma ho pensato che tu sei veramente una forza. Voglio dire, le cose che mi hai spiegato tu sono realmente molto utili.»

«Ma che ti prende oggi? È una cosa rara che tu mi faccia un complimento!»

Maho era felice che sua sorella minore, che da quando aveva cominciato a lavorare sentiva in qualche modo lontana, la elogiasse in quella maniera.

«Ho pensato di provare a cercare casa.»

«Sono contenta! Così d'ora in poi ci potremo vedere più spesso e qualche volta potrai tenermi la bambina.»

«Eh no, per quello mi perdonerai.»

Miho corrugò la fronte, ma tornò subito sorridente e fece una sonora risata.

"La nonna!"

Quando davanti al negozio posto all'incirca a metà della strada commerciale Maho vide la nonna seduta composta, le vennero le lacrime agli occhi.

«C'è la nonnina!» gridò Saho, ignara della reazione di sua madre, rimasta lì paralizzata. Allungò il suo ditino indicandola, e ripeté: «È la nonnina, vero?». Chissà perché sembrava molto orgogliosa. Forse di sé stessa, che aveva individuato per prima la sua bisnonna? Oppure perché la sua bisnonna stava lavorando?

Quando avevano saputo che Kotoko avrebbe lavorato per un negozio di dolciumi sulla strada commerciale, e per di più che avrebbe venduto gli *odango* al banchetto sulla strada, la famiglia e i parenti avevano subito uno shock. Probabilmente chi era rimasto sorpreso più di tutti erano i genitori di Maho. Il padre a quanto pare aveva perso l'uso della parola ed era rimasto muto per un po' di tempo. Miho, la più razionale, era andata a casa della nonna, le aveva parlato con calma per tutta una sera, e poi aveva scritto un messaggio: Va tutto bene. La nonna dice che ha lavorato in un grande magazzino di Ginza prima del matrimonio, per cui servire i clienti è la sua specialità, e mi ha detto che ha voglia di lavorare di nuovo fintanto che è in salute.

Maho si era sentita un po' più sollevata anche se era rimasta parecchio stupita nell'apprendere che la nonna da giovane avesse lavorato come commessa. Da che aveva ricordi, Maho aveva visto Kotoko sempre e solo nei panni della nonna, dedita alla famiglia e brava in cucina. Come fosse prima, e a maggior ragione cosa facesse prima di sposarsi, lei non lo aveva mai immaginato. Però, a pensarci bene, anche sua nonna aveva avuto vent'anni e non era affatto inverosimile che avesse lavorato come commessa. Ecco perché ora si presentava una buona occasione per conoscere un altro aspetto di sua nonna, però nella realtà, quando l'aveva vista davanti al negozio con un fazzoletto sulla testa, Maho, senza dire una parola, era scoppiata a piangere.

«Che hai mamma? Stai piangendo?»

Vedendo che Saho era stupita, si era affrettata ad asciugarsi le lacrime, ma cionostante quelle non accennavano a fermarsi e non sapeva come fare. La nonna indossava la divisa del negozio, una specie di vestaglietta blu scuro. Se fosse stata lei o Miho a indossarla al lavoro, sarebbe stato un conto. Ma la nonna! Nel vedere lei, che era sempre elegante, magnifica, al passo coi tempi e raffinata, indossare quella roba, a Maho era preso un colpo. E in più la figura di sua nonna era così esile, così fragile, che aveva avuto l'impressione di vedere un bambino piccolo che per la prima volta andava a fare la spesa da solo.

«Oh, Maho! Ma che ti prende? Guarda che ci sono dei clienti!» Se la nonna non le avesse detto così, dolcemente e con voce dignitosa, Maho avrebbe continuato a piangere all'infinito. Sapendo che lavorava tre volte alla settimana, il sabato, la domenica e il mercoledì, Maho si era abituata al punto che ogni tanto andava a trovarla, ma ancora sentiva una stretta al cuore solo a scorgerla da lontano.

«Oh Maho! Ciao Saho!» esclamò la nonna andando loro incontro con un bel sorriso.

«Hai una pausa, nonna?»

«Sì, dalle due.»

«Allora faccio la spesa, poi dopo andiamo a prendere un tè insieme?»

«Va benissimo. Allora ci vediamo alla solita caffetteria.»

Maho e la figlia finirono le loro commissioni, e quando arrivarono alla caffetteria, la nonna le stava aspettando, senza divisa né fazzoletto. Gli occhi le brillavano e aveva le guance lisce e luminose. Era rifiorita.

«Come stai, nonna? Non sei stanca? Tutto a posto?»

Maho era preoccupata, e così non poté fare a meno di chiederlo.

«Non sono stanca per niente. È un lavoro di vendita che si può fare anche da sedute, perciò sto comoda comoda.»

A detta sua, al momento stava facendo l'apprendistato, e la paga oraria era di novecento yen, ma dal mese successivo sarebbe salita a mille.

«Devo stare seduta, sorridere, e, quando arriva un cliente, parlare un po' con lui. Nel tardo pomeriggio me ne vado via, per cui non devo fare noiose chiusure di cassa. È una vera pacchia. Mi sento quasi in colpa a farmi pagare. Inoltre a fine giornata posso prendere i dolcetti o gli *inari* avanzati.»

Oltre alla nonna, erano impiegate altre due signore anziane, e quindi lavoravano a turno.

«Venite di nuovo a trovarmi a casa. Ho un sacco di *senbei* che hanno passato la data di scadenza.»

«Sembra che ti stia andando tutto bene, eh? Meno male.»

Pur sentendosi sollevata, Maho ricordava la baraonda accaduta in casa Mikuriya quando la nonna aveva trovato lavoro, e non poté esimersi dall'aggiungere qualche parola. «Anche se pare che papà non abbia ancora digerito la novità.»

Suo padre era ancora arrabbiato per il fatto che la nonna

avesse accettato un lavoro senza dirgli nulla, e pareva avesse detto alla moglie: «Mi vergogno che mia madre, alla sua età, faccia la venditrice».

«Ancora? Ma scusate, se io non avessi lavorato al grande magazzino, non mi sarei nemmeno sposata con mio marito, e lui non sarebbe neanche nato. È un po' tardi per opporsi, no?»

«Be', però, dal punto di vista di papà, è una cosa che non può fare piacere, no?»

Di come i suoi nonni si erano conosciuti, Maho non aveva saputo niente. Kotoko aveva precisato che il loro era stato un «matrimonio d'amore», una cosa assai rara per l'epoca. Per qualche ragione Maho si era sentita felice, ma a quanto pareva, per suo padre le due cose non avevano niente a che fare tra loro.

«Senti, nonna, quando ti sei sposata hai lasciato il lavoro, non è vero?» chiese Maho.

«Ovviamente sì.»

«E non ti sei pentita?»

«Be', all'epoca era normale, perciò non ho pensato neanche per un secondo di continuare a lavorare dopo il matrimonio. Quando si diceva a un superiore che ci si stava per sposare equivaleva al dare le dimissioni.»

«Sì, è vero.»

Facendo di sì col capo, mentre sorseggiava il suo ice coffee, Maho abbassò lo sguardo.

«Cosa c'è? È forse successo qualcosa?»

«Veramente...» Le raccontò della conversazione avuta con le amiche e del matrimonio di Koharu.

«Non so perché, ma mi sono messa a riflettere su tante cose.»

«E cosa sarebbero queste cose? Il lavoro? Oppure il matrimonio di Koharu?»

«Forse tutt'e due. Sono rimasta sorpresa che esistano matrimoni così, con tutto già a portata di mano, e che le mie amiche la pensavano in quel modo sul fatto che mi fossi sposata.»

Al che Maho mormorò una cosa che non voleva ammettere neppure con sé stessa. «Sono sicura che tutte in quel momento hanno messo a confronto me e Koharu. "Guarda qui quanta differenza c'è tra due donne in base al matrimonio che fanno, cioè all'uomo che sposano", si saranno dette. "Una con l'appartamento di lusso a Toyosu, e l'altra in un bilocale di Jūjō."»

«Non devi dire queste cose. Taiyō è un bravo ragazzo e anche Saho sta crescendo bene. Io credo che tu sia fortunata, Maho.»

Maho lo sapeva. Ma allora cos'era che la faceva soffrire?

«L'altro giorno abbiamo parlato del quaderno per la contabilità domestica di Hani Motoko, ricordi?»

«Ah, sì. Quella che tua nonna riteneva essere una persona troppo severa, giusto?»

«Esattamente. Però tra le cose che diceva la professoressa Hani ce n'erano molte straordinarie, e una di quelle era la raccomandazione di elaborare piani e progetti in base alla contabilità domestica.»

«Progetti in base alla contabilità domestica?»

«Proprio così. La professoressa insisteva nel dire che sul quadernetto non bisogna solo appuntare il denaro che si è speso, ma anche i progetti che si hanno in mente. Questo mese quanto denaro è entrato e quanto ne è uscito? E di questo, quanto ne posso usare io per me? Diceva che era essenziale tenere sotto controllo tutte queste cose.»

«Davvero?»

«A differenza mia, tu entro certi limiti puoi fare dei progetti. Immagino che tu abbia dei piani ben precisi su come procedere fino a che Saho andrà a lavorare. Ecco perché secondo me faresti bene a pianificare quando, dove e quanti soldi più o meno spendere nei prossimi vent'anni. E poi, fatto ciò, che ne diresti di ripensare un'altra volta a quanto denaro ti occorre? Magari così facendo non dovrai preoccuparti più del necessario o metterti a paragone con altre persone.»

«Va bene.»

A dispetto di quel consiglio potente, Maho rimase impigliata in un dettaglio insignificante.

«A differenza tua, hai detto... Stai forse dicendo che la tua vita d'ora in avanti non lascia possibilità di fare previsioni?»

«E scusa è così, no? Potrei andarmene anche domani, senza preavviso», rispose la nonna con un sorriso birichino; per qualche ragione Maho non era persuasa.

«Ma se pensi di morire domani all'improvviso, allora i soldi non ti serviranno più», obiettò con un breve sospiro.

«A dire il vero... anch'io sono un po' preoccupata per il futuro.»

«Eh? In che senso?»

La nonna era sempre stata una persona molto pacata. Abitava in una splendida villetta, possedeva bei mobili e oggetti per la tavola, e viveva la sua esistenza tenendo come si deve la contabilità domestica. In un certo senso era come se fosse una «presenza fissa», sempre accanto alla famiglia Mikuriya e a Maho. Quest'ultima ne era orgogliosa e provava grande ammirazione per lei.

«D'ora in avanti non so quanti soldi mi ci vorranno. Da quando il nonno è morto, la pensione è diminuita. Non che non abbia dei soldi da parte, ma se attingo da quelli, poi sarà un bel guaio quando avrò bisogno di essere assistita.»

«Non dirmi che è il motivo per cui ti sei messa a lavorare!»

«Non è solo per quello. Chiaramente avevo anche voglia di ricominciare a lavorare. Però è vero che un po' di denaro in più non guasta.»

Maho non sapeva cosa dire.

«Sono contenta di averne potuto parlare con te, Maho. Perché non lo avevo detto a nessuno della famiglia. Un giorno probabilmente avrò bisogno di essere aiutata da qualcuno, ma per quanto possibile vorrei essere autosufficiente. Perciò mi faresti il piacere di non dirlo ai tuoi?»

«Ho capito... ma prima o poi sarà meglio che tu gliene parli.»

«Sta' tranquilla, farò in modo di dirglielo io come si deve. E poi non è che sia così tanto a corto di denaro, eh. Ancora ce la faccio.»

Effettivamente, quando tempo prima avevano parlato della percentuale di interessi sul suo capitale, si era detto che aveva circa dieci milioni di yen da parte. Quindi era un dato di fatto che avesse quella bella somma.

«Ho capito. Ti appoggerò anch'io, per quanto mi è possibile. Se c'è qualcosa in cui posso darti una mano, dimmelo pure.»

«Il lavoro mi diverte, e ogni giorno mi sento felice. È la verità.»

Quando alla fine la nonna disse così, il suo sorriso le sembrò sincero.

La telefonata arrivò di sera tardi. Maho e suo marito, svegliandosi presto al mattino, alle dieci di sera dormivano già profondamente. Il primo a riscuotersi fu Taiyō e, sentendolo muoversi, anche Maho aprì gli occhi.

«Non è il mio», sussurrò Taiyō con voce assonnata, dopo aver guardato il proprio cellulare.

«Eh?»

La suoneria di Maho era in modalità vibrazione. Se di notte squillava il telefono di solito era quello di Taiyō, perciò non aveva pensato che potesse essere il suo. Sorpresa, annaspò cercando accanto al cuscino. Il nome che appariva sul display era KOHARU.

«Maho?» Quando dall'altro capo del telefono sentì una voce di donna che piangeva, Maho trattenne il respiro.

«Koharu?»

«Scusami, scusami tanto.»

«Ma che c'è? Che è successo?»

Continuando a piangere, Koharu le chiese se poteva andare a casa sua.

«Certo, però... sei da sola? Dove sei?»

«Adesso sono a Ginza... Prendo un taxi. Ti chiedo scusa.»

Maho si alzò e, mentre indossava un cardigan sopra il pigiama, Taiyō le chiese: «Tutto a posto?».

«Era Koharu. Pare che le sia accaduto qualcosa. Ha detto che tra poco viene qui, ma chiudo la porta, perciò tu non preoccuparti e continua a dormire.»

Per fortuna Saho, sdraiata in mezzo a loro due, non si era svegliata.

«Umh... Se è necessario, svegliami pure, ok?» disse Taiyō, seppellendosi sotto il piumone.

Nella casa di Maho, appena entrati, si apriva la cucina con

il tavolo per pranzare. Non c'era altra scelta che mettersi lì a parlare. In confronto al complesso residenziale a torre in cui sarebbe andata ad abitare Koharu... Al solo pensiero, Maho provò vergogna, ma non poteva farci niente. Per quanto fosse primavera, faceva freddo. Accese la stufa a cherosene, preparò del tè caldo e si mise ad aspettare. All'improvviso sentì bussare alla porta e, dopo aver aperto, si trovò davanti Koharu, con gli occhi tutti rossi.

«Ma che ti è successo? Stai bene?»

«Sì.»

Probabilmente durante il tragitto in taxi si era un po' calmata. Sorrise con un'aria leggermente imbarazzata.

«Racconta...»

Dopo essersi seduta al tavolo, Koharu fece un lungo sospiro.

«Ecco, io... probabilmente non mi sposo più.»

«Che cosa?!»

Koharu bevve un sorso del tè che Maho le aveva versato.

«Ho saputo una cosa incredibile.»

Maho era terrorizzata al pensiero di sentire qualcosa di molto grave.

«Sai, senza che io lo sapessi, stavano per stipulare una costosissima assicurazione sulla mia vita!»

«Che significa?»

Da quel che diceva Koharu, subito dopo il fidanzamento, lui le aveva chiesto di dargli il sigillo e la carta dei dati personali. Quella sera, mentre cenava insieme ai genitori di lui in un ristorante di lusso di Ginza, era stata sul punto di farsi convincere a firmare i documenti di un'assicurazione che aveva come beneficiari il suo fidanzato e i futuri suoceri.

«Di che cifra parliamo?»

«Mi pare cento milioni di yen.»

L'anulare sinistro di Koharu luccicò, e il fatto che succedesse esattamente mentre pronunciava quella cifra, cento milioni, sembrò a Maho un segno infausto.

«Eh?! Però probabilmente lo hanno fatto per te. È vero che quando si parla di assicurazioni a tanti zeri balena nella mente l'idea dell'omicidio per incassare la polizza, ma in fin dei conti si tratta di una somma che rappresenta una sicurezza per il futuro.»

«Anche i miei suoceri mi hanno detto così. Voglio dire, ci hanno pure comprato l'appartamento nella torre residenziale. Loro si occupano a vario titolo di commercio, per cui, dicono, è una cosa normale stipulare un'assicurazione che protegga da qualsiasi evenienza.»

«Sì, proprio così.»

«C'è un però. Quando ho chiesto loro se allora anche Kōtarō avesse un'assicurazione, mi hanno risposto "certamente". Tuttavia la beneficiaria non sono io. "Allora lo diventerò dopo il matrimonio?" gli ho domandato con nonchalance, e loro si sono arrabbiati dicendo che pensavo il peggio. Non ti sembra assurdo?»

«Capisco...»

Trattandosi dei genitori del suo fidanzato, Maho non poteva sbilanciarsi a parlarne troppo male. Però sentiva di comprendere cosa stesse provando Koharu.

«Nonostante sua madre sia una donna raffinata, improvvisamente si è trasformata in un'altra persona... Io ho chiesto scusa, ma non ha voluto perdonarmi... E lui non è stato per niente dalla mia parte. Come se il fatto non lo riguardasse. Allora me ne sono andata via direttamente dal locale.»

«Ho capito.»

«Senti, Maho, sono tutti così i suoceri? Sono venuta da te perché sei esperta di assicurazioni e inoltre sei già sposata. Per cui ho pensato che avresti potuto spiegarmi meglio.»

«Umh, dipende dalla famiglia. Non c'è una regola che valga per tutte.»

«E allora tu che ne pensi, Maho? Secondo te faccio bene a sposarmi?»

Maho non sapeva cosa rispondere. A essere sincera, pensava che per una cosa del genere non si dovesse arrivare a rompere il fidanzamento. Non conosceva bene il motivo per cui i genitori del fidanzato di Koharu volessero stipulare una così corposa assicurazione, ma magari esistevano famiglie per le quali era normale farlo. Ma il fatto che considerassero la loro futura nuora così potenzialmente manovrabile e che Kōtarō non avesse difeso Koharu dai propri genitori era per Maho un campanello d'allarme.

«Che ne diresti di parlarne meglio con Kōtarō?»

Alla fine Maho non aveva potuto fare altro che risponderle in maniera diplomatica. Però sentiva che era l'unico consiglio valido che potesse darle.

«Magari puoi dirgli quanto sei rimasta scioccata quando hai sentito il discorso dei suoi genitori, e che vorresti che lui prendesse le tue parti quando c'è una discussione in ballo. Che ne dici di provare a dirgli tutto quello che pensi? Se poi si rivelasse una persona che non capisce i tuoi sentimenti, allora farai bene a ripensarci riguardo alle nozze, no?»

Koharu non sapeva ancora cosa provasse il suo fidanzato. Molto probabilmente non si era nemmeno accorto che lei desiderava che prendesse le sue difese.

«Quando dovevi sposarti tu com'è stato? Non ci sono state indecisioni, o litigi?»

«Be', io ero fidanzata da tanto tempo e conoscevo i suoi fin dai tempi del liceo...»

«Ah già. Beata te.»

Maho ci rimase di stucco. Koharu, quella del matrimonio a cinque stelle, provava invidia per lei.

«Però non credere che io non abbia avuto un sacco di dubbi in questi anni di matrimonio, eh!»

«Dici sul serio? Credevo che tu fossi sempre tutta cuoricini!»

«No, anch'io ho avuto i miei pensieri... Per esempio, se ho deciso di sposarmi, è stato perché volevo lasciare il lavoro. In realtà non l'ho detto a nessuno, ma in ufficio le cose non andavano molto bene. Non riuscivo a raggiungere il tetto di operazioni minime, e quando me ne sono lamentata con Taiyō, lui mi ha proposto di sposarci. Ecco perché è il tuo matrimonio quello tutto cuoricini.»

«Non ci credo!»

Istintivamente le due amiche si guardarono in faccia e scoppiarono a ridere.

«Tu sei sempre così calma e dignitosa, Maho. E siccome ti vedevo felice e solida come una roccia, credevo che il mio matrimonio ti facesse ridere, perché secondo te era come giocare a fare la signora.»

«Non è affatto così. Io ti invidio, Koharu.»

Improvvisamente a Maho tornò in mente il sorriso di sua nonna. «Guarda che nessuna esistenza è solida come una roccia.»

«Sì, forse è vero.»

Dopo aver parlato ancora un po', Koharu tornò a casa. Mentre Maho stava lavando le tazze, Taiyō la raggiunse.

«Scusa, ti ho svegliato?»

«No.»

«Stavi ascoltando?»

«Sì, un po' si sentiva.»

Taiyō abbracciò la moglie da dietro mentre lavava le tazze. Il suo mento le toccò la guancia.

«Non l'ho fatta perché tu ti lamentavi.»

«Eh?»

«La proposta. Non te l'ho fatta perché non volevi più lavorare.»

«Però quella volta...»

«Era da un sacco di tempo che volevo fartela, ma non ci riuscivo mai. Poi per fortuna tu ti sei messa a lamentarti del lavoro e io ho colto al volo l'occasione.»

«Dici davvero?»

«Sì.»

Dopo aver detto soltanto quello, Taiyō si allontanò in fretta. «Buonanotte!»

Tornò immediatamente in camera da letto, come se fosse imbarazzato. Ma a Maho sfuggì una risata.

"Ma quanto è dolce quando fa così!"

Le venne voglia di vantarsene con qualcuno con un pizzico di orgoglio.

4.
COSTI E BENEFICI

Yasuo Komori stava fumando una sigaretta rivolto verso il mare, sul molo di un piccolo porto peschereccio.

«Non bevi più?» Alle sue spalle si sentì la voce di una giovane donna, e mentre lui era ancora indeciso se voltarsi, si sentì afferrare per la schiena. Subito si rese conto che avere una donna morbida, calda e profumata che gli si avvinghiava addosso era una situazione terribilmente eccitante. Da alcuni giorni stava svolgendo un lavoro stagionale, con vitto e alloggio offerti, che consisteva nell'andare di mattina presto a lavorare i lucci che venivano scaricati dalle barche, sistemarli negli scatoloni e spedirli via mare. La pesca dei lucci era appena cominciata e quel giorno la quantità di pesci presi era stata scarsa, per cui alle tre del pomeriggio le operazioni erano terminate.

«Rena, sei ubriaca, forse?»

«Sì, sono ubriaca!»

Era una ragazza affascinante, sui vent'anni, universitaria, con braccia e gambe lunghe e vaporosi capelli castani. Yasuo non sapeva con quali kanji si scrivesse il suo nome. Aveva un aspetto appariscente e, sia dall'abbigliamento sia dal modo di parlare, aveva capito che la sua era una famiglia benestante. Ma se aveva deciso di lanciarsi in un lavoro duro come quello, per cui alla fine della giornata le scricchiolava la schiena e le si appiccicava al corpo un odore di putrido, forse era perché nella sua vita quotidiana avvertiva la mancanza di qualcosa e non si sentiva pienamente soddisfatta. Di ragazze come lei Yasuo ne aveva viste tante. Si liberò abilmente delle braccia che lo tenevano avvinto e allontanò da sé la ragazza cercando di non essere troppo rude e senza dimenticarsi di fare una risata per sdrammatizzare.

«Tu non bevi, Komori?»

«Ho bevuto già abbastanza. Questo vecchio è ormai brillo.»

«Non sei affatto vecchio. Una persona ha detto che la giovinezza non è un periodo della vita, ma uno stato d'animo.»

«Ah ah ah!» Pur sapendo bene che si trattava di una poesia di Samuel Ullman, l'animo di Yasuo si raggelò al pensiero che, molto probabilmente, Rena stava ripetendo a pappagallo una frase sentita da un vecchio professore all'università, uno di quelli a cui verrebbe voglia di dire di non prendersi la pensione se voleva spacciarsi per sempre giovane. Fece quindi finta di non conoscerla, per evitare di darle spago.

«Ma io sono vecchio anche nello stato d'animo.» Poi aggiunse mormorando: «In fin dei conti, ho quasi quarant'anni».

La ragazza sfilò a Yasuo la sigaretta che teneva infilata tra le labbra e la strinse tra le sue.

«Che buona!» disse strizzando gli occhi.

"Oh, ti prego, smettila con questi mezzucci per sbattermela in faccia a tutti i costi!"

Yasuo non riusciva a restare del tutto impassibile al pensiero che, anni prima, di sicuro se la sarebbe portata a letto.

«Tu sei diverso dagli altri uomini, Komori.»

«In che cosa?»

«Mah, tipo nel modo di pensare, o nell'aura che emani. Nel fatto che non sei attaccato a niente.»

«Guarda che sono vecchio.»

Fino a due o tre anni prima, passava da un lavoro stagionale all'altro e in ogni posto trovava una donna che gli andasse a genio. Aveva fatto quella vita per quasi dieci anni, pur continuando ad avere una fidanzata. Fino a quando non aveva iniziato a stare seriamente con Kinari Motoki.

«Hai una ragazza, Komori?»

Se le avesse risposto che ce l'aveva, sarebbe stato facile scrollarsela di dosso. C'era qualcosa in lui che gli impediva di farlo, e non perché aveva la ragazza, ma perché ormai quelle cose non le voleva più fare. Solo che non riusciva a trovare una buona ragione per respingerla.

«Ce l'ho, ma...»

In realtà ce l'aveva davvero. Anche se, prima di partire, tra lui e Kinari c'era stata un po' di tensione, probabilmente stavano ancora insieme.

«Io... voglio sposarti, Yasuo. O meglio, voglio un figlio da te. Nel peggiore dei casi, mi va bene anche solo il bambino. Ti sei laureato in un ateneo piuttosto buono, sei intelligente, mi piace il tuo aspetto, e hai anche un carattere gentile. Perciò i tuoi geni non sono poi così malaccio.»

Erano parole dirette, tipiche di Kinari. "I miei geni." Con Kinari, tra lasciarsi e riprendersi, stava insieme da quasi dieci anni. Quando si erano conosciuti lei aveva più o meno l'età di Rena. Probabilmente era una cosa naturale che una donna che aveva superato i trent'anni desiderasse avere un figlio. Tuttavia, quando lui e Kinari si erano conosciuti, Yasuo non avrebbe mai immaginato che nel loro rapporto gli sarebbe stato chiesto di «dare un contributo genetico». A essere sincero, essendo all'epoca una giovane universitaria, aveva pensato che fosse una donna con cui poter stare senza avere in seguito degli spiacevoli strascichi. Per Yasuo, che allora già stava per passare la boa dei trenta, una coetanea sarebbe stata troppo pesante. Si erano conosciuti a Varanasi, in India, in un alloggio vicino al fiume. A quei tempi, Yasuo e gli altri viaggiatori trascorrevano tutte le giornate nello stesso modo. Si svegliavano al suono delle campane e delle preghiere, attraversavano le stradine ancora buie per scendere al Gange, e lì veneravano il sole che sorge bevendo del chai. Poi, dopo essere rimasti per un po' a osservare distrattamente il fiume, tornavano alla pensione, facevano colazione e fino all'ora di pranzo chiacchieravano o giocavano a carte. Nel tardo pomeriggio andavano di nuovo al fiume, bevevano il chai, facevano rientro all'alloggio e mentre cenavano facevano un'altra volta quattro chiacchiere. Quando Yasuo stava trascorrendo giornate così ormai da molti mesi, era arrivata Kinari.

«Sicuri che vi vadano bene giornate tanto improduttive?»

Non appena era giunta in India, aveva fatto, carica di energia, il giro dei luoghi di interesse storico-culturale. E ogni volta che alla pensione trovava Yasuo e gli altri come lui, diceva sempre la stessa cosa. Non era arrabbiata, e lo faceva col sorriso, ma siccome aveva un tono di voce alto, suonava come se stesse sbraitando. Yasuo pensava che anche lei, una volta finiti i giri turistici, si sarebbe unita alle loro chiacchiere, oppure se ne sarebbe andata via. Perché era ciò che facevano tutti quelli che arrivavano in quel posto. Kinari non aveva fatto nessuna delle due cose e, dopo aver visitato tutti i monumenti, aveva ricominciato daccapo. Persone come lei non ce n'erano. In altre parole, le atmosfere dell'India le erano piaciute, ma non le andava di stare lì a poltrire con gli altri.

"Che tipo strano!" aveva pensato Yasuo. E poi, un giorno, d'un tratto gli era venuto in mente di invitarla ad andare insieme a Kathmandu e lei, contenta, lo aveva seguito docilmente. A quanto pareva, Kinari non si era innamorata dell'India o di Varanasi, ma di Yasuo. Anche in seguito, per un po' di tempo si erano frequentati senza impegno, ma da alcuni anni la loro relazione si era evoluta al punto che si scambiavano regali per le ricorrenze e facevano avanti e indietro tra le case dell'uno e dell'altra.

"Quella donna vuole il mio DNA, ed è tutta colpa della nipote di Kotoko Mikuriya. Vorrei proprio vedere che faccia farebbe quella nonnina tanto raffinata se le dicessi: 'Ultimamente non ho più voglia di fare sesso con le ragazze giovani. Secondo te come mai?'." Yasuo scoppiò a ridere.

«Ah, Komori! Stai ridendo! Mi trovi ridicola? Ho detto qualcosa di strano?» chiese Rena con tono balbettante.

"Eh no, se devi seguire il filo del discorso, qui dovresti dire: 'Ci sono! Ti stavi ricordando della tua ragazza, vero?', non ti pare?", pensò Yasuo, con la voglia di passarle la battuta. Ma probabilmente Rena era talmente giovane e aveva avuto talmente successo con gli uomini fino a quel momento che non riusciva a pensare ad altro che a sé stessa. La giovane donna accanto a lui lo stava annoiando ancor più di prima. Ma poi, quando gli venne in mente che una donna come la signora Kotoko Mikuriya non avrebbe battuto ciglio e gli avrebbe risposto: "Oh, sai, è che è arrivata per te l'età in cui devi farti vedere da un medico come si deve", rise ancora di più.

«Ma che ti prende?»

«Niente.»

Si scocciava di dare spiegazioni a una che si fingeva più ubriaca di quanto non fosse, così la tirò a sé afferrandola per il polso sottile.

Pochi giorni prima della partenza, Yasuo era andato insieme a Kinari a casa di Maho Ido, la nipote di Mikuriya. La signora lo aveva invitato dicendo: «Che ne diresti di venire uno di questi giorni a casa di mia nipote? Anche lei dice di volerti conoscere». Se questa nipote fosse stata single, a Yasuo avrebbe fatto un enorme piacere, ma non aveva forse già un marito e una figlia? Per di più il marito era un vigile del fuoco, quindi un impiegato statale. Abbronzatissimo e in perfetta forma, un ventinovenne serio e onesto. E poi c'era una bellissima bambina di tre anni, che già a vederla in fotografia ti veniva voglia di rincontrarla di nuovo tra quindici. Con quale faccia si sarebbe potuto presentare nella casa di una famiglia tanto perfetta? Così aveva finito per coinvolgere anche Kinari. Tra l'altro, il messaggio di invito su Line da parte della nonna gli era arrivato casualmente mentre era insieme a lei, e quando glielo aveva mostrato Kinari aveva detto: «Voglio venire anch'io. Voglio conoscere la signora Kotoko». Dopo essersi laureata, Kinari era stata assunta presso un grosso tour operator. Dopo circa dieci anni si era licenziata ed era diventata una reporter di viaggi. Anche se, a quanto pareva, non aveva venduto molto, aveva scritto un libro intitolato *I resort in cui una donna può vivere da sola.* Come ci si aspetterebbe da una che faceva un lavoro del genere, Kinari era molto socievole, quindi Yasuo l'aveva invitata immaginando che, anche a casa degli Ido, non si sarebbe trovata a disagio, ma il risultato era andato oltre le sue aspettative. Era entrata totalmente in sintonia con Maho e avevano chiacchierato ininterrottamente come due vecchie amiche di lavoro, viaggi, e per finire anche dei compensi e dei progetti di vita per la vecchiaia.

«Ti piacerebbe andare alle Hawaii? Allora guarda, io conosco una villa in affitto in cui tu e la tua famiglia potreste alloggiare in totale relax, perciò ti faccio andare a nome mio. È un pochino lontana da Waikiki, però vicino c'è un centro commerciale, e poi proprio per quello il prezzo è più basso.»

«Davvero? Mi rendi felice! Però noi probabilmente potremmo stare per sole tre notti. Andrebbe bene lo stesso?»

«In realtà il soggiorno minimo è di una settimana, però io conosco il proprietario, perciò cercherò di trattare per te.»

«E poi noi… non parliamo l'inglese.»

«Tranquilla, nessun problema. La moglie del proprietario aveva i nonni giapponesi per cui parla la nostra lingua, seppur in maniera stentata. La prenotazione posso anche farvela io.»

«Wow, tutto dalla A alla Z! Ma grazie!»

Evidentemente entrambe avevano capito che l'altra era una persona con cui poter parlare.

«E invece, Kinari, chi fa un lavoro come il tuo che tipo di programma di assistenza ha?»

Dopo che Kinari aveva fatto domande sullo stile di vita di un impiegato statale, stavolta era stata Maho a chiedere a lei.

«Io sono una freelance, non ho diritto al TFR e percepirò solo la pensione minima. Ero un pochino preoccupata, quindi ho deciso di sottoscrivere una pensione integrativa a contributo fisso, che permette di scaricare le tasse, e sto mettendo da parte il TFR tramite una cooperativa di mutuo soccorso per piccole imprese. Non ho un lavoro stabile, per cui non so fino a quando potrò continuare, ma ho intenzione di impegnarmi al massimo. Ecco perché non vedo l'ora che arrivi la vecchiaia, o quasi!»

«Ma è un'ottima cosa, questa.»

Perfino Kotoko, che stava ascoltando tutta sorridente le conversazioni tra i giovani, si era intromessa dicendo: «Non è affatto esagerato predisporre già da ora le cose per la vecchiaia».

Chissà se era davvero così, se Kinari non si sarebbe pentita in futuro di non aver speso prima il denaro. Visto che non si sa fino a quando vivremo, chissà se nell'attimo prima di morire non avrebbe poi pensato "Ah, lo sapevo che avrei fatto meglio a stracciare i miei soldi!".

Mentre rifletteva su queste cose, senza assolutamente farvi

cenno, anche Yasuo le ascoltava col sorriso sulla faccia. Tra l'altro, lui non versava assolutamente nulla, né per la pensione a contributo fisso né a una cooperativa di mutuo soccorso, e neppure la quota dell'assicurazione statale. Anche l'assicurazione medica gli era scaduta.

«Non sai quanto sono contenta che una donna così seria e con i piedi per terra sia accanto a Yasuo!» aveva detto Kotoko alla nipote stringendo gli occhi in un sorriso, ma anche Yasuo, in realtà, non aveva mai sentito che Kinari si stesse preoccupando fino a quel punto della sua vecchiaia.

«E a proposito di questo – e mi sto rivolgendo alla Maho ex broker – con la pensione a contributo fisso puoi decidere autonomamente su cosa investire, no? Io metto da parte una metà in contanti, poi un quarto lo metto su un fondo di investimento. Secondo te faccio bene?»

«Sì, purché abbia commissioni basse e a interesse composto.»

«È così.»

«Non avevo dubbi, Kinari!»

Le due donne, lanciandosi gridolini a vicenda, si erano date il cinque come due giocatori di baseball.

"Ma che sarà mai questo interesse composto? C'è bisogno di fare tutte queste feste?" A Yasuo quelle parole suonavano spaventose. Anche Kinari, rispetto a quando parlava con lui, sembrava molto più briosa. Stando insieme da molti anni, ultimamente capitava perfino che finissero di mangiare senza essersi detti nemmeno una parola. Chissà se tutte quelle specie di formule magiche che le due donne si stavano scambiando non erano cose che chiunque altro, a parte lui, già sapeva. Mantenendo una calma apparente, Yasuo dentro di sé era parecchio nel panico, e mentre si guardava intorno senza posa, aveva incontrato lo sguardo del marito di Maho, Taiyō. La casa era un bilocale, con una piccola cucina e due camere. Il tavolo della cucina, cui erano state aggiunte delle sedie prese in prestito dai vicini, ospitava i cinque adulti. Per quanto Yasuo simpatizzasse con un tipo di vita semplice, era talmente vicino a Taiyō che i loro gomiti quasi si toccavano.

«Se vuoi fumare, Yasuo, puoi farlo sul balcone.»

Con un sorriso fresco come tutta la sua persona, Taiyō gli aveva lanciato quella scialuppa di salvataggio.

«Eh? Tu fumi, Yasuo?» aveva chiesto sorpresa Maho, come se avesse trovato la fonte di tutti i mali.

«No, solo di tanto in tanto...»

«Sì, è vero. Davanti a me non fuma, però quando è al lavoro, o comunque dove io non lo vedo, pare che lo faccia.»

Anche Kinari aveva fatto una smorfia, come una moglie brontolona. E così, nonostante in realtà non avesse tutta questa voglia di fumare, Yasuo aveva deciso di uscire sul balcone insieme a Taiyō.

«Sei stato bravo a capire che fumo. E dire che lo faccio assai di rado.»

«Tra i miei colleghi anziani ci sono molti fumatori incalliti. Ecco perché bene o male me ne accorgo. Io poi ci sono abituato al fumo, non ci faccio caso.»

Yasuo si era immaginato Taiyō che all'*izakaya* cercava con devozione dei posti per fumatori per i colleghi più alti in grado e prendeva per loro i posacenere. Probabilmente era un sottoposto molto attento, amato da tutti.

«Quando si bevono alcolici viene un po' voglia di fumare.»

Avevano bevuto una particolare birra artigianale che Kinari aveva portato in omaggio. Maho aveva offerto loro una pizza preparata da lei e cotta con una macchina per fare il pane che diceva di aver comprato con i punti della carta di credito. Era davvero buonissima.

«Credevo che i vigili del fuoco non fumassero, visto che vi dovete tenere in allenamento. E poi fumare a letto è una delle cause degli incendi.»

«Pare che tantissimi impiegati statali fumino. Be', è un ambiente all'antica. Comunque ti chiedo scusa per Maho. È tutta su di giri e non fa che parlare.»

Yasuo aveva pensato che, anche in quel modo di scusarsi di lei, mostrasse affetto per la propria moglie.

«Ma no, figurati. Mi ha fatto molto piacere che mi abbiate invitato. Sto imparando un mucchio di cose sentendola parlare. E anche Kinari sembra molto più contenta di quando siamo da soli io e lei.»

«È che normalmente Maho sta da sola con la bambina. E quindi parlare con degli adulti la riempie di gioia. In particolar modo con una persona con cui condivide tanto come Kinari.»

«Capisco. Tirare su un figlio deve essere faticoso, eh?» aveva mormorato Yasuo, esattamente come se la questione non lo riguardasse affatto.

Lui non capiva come mai la gente facesse figli. Non che odiasse i bambini. Anche poco prima, fino a che Saho non si era addormentata per il pisolino pomeridiano, l'aveva tenuta tutto il tempo sulle sue ginocchia. La bambina era andata con naturalezza da lui e gli aveva chiesto di prenderla in braccio. Tutti lo avevano preso in giro dicendo: «Ha subito capito a chi piacciono i bambini». In realtà, anche all'estero, i bambini o gli animali si affezionavano terribilmente a lui. Tuttavia Yasuo non desiderava avere figli. Non rigettava del tutto l'idea di averne né ovviamente criticava chi li aveva. Però un figlio comportava tempo e denaro. E non era detto che, dopo averlo allevato con tanto sforzo, sarebbe poi diventato una brava persona. Magari, anziché accudirti quando fossi diventato vecchio, ti avrebbe ammazzato colpendoti con una mazza da baseball. Un cattivo rapporto costi-benefici. Per Yasuo, era inspiegabile come una con così solide nozioni di economia come Maho avesse accettato il peggiore rapporto costi-benefici che esista, ossia avere un bambino. Era per quelle sue idee che Yasuo era ancora celibe. Anche lui stesso si considerava una persona fredda. Tuttavia, chissà perché, capitava molto spesso che le persone che lo circondavano lo giudicassero all'opposto.

«Per me quei discorsi sono arabo.»

«A dire il vero non li capisco nemmeno io.»

«Eh? Neanche tu, Taiyō?»

«No, perché tutto ciò che riguarda i soldi, o gli investimenti, è in mano a Maho.»

Poi Taiyō aveva di nuovo sorriso, mostrando i denti bianchissimi. "Incredibile", aveva pensato Yasuo. Quel ragazzo consegnava lo stipendio a sua moglie e riusciva a vivere senza alcun malcontento o preoccupazione. Non era forse perché soltanto uno fatto come lui poteva avere una famiglia, e tirare su dei figli? Anche quella era un'abilità speciale.

«Per me va bene così. Ho la sensazione che le cose vadano meglio quando una donna ha un temperamento forte, i piedi per terra, e protegge la famiglia. Perché anche a casa dei miei è lo stesso.»

"Capisco, la si può pensare anche così", aveva assentito Yasuo. Neanche a lui dispiacevano le donne forti. Solo che, fino ad allora, aveva attinto a quelle capacità femminili non nella vita matrimoniale, bensì per sopportare la solitudine quando se ne andava bighellonando all'estero o in province remote. Forse, inaspettatamente, se avesse sposato una di quelle donne, le cose sarebbero andate bene. Però non era una priorità.

«A parlare con te, Taiyō, imparo delle cose, sai?» Yasuo aveva finito per esprimergli con franchezza la sua ammirazione. Negli ultimi tempi non gli capitava quasi mai di conversare con qualcuno che facesse un lavoro normale, che fosse sposato e per di più soddisfatto.

«Ma quando mai! Io non ho assolutamente nulla che potrei insegnare a uno come te, Yasuo», aveva detto Taiyō con modestia, agitando con forza le mani davanti al suo viso.

«Sai, Taiyō, potresti benissimo stare su uno di quei poster nelle caserme dei pompieri. Sei proprio un bel ragazzo.»

«Veramente l'ho già fatto una volta. Il terzo anno che lavoravo ho posato per la campagna di reclutamento dei neolaureati. Però mi è costata la decurtazione di un giorno di ferie e non mi hanno pagato nemmeno uno yen. E sono stato preso in giro in tutti i modi possibili.»

Un uomo che non si pavoneggiava nemmeno per quello! Proprio un papà che meritava il massimo dei voti.

Sulla strada del ritorno Kinari era di ottimo umore.

«Maho e Taiyō sono proprio una bella coppia. Non conosco altra gente del genere e, all'inizio, mi domandavo come sarebbe andata a finire. Ragazze che hanno una così solida conoscenza di economia sono rare. La prossima volta, magari, le faccio una bella intervista.» Poi, come parlando tra sé e sé, aveva aggiunto: «Potrei provare a mandare una proposta scritta a qualche rivista».

«Secondo me, Maho sta dicendo le stesse cose di te.»

«Eh? Tu dici? Se è così sono contenta.»

Kinari non aveva intenzione di fare ironia e, vedendola gioire senza la minima malizia, Yasuo si era chiesto dove fosse finita la ragazza di sempre. Perché a lui piaceva proprio il fatto che Kinari fosse una che giudicava severamente le persone e a volte le analizzava in maniera cinica.

E poi, come un fulmine a ciel sereno, era arrivata quella domanda.

«E... non lo vogliamo anche noi un bambino?»

Yasuo non era riuscito a rispondere rapidamente.

Yasuo Komori quell'anno avrebbe compiuto quarant'anni, nella sua vita aveva ricevuto quella proposta diverse volte. Se si includevano quelle un po' alla leggera dei tempi in cui era studente, e quelle che gli erano state fatte a letto, nell'impeto del momento, ne aveva ricevute talmente tante che per contarle non bastavano le dita di entrambe le mani. "Ma perché le donne vogliono un figlio da me? E dire che non esiste al mondo uno meno adatto ad avere una famiglia!"

Vedendo che lui restava zitto, Kinari aveva cominciato a elencare i motivi per i quali Yasuo era adatto a diventare il padre di suo figlio: aveva un livello di istruzione piuttosto buono, era un bell'uomo e abbastanza gentile. Yasuo aveva pensato che di sicuro lei ci stesse pensando già da tempo. E che vedendo l'atmosfera che c'era in casa Ido aveva probabilmente finito per esternare quel desiderio. Yasuo lo capiva talmente bene che gli faceva quasi male. Ecco perché non riusciva a opporre un netto rifiuto. Tuttavia, considerando la faccenda realisticamente, che cosa mai poteva fare un uomo che non aveva né un lavoro stabile né sogni per il futuro, e che come hobby e scopo della vita aveva solo quello di vivere come un vagabondo?

«Guarda che io non sto versando i contributi per la pensione e mi è pure scaduta l'assicurazione medica.»

Non sapeva se quella poteva essere considerata una risposta, ma per il momento aveva provato a dire così.

«Lo so.»

"Quindi non mi ero sbagliato, lo sapeva già."

«Ovviamente non ho nemmeno soldi da parte.»

«Lo so.»

«Non so fino a quando potrò restare ad abitare nella casa di mia nonna.»

Se Yasuo era riuscito a tirare avanti fino a quel momento era perché non pagava l'affitto. Ma la casa era di proprietà di un parente, lui ne era semplicemente il custode. Se, in qualunque momento, fosse stato cacciato via, non avrebbe potuto sollevare obiezioni.

«Questo non me lo aspettavo», aveva detto Kinari, ma il suo tono di voce non era cupo.

«E ti va bene lo stesso?»

Yasuo aveva pronunciato quelle parole con un tono che non ammetteva repliche, ma Kinari, ad alta voce, gli aveva risposto: «Sì! I soldi posso guadagnarli io, e poi potresti venire a stare a casa mia, no? Una parte del canone d'affitto la posso scaricare. Altrimenti possiamo anche andare ad abitare in una casa più grande».

«No, non credo che si possa fare.»

«Ma scusa, se vogliamo dirla al contrario, ti basterà risolvere tutto, no?»

«Eh?»

«I problemi che hai appena elencato sono risolvibili, no? I contributi per la pensione puoi cominciare a versarli da adesso. Si può pagare in maniera retroattiva fino a due anni. E anche riguardo all'assicurazione medica, una volta che saremo una famiglia rientrerai nella mia. Ti basterà diventare il capofamiglia.»

«Mmh...» Yasuo non era riuscito a rispondere. Una volta tornato a casa, aveva aperto Facebook e controllato i post più recenti dei suoi quasi diecimila amici. Trovatone uno che stava lavorando come stagionale alla pesca dei lucci, gli aveva chiesto se per caso non ci fosse una possibilità di assunzione. Quello aveva subito interceduto per lui e così Yasuo era scappato da Tokyo. Da allora non aveva più visto Kinari.

Yasuo si era laureato negli anni Duemila, i più complicati per trovare lavoro. Anche all'epoca in cui era studente all'università, faceva la stessa vita raminga di adesso, ma credeva che poi le cose sarebbero cambiate: sentiva dire da tutti che c'era una grossa crisi, ma lui minimizzava. Era convinto che ci fossero una o due aziende in cui si sarebbe potuto infilare. A pensarci adesso, probabilmente per certi versi si dava delle arie per aver frequentato l'università. Ma siccome non aveva fatto altro che lavoretti e viaggi, i suoi voti erano pessimi. Quando aveva iniziato a cercare lavoro, aveva fatto un giro di colloqui presso le case editrici, senza neanche prepararsi più di tanto, ed era stato rifiutato da tutte quante.

Alla fine era così disperato che gli sarebbe andato bene qualunque posto finché, a un passo dalla laurea, aveva superato la selezione come addetto alle vendite in una compagnia immobiliare. Era stato assegnato alla filiale presso una stazione delle ferrovie private e il primo giorno di lavoro un collega più anziano gli aveva inveito contro dicendogli che faceva schifo a servire il caffè. E poiché, senza ricevere nessun tipo di training, lo avevano semplicemente messo davanti alla stazione a fare l'uomo sandwich col cartellone che pubblicizzava la vendita di pencil house,* se l'era subito svignata. Non aveva nemmeno salutato come si deve. Aveva appoggiato al guard rail il cartellone e se n'era tornato a casa a piedi. Poi aveva inviato per posta la lettera di dimissioni e cambiato il numero del cellulare. Non se ne era mai pentito, perché in seguito quell'azienda era diventata famosa per il trattamento disumano riservato ai dipendenti, al punto che c'era stata la notizia di un neoassunto che si era suicidato.

Però, da qualche parte nel suo cuore, provava un senso di rinuncia, al pensiero che probabilmente in qualunque posto lui fosse andato sarebbe stato lo stesso. Quando era nato, suo padre lo aveva chiamato «Yasuo» con la preghiera che vivesse in pace e serenità, perché a lui, che era il secondogenito, non era richiesto di diventare per forza una persona importante.

* Case costruite su terreni estremamente angusti e che si sviluppano quindi in altezza. [*n.d.t.*]

Ma sembrava che quel desiderio avesse portato a un risultato completamente opposto. Al lavoro lo chiamavano «l'insignificante Yasuo», e una donna che lo aveva lasciato perché lui non si decideva mai a sposarla, lo aveva deriso dicendo: «Come c'era da aspettarsi, sei un uomo di basso livello. Del resto ti chiami Yasuo, per cui puoi fare solo una vita da poveraccio».* Quella donna, poi, aveva sposato il rampollo di una compagnia del settore informatico, abitava nelle Roppongi Hills, era stata allietata dall'arrivo di ben due bambini, e ancora adesso gli inviava dei sontuosi biglietti di auguri per Capodanno, come per fargli uno sfregio. Eppure Yasuo pensava che anche una vita fatta di piccole cose non fosse poi così malvagia.

Con i lavori stagionali si guadagnavano duecentocinquantamila yen al mese, al massimo trecentomila o giù di lì. Però, a seconda del posto, poteva esserci l'alloggio, oppure ti davano il vitto, per cui non c'erano praticamente spese. In due o tre mesi Yasuo entrava in possesso di un bel gruzzolo. E poi in base a come si sentiva, decideva se partire per un viaggio o fare ritorno a Jūjō.

Quando faceva ritorno a casa quasi tutti i giorni cucinava da solo. Il riso, certo, doveva comprarlo (ma se il posto di lavoro era una fattoria in cui si raccoglieva il riso a volte gli davano pure quello), però al panificio comprava i bordi del pane a cassetta a trenta yen a busta, le verdure erano autoprodotte e il pesce lo acquistava in grande quantità quando costava meno e poi lo essiccava. Se poi prendeva in prestito dei libri dalla biblioteca, la sua vita era veramente una versione ridotta di un mondo in cui «si sta nei campi con il sole e a leggere con la pioggia». Oppure da «nomade di alto rango». Anche se lui non era niente affatto di alto rango. Qualche tempo prima Kotoko aveva detto che si poteva vivere con un milione di yen all'anno, ed era vero, ma in realtà era possi-

* Il primo kanji del nome, *yasu*, è la radice di parole che designano concetti come tranquillità, serenità, eccetera. Tuttavia, l'aggettivo *yasui*, che ha la stessa radice, ha il significato di «economico, commerciale». Al lavoro, invece, lo sberleffo è un gioco di parole anche con il cognome Komori, che diventa *komono*, ossia «cose di poco conto». [*n.d.t.*]

bile farlo anche con meno. Era proprio per quello che Yasuo, una volta che aveva racimolato un po' di denaro, finiva subito per lasciare il lavoro. Lui era un fallito nella vita, ma essendo soddisfatto di quello che aveva, probabilmente non avrebbe mai più potuto fare ritorno a una normale esistenza.

Il giorno dopo ricevette una telefonata da parte di Kotoko, una cosa piuttosto inusuale. Era sera, l'ora in cui, dopo aver finito di lavorare e aver fatto un bagno al dormitorio, si rilassava un po'. «Ho saputo che sei di nuovo fuori Tokyo, è vero? Non ti sembra di aver sbagliato?»

Sentendosi accusato, Yasuo ebbe l'impressione che lei lo avesse visto fuggire la sera prima, e finì per chiederle scusa, salvo poi rendersi conto che Kotoko non avrebbe mai potuto saperlo. Allora si stirò il collo, chiedendosi perché mai si stesse scusando.

"Tanto per cominciare, come fa Kotoko a sapere che non sono a Tokyo? Non sarà mica che è in contatto con Kinari? A pensarci bene, a casa Ido, Kinari era andata molto d'accordo sia con Maho sia con Kotoko. Magari le ha detto 'Io gli ho fatto la proposta di matrimonio, e invece Yasuo non solo non mi ha risposto, ma senza nemmeno avvisarmi se n'è andato via!', o cose del genere."

Si sentiva ancora più disgustato. Aveva sempre odiato quella specie di sorellanza tra donne. Quelle cose tipo: «Professoressa, Yasuo ha fatto piangere Kinari!», «Oh, ma non si fa!».

"Ma cos'è? L'assemblea di classe? Proprio come se Kinari fosse la rappresentante di classe e Kotoko la tutor!"

Yasuo era un po' deluso, perché Kotoko era sempre stata una nonnina fantastica e molto schietta.

«Me lo devi dire quando parti, altrimenti non posso innaffiarti il giardino, no?»

Quel rimprovero per una cosa a cui non aveva affatto pensato lasciò Yasuo di stucco. Fu allora che si rese conto di aver rivolto la sua rabbia su di lei per un pensiero che si era fatto da solo nella sua mente.

«Scusa.»

A pensarci bene, una persona come Kotoko, a meno che

non fosse stato lui a chiederle un consiglio al riguardo, non avrebbe mai ficcato il naso nelle questioni altrui.

«Perché, per quanto sia autunno, fa ancora caldo. Sono andata a casa tua pensando che è quasi tempo di fare la semina del cavolo cinese, e di dividere con te i semi delle taccole, e invece non c'era nessuno, e i fiori del giardino erano tutti appassiti. Mi hanno fatto una gran pena, e non ci potevo credere. E così mi sono affrettata a innaffiarli.»

«Grazie mille.»

«Guarda che i fiori non hanno gambe. Anche se soffrono, o provano pena o dolore, non possono fare altro che restare lì. Sono stati gli uomini a piantarli lì, senza il loro consenso. Perciò ti devi assumere le tue responsabilità.»

"Quando si parla di fiori e di orto questa donna la prende molto seriamente. Ma è proprio questo che la rende così adorabile."

Dopo che le cose con Kinari avevano preso quella strana piega, Yasuo era uscito di casa come una furia ed era fuggito da Tokyo. A essere sincero, i fiori gli erano completamente sfuggiti di mente. Era da anni che, ogni volta che succedeva qualcosa che lo metteva a disagio, Yasuo finiva per scappare. Uno come lui, quindi, non poteva di certo avere un bambino. Soprattutto visto che non era in grado di allevare nemmeno le piante.

«Ho chiesto a Kinari, e lei mi ha detto che te n'eri andato da qualche parte, ma che nemmeno lei sapeva dove.»

"Lo sapevo, sa tutto!"

«È forse successo qualcosa?»

Se avesse tentato di interferire, Yasuo era pronto a opporre resistenza, ma il tono di voce di Kotoko era talmente dolce che provò un senso di tenerezza.

«Ti ha raccontato altro?»

«No no. Lei non è certo il tipo di ragazza che viene a dirti le cose, no? E neanch'io sono una che indaga di proposito sulle cose di voi giovani. Però era piuttosto strano che te ne fossi andato senza nemmeno salutarmi.»

Effettivamente, da quando lui e Kotoko si erano conosciuti, non era mai successo.

«Io e Kinari... abbiamo avuto un problemino.» Chiaramente Yasuo omise le circostanze dettagliate.

«Ah davvero?»

«Sì.»

«Allora devi fare un salto a casa.»

«Ma ho appena cominciato il lavoro e ho penato non poco per farmi inserire. Non posso.»

«E non ce l'hai un giorno libero?»

«Sì.»

«Va bene anche un solo giorno. Si deve pure decidere dove seminare il cavolo cinese, la brassica e le taccole. E poi mi sono procurata anche i semi di senape indiana. Dicono che è un po' piccante, e buonissima. Ne do anche a te.»

Le era grato per quello, però...

«Dovresti chiarire bene le cose con Kinari, non credi?»

«Sì, però...»

«Se non facciamo la semina adesso, come si deve, poi in inverno saremo in difficoltà quando facciamo le zuppe. È il primo anno che pianti il cavolo cinese, vero?»

Yasuo scoppiò a ridere per le parole di Kotoko, che non faceva che parlare delle verdure, e si disse che era proprio per quello che gli piaceva. Anche la sua defunta nonna era così, e quei discorsi così innocenti degli anziani ogni tanto gli stringevano il cuore quando meno se l'aspettava. Yasuo si chiese se davvero sarebbe stato in grado di fare di più, se fosse tornato a casa e, come diceva Kotoko, avesse seminato il cavolo cinese e avesse parlato con Kinari.

«Non riesci a tornare a casa?»

«Se è per un giorno solo... provo a chiedere se posso prendermelo di riposo.»

Doveva ammettere che gli era anche venuta un po' di voglia di tornare a casa. Ma non era solo per via dell'opera di persuasione di Kotoko, il motivo era anche l'errore che aveva fatto la sera prima.

«I cavoli cinesi crescono molto di più di quanto tu pensi, perciò lascia un bel po' di spazio tra l'uno e l'altro.»

«Sì, ma per quanto possano essere grandi, al massimo hanno una circonferenza di circa trenta centimetri, no?»

«Quelli sono i cavoli cinesi che vendono. Devi sapere che il cavolo cinese all'inizio allarga le foglie come un fiore, e da un certo punto in poi, come se richiudesse il bocciolo, prende la forma di una testa sferica. Ecco perché tra una pianta e l'altra bisogna lasciare più di quaranta centimetri.»

Nonostante gli avesse mandato un sacco di messaggi su Line, dicendogli di sbrigarsi a tornare per seminare, perché il cavolo cinese per germinare aveva bisogno di temperature molto alte, quando Yasuo era arrivato a casa, Kotoko lo stava aspettando con le piantine fatte crescere dai semi. L'orto di Yasuo occupava solo un angolo del piccolo giardino. Nella parte più in fondo misero a dimora le piantine di cavolo cinese, e sul davanti la brassica e la senape indiana. Oltre a quello, sul lato ovest, in una striscia larga circa cinquanta centimetri tra la casa e la staccionata, piantarono i paletti di supporto e ci fissarono le piantine di taccole e i piselli. Prima di conoscere Kotoko, Yasuo non aveva mai utilizzato quello spazio morto. Su consiglio di lei, aveva cominciato a piantarci in estate i cetrioli o le zucche amare, e in inverno le leguminose e altre verdure rampicanti. Il sole ci batteva solo da ovest, ma la crescita era comunque buona.

«I piselli appena colti sono dolcissimi! Se li cuoci al vapore insieme al riso, non riuscirai più a mangiare quelli che vendono nei negozi.»

«Ma se ne piantiamo così tanti, io non riesco a mangiarli tutti. E poi probabilmente non sarò a casa.»

Kotoko rimase muta. Nel suo profilo si intravedeva una leggerissima tensione.

«Scusa.»

Quando una donna assume un'espressione del genere, anche se non se ne conosce la ragione è meglio chiedere scusa. Yasuo l'aveva imparato con l'esperienza.

«Non fa niente. Li mangerò io. E poi li distribuirò anche ai vicini.»

Quando Kotoko sorrideva, le veniva una grossa fossetta sulla guancia destra. Sicuramente cinquant'anni prima aveva fatto perdere la testa agli uomini. Ancora adesso quella fossetta aveva un forte potere, tant'è che Yasuo non riusciva a respingere le sue richieste. Anche se il motivo era diverso da quello degli uomini che l'avevano vista tanti anni prima.

«Hai contattato Kinari?»

«No.»

«Lo sapevo.»

«Non avevi detto che tu non ficchi il naso nelle questioni dei giovani?»

«E non lo sto facendo! È che semplicemente mi dispiace.»

Si sentì il rumore di una porta scorrevole e una voce dall'ingresso che diceva: «Buongiorno!». Era la voce di Kinari.

«Questo solo perché ti dispiace, eh?» disse Yasuo lanciando un'occhiataccia a Kotoko.

«Te l'ho detto, mi sono solo limitata a parlarne con Kinari così, per sommi capi», rispose lei tagliando corto. «Kinari! Siamo qui, in giardino!»

Attraversata la casa, Kinari si affacciò dal portico. «Ho comprato una torta, perciò che ne dite, preparo il tè?» Sorrideva a entrambi come se non fosse successo niente.

«Sì, per favore. Per me solo il tè, perché ora devo andare.»

Dopo aver accompagnato con lo sguardo la figura di spalle di Kinari che si ritirava in cucina, Yasuo rivolse un'altra occhiataccia a Kotoko.

«Prima sparigli le carte e poi te ne vai?»

«Ma scusa, devo davvero andare all'ospedale!»

A quelle parole, Yasuo non poteva certo arrabbiarsi. «Hai forse qualche problema di salute, Kotoko?»

«No, non è per me. È mia nuora che è ricoverata, per cui vado a trovarla insieme alle mie nipoti. Una volta tanto che la famiglia si riunisce è in ospedale. Pensa te!» rispose Kotoko con aria un po' triste.

Dopo che Kotoko fu uscita, Yasuo e Kinari bevvero il tè seduti uno di fronte all'altra al tavolo della cucina.

«Davvero qui non ci potrai più abitare?» chiese Kinari guardandosi intorno, come se avesse dimenticato le cose dette l'ultimo giorno che si erano visti.

«Sì, un giorno o l'altro. Non è casa mia.»

«Però non mi avevi detto che anni fa tua nonna aveva messo per iscritto che l'avrebbe lasciata a te?»

In realtà, Yasuo, essendo un freelance, aveva difficoltà a ritornare a casa dei suoi e così, tra un viaggio all'estero e un lavoro stagionale, la nonna gli permetteva di stare in quella casa. Lui non l'aveva mai accudita. Anzi, era consapevole che era stata la nonna a prendersi cura di lui.

«Sì, ma tanto per cominciare non era un testamento che avesse un reale valore legale, e in ogni caso anche gli altri parenti avrebbero un minimo di diritto, e bisognerebbe dividere.»

Quella sfilza di informazioni le aveva avute da un ragazzo che stava preparando l'esame per l'abilitazione all'avvocatura con cui aveva lavorato. Se c'era da impegolarsi in cose tanto scoccianti, era meglio alzare le mani.

«Sarebbe bello se avessi il denaro sufficiente a riscattarla io questa casa. Ma pare che l'unica soluzione sia venderla, prima o poi, e infine dividere i soldi.»

L'impressione era che anche quello avrebbe dato vita a una bella disputa, per cui anche tutti gli altri parenti per il momento trattenevano il fiato e lasciavano correre. Più o meno la situazione era quella. A Yasuo sembrava simile alla relazione tra lui e Kinari: parlavano di cose senza importanza, e nel frattempo procrastinavano quelle davvero necessarie.

«E allora, che hai intenzione di fare d'ora in avanti?»

Kinari aveva forse meno intenzione di procrastinare di quanto credesse Yasuo.

«Già, che farò...»

«Puoi venire a stare da me. A prescindere dal discorso che ti ho fatto l'altro giorno. Io non voglio chiudere con te, Yasuo.»

«Io te ne sono grato, ma davvero ti va bene così?»

«Sì. Solo promettimi che non te ne andrai più da qualche parte senza dirmi niente. Io non ti farò più delle richieste, perciò per favore, almeno smettila di sparire.»

Avrebbe potuto dire solo «va bene», per poter continuare come se non fosse successo niente. Ma Yasuo non se la sentiva di diventare una cattiva persona fino a quel punto.

«Ho pensato a un sacco di cose, ma non riesco a prendere la decisione di avere un figlio.» Almeno quello voleva metterlo in chiaro.

«Ma perché?»

«Perché non credo di essere tagliato per una responsabilità del genere. E non parlo solo delle mie risorse economiche, ma anche di capacità, come dire, dal punto di vista umano. Tipo la tolleranza, la pazienza, il senso del dovere. A me mancano tutti. E non ho nemmeno il coraggio.»

«...Ho capito.»

«Ecco perché, se per caso tu ti trovassi un uomo migliore, io voglio che tu vada con lui.»

«Cioè, per te andrebbe bene?» disse Kinari sorridendo con aria mesta.

«Non ci posso fare niente.»

«Sei veramente una persona terribile.»

"Probabilmente è vero", pensò Yasuo.

«Però, so che non è un granché come consolazione, ma il lavoro di adesso lo lascio. Torno qui.»

«Eh? E puoi farlo?»

«Per un po' di tempo resterò qui. Ho causato problemi anche a te e voglio rimettere in piedi il nostro rapporto. E poi devo anche far crescere il cavolo cinese.»

Kinari rideva con fare sempre più triste.

«Sei veramente, ma veramente terribile. Sei cattivo», disse lanciando un'occhiataccia a Yasuo dal basso verso l'alto. «Perché alla fine non riesco ad avercela con te.»

Come succedeva sempre, il litigio con Kinari si concluse con l'accettazione dei reciproci difetti.

Poi, all'improvviso, scoppiò la bomba.

«Mi fai bere un po' d'acqua?»

A quella voce Yasuo si ridestò. Per un attimo non si rese conto di dove fosse in quel momento.

«Komori...»

Yasuo aprì un solo occhio. Nella stanza entrava la luce abbagliante dell'autunno. Aprì anche l'altro occhio e finalmente mise a fuoco.

«Sei tu!» uscì una voce da idiota. Al mattino aveva curato l'orto ed evidentemente, mentre leggeva un libro disteso sul portico, aveva finito per addormentarsi.

«Esatto, sono io.»

Quella davanti ai suoi occhi era Rena. La Rena di cui Yasuo conosceva il nome, ma non sapeva come si scrivesse in kanji. Teneva un gatto in braccio. Era quello tartarugato che Yasuo teneva in custodia mentre i vicini erano in viaggio all'estero. Si chiamava Kodama. Nonostante loro si rifiutassero di innaffiare il giardino per lui, quando partivano per un viaggio gli affidavano il gatto. Lui pensava che non fosse affatto equo, ma siccome Kodama era adorabile non riusciva a dire di no. E poi non richiedeva particolare impegno, perciò, be', andava bene così.

«Che ci fai tu qui?»

Kodama, che aveva molta paura degli sconosciuti, stava dando di matto tra le braccia di Rena. Ciononostante, lei lo teneva ben fermo e non sembrava intenzionata a lasciarlo andare. Vedendo le dita di lei tese nello sforzo, che affondavano nelle carni del gatto, Yasuo provò una sensazione spiacevole.

«Piuttosto, posso avere un bicchiere d'acqua?»

«E tu potresti lasciar andare il gatto?»

«Eh?»

«Il gatto. Perché non vuole.»

Non appena Rena ebbe allentato la presa, Kodama scappò via con un balzo. Yasuo si rialzò lentamente e si diresse in cucina grattandosi un fianco. Prese una bottiglia di acqua minerale dal frigo e ne versò il contenuto in un bicchiere. Mentre la osservava scorrere giù, gradualmente la mente gli si schiarì e quella spiacevole sensazione si gonfiò ancora di più.

"Non so perché, ma questa situazione mi puzza di guai. Tanto per cominciare come ha fatto Rena ad arrivare qui, se non le ho dato né il numero di telefono né l'indirizzo?" pensò Yasuo. Si impose di restare calmo e portò l'acqua a Rena. La gola di lei, reclinata all'indietro, era bianchissima.

«Che è successo?» chiese Yasuo, quando lei aveva quasi finito di bere.

«In che senso?» La ragazza era talmente noncurante da essere odiosa.

«Come hai fatto a trovarmi?»

«Mi sono fatta mostrare il tuo curriculum dall'ufficio, Yasuo.»

«Hanno avuto un bel coraggio a fartelo vedere!» "E dire che al giorno d'oggi la tutela della privacy è tanto rigida! Be', considerato che Rena lì piaceva a tutti gli uomini, probabilmente per lei è stato un gioco da ragazzi."

«Quando ho detto che ero rimasta incinta di te mi hanno dato i tuoi recapiti.»

Yasuo scoppiò a ridere. Quel tipo di battute non gli dispiacevano.

«Ma così gli uomini, lì al lavoro, ti prenderanno in odio, lo sai?»

Quale mai poteva essere la ragione per cui Rena era venuta da lui? Poi, di colpo, Yasuo si rese conto che Rena non stava ridendo.

«È uno scherzo, non è vero?»

«E se ti dicessi che non lo è?»

«Non può essere.»

«E invece è vero.»

Istintivamente a Yasuo mancò il respiro.

«Io un figlio...» "non lo voglio", stava per dire, ma chiaramente si trattenne. «Be', parliamone.»

«Sì, certo.» Rena sollevò il borsone che era ai suoi piedi ed entrò a passo deciso in casa. «Sono venuta apposta.»

Le scarpe che aveva allineato fuori erano delle ballerine, e indossava dei calzini che arrivavano alle caviglie. Yasuo rifletté con insolita calma che forse, essendo incinta, calzava scarpe basse e calzini per non prendere freddo.

«Noi due però lo abbiamo fatto una volta sola», si lasciò scivolare di bocca.

«Sì.»

Yasuo non capì se fosse quella la risposta oppure un'altra, perché la voce di Rena proveniva ormai dall'interno della casa.

Innanzitutto Yasuo aveva una cosa da fare. Mentre aspettava in una caffetteria sulla strada dei negozi di Jūjō, Kinari arrivò.

«Che succede? Non ci dovevamo vedere stasera?»

Quel giorno avevano in programma di mangiare una zuppa a casa di Yasuo, utilizzando le taccole raccolte per sfoltire un po' le file, e poi un'insalata fatta con la senape indiana, anch'essa raccolta per dare aria alle pianticelle. Si erano accordati affinché Kinari comprasse della carne di maiale per fare lo *shabu shabu*.

«Sono appena stata alla macelleria Sakai-ya, e ho trovato della lonza di maiale Berkshire di Kagoshima. Mi è costata un occhio della testa! Mi hanno detto che il grasso è estremamente dolce.»

Kinari tirò su il pacchetto con la carne e lo mostrò tutta contenta a Yasuo.

«Veramente...» Le parole successive non gli venivano. Dentro la bocca gli si era formata una saliva dal sapore sgradevole.

«Che è successo?» Finalmente anche Kinari sembrava essersi accorta che a Yasuo era accaduto qualcosa. «Hai un pessimo colorito o sbaglio?»

«Io ti avverto, però. L'ho fatto una sola volta.»

«Eh?»

«Voglio che tu ascolti cosa ho da dire solo dopo che quest'unica cosa ti sarà ben chiara.»

«Cosa hai fatto una sola volta?»

Yasuo ingoiò la saliva. «Quello. Cioè...»

"Esatto, proprio quello." Yasuo lo aveva fatto soltanto una volta, appena iniziato il lavoro stagionale, ed era stato un vero e proprio incidente, una specie di cosa avvenuta sull'onda del momento. Dopo, anche se Rena non gli dava tregua, lui aveva sempre glissato. Era rientrato a casa per Kinari ma, se proprio doveva essere sincero, anche perché quella ragazza era diventata una spina nel fianco.

«Ora a casa mia c'è una donna.»

«Una donna?»

L'espressione di Kinari si indurì.

«Una ragazza che ho conosciuto sul lavoro, quando ero a pescare i lucci.»

«Intendi quello di quest'anno? Dove sei stato fino a poco tempo fa?»

Kinari stava tirando le fila. La sua faccia stava mutando da preoccupata a adirata.

«Stai dicendo che lo hai fatto una sola volta con quella ragazza?»

«Sì.»

«Idiota!» Kinari allungò un braccio e diede un colpo in testa a Yasuo.

«Scusa.»

Se fosse stato solo quello, non sarebbe stato tanto grave. Be', anche se, pure solo quello, tanto bene non andava.

«E quindi ora quella ragazza è venuta a casa tua?»

«Be', sì.»

«Stupido idiota! Perché le hai dato il tuo indirizzo? Non le avrai mica detto qualcosa che l'ha fatta illudere al punto da venire fino a casa tua?! Hai lasciato il fianco scoperto!»

Yasuo attese che i rimproveri di Kinari finissero. Se pensava a quello che sarebbe venuto dopo, quelli non erano ancora niente di che. Un riscaldamento.

«Ora però calmati un attimo e ascolta.» Poiché quella ramanzina andava avanti troppo per le lunghe, a un certo punto Yasuo bloccò Kinari.

«Che c'è?!»

«Non è soltanto quello.»

Finalmente Kinari chiuse la bocca e si mise a fissarlo con occhi accusatori.

«In realtà... lei dice di aspettare un bambino.»

«Che cooosa?!»

Yasuo pensò che non sarebbe mai riuscito a dimenticare quella specie di grido di Kinari, in cui si mescolavano la sorpresa, il dolore e l'infelicità.

«Dice che è rimasta incinta. Abbiamo parlato un po' e dice che non ha intenzione di abortire. Io mi sento veramente in colpa, però non lo desidero un figlio, non provo niente nei suoi confronti e, se anche la sposassi, so già da ora che finirebbe male, perciò le ho detto di rifletterci meglio e di valutare la cosa a mente fredda.»

Kinari non urlò più. E nemmeno lo rimproverò. Restò in silenzio, e cominciò a piangere. Quasi senza far uscire la voce, soltanto lacrime che scorrevano copiose.

«Però al momento quella ragazza... Rena...» Yasuo ancora non sapeva né come si scriveva il suo nome né come facesse di cognome. «...Dice che non ha intenzione di abortire, che vuole che ci sposiamo e cresciamo insieme il bambino in casa di mia nonna.»

Kinari appoggiò il gomito sinistro sul tavolo e abbassò la testa tenendo il palmo della mano sopra un occhio, come a volerlo nascondere. Il tremore delle spalle si fece più vistoso. Ma nonostante quello, la voce non le usciva per niente.

«Ho ancora intenzione di provare a parlarle. A ogni modo, io quella ragazza praticamente non la conosco. Perciò...»

«Me lo aspettavo che sarebbe andata a finire così», disse Kinari come spremendoselo fuori.

«Eh?»

«Avevo la perenne preoccupazione che prima o poi potesse accadere una cosa del genere.»

«Davvero?»

"Se è così, allora potevi pure mettermi in guardia, però!" pensò Yasuo.

«Perché tu, caro mio, non fai altro che bighellonare.»

In tanti anni che stavano insieme quella era la prima volta che lei lo chiamava «caro», anche se ironicamente. «Io non so più come fare con te.»

Kinari estrasse un fazzoletto dalla borsa e si asciugò il viso. Le lacrime sembravano essersi finalmente fermate. Tuttavia si coprì la faccia con entrambe le mani. Evidentemente aveva ripreso a piangere.

«E pensare che anch'io avrei voluto sposarti. Che volevo anche un bambino, e che questo è stato per anni il mio sogno.»

Dopodiché Kinari, a intermittenza, chiese di Rena. Quanti anni e che aspetto avesse, in che università andasse, che cosa facessero, e dove, i suoi genitori, cose così. Yasuo si sforzò di risponderle, nei limiti di ciò che sapeva, ma non c'era quasi nulla su cui fosse in grado di risponderle. A ogni suo silenzio, Kinari dava un colpo in testa a Yasuo e piangeva.

«Ma perché con quella ragazza? Perché non con me?» chiese, e finalmente si sciolse in un pianto disperato. «Nelle mie fantasticherie i nostri figli si erano resi indipendenti, noi vivevamo in un bell'appartamento senza più mutuo e, pur senza avere chissà quali sostanze, ogni tanto ci concedevamo qualche viaggetto... una vecchiaia con te al mio fianco. Perché un sogno così piccolo non può avverarsi?»

A quel punto le persone all'interno della caffetteria avevano capito la situazione. Nel locale, su cui era calato il silenzio, riecheggiava il pianto di Kinari. All'inizio qualcuno si era mostrato un po' incuriosito, ma adesso quella scena non destava più alcun interesse e una o due persone se n'erano andate via con aria infastidita.

«Probabilmente non eravamo destinati a stare insieme», mormorò Kinari, come se stesse cercando di convincere sé stessa, poi si alzò barcollando e uscì dal locale, lasciando lì il pacchetto con la lonza di maiale. Quando gli aveva detto con un sorriso amaro: «È il mio regalo di nozze», a Yasuo aveva fatto molto male.

«E invece alla fine non era incinta, non è così?»

«Già.»

Una settimana dopo aver fatto piangere Kinari, Yasuo e Kotoko, seduti uno di fronte all'altra, stavano mangiando la zuppa. Dentro lui ci aveva messo la carne di maiale che gli aveva regalato Kinari. L'aveva prima scongelata, perché quel giorno, com'era prevedibile, non aveva avuto l'animo di mangiarla insieme a Rena, e l'aveva buttata così com'era dentro il congelatore. Il tumulto causato dalla gravidanza si era concluso in pochi giorni. Era stato semplice: a Rena era venuto il ciclo, e così se n'era andata via senza fare obiezioni.

«Ma perché, prima di andare a dirlo a Kinari, non hai verificato come si deve? In farmacia si trovano i test per farlo in maniera semplicissima, no? Oppure avreste potuto anche andare in ospedale.»

«Ma un uomo non le sa queste cose. Per di più io ho sempre evitato discorsi come matrimonio e gravidanza, ecco perché forse non lo sapevo. Anche quando vedo degli spot alla tv, il mio cervello finisce per abbassare la saracinesca.»

«Io dico che probabilmente fin dall'inizio era solo una bugia che fosse rimasta incinta.»

«Eh?»

«Forse ha detto quella cosa per testarti. Ma poi, siccome tu non sei stato affatto al suo gioco, credo che si sia arresa.»

Yasuo non aveva idea che Rena fosse tanto ossessionata da lui.

«E lo hai detto a Kinari?»

«Sì, per quanto può servire.»

Le taccole che avevano raccolto per sfoltire l'orto erano lunghe circa dieci centimetri, ma erano morbide e saporite. Fatte leggermente scottate e avvolte nelle fettine del «maiale del tradimento», erano così buone che Yasuo avrebbe potuto ingurgitarne a decine, intinte nel *ponzu* che aveva portato Kotoko. Eppure, nonostante quello fosse per lui il primo pasto decente dal giorno che Rena era venuta a casa sua, non riusciva a farne passare così tante per la gola.

«Le ho scritto su Line che non era incinta.»

«Questo però, dovevi mangiarlo con Kinari, non con me», disse Kotoko, indicandogli il piatto con le striscioline di maiale.

«Il messaggio lo ha letto, ma non mi ha inviato nessuna risposta.»

«Le hai solo mandato un messaggio su Line?»

«Sì.»

«Devi rifarlo ancora e ancora!»

«Veramente, so che forse non dovrei dirlo, ma anch'io sono un po' esausto. In quest'ultima settimana mi sono talmente stancato che non ho le energie per farlo.»

«Tu sei davvero un egoista, pensi sempre e solo a te stesso! E Kinari, allora? Lei è molto più che esausta! Non credevo che tu fossi una persona così.»

Anche quelle erano parole che spesso la gente gli scagliava contro. Frasi come: «Non credevo che tu fossi uno così», o

«Mi ero sbagliato su di te»... Yasuo desiderava costantemente che le persone la smettessero di aspettarsi qualcosa da lui per poi restare deluse.

«Però magari si sente sollevata, che dici?»

«Quello di certo, però ormai pensa che sia tutto assurdo. E magari le è venuto in odio, come dire, essere sbatacchiata da te.»

Quel giorno Kotoko era fredda.

«Capisco.»

«A dire il vero anch'io, dopo aver sentito tutte le cose che mi hai detto, mi sento un po' disgustata.»

«Ti chiedo scusa», disse Yasuo, finendo per abbassare la testa e facendola ciondolare giù.

«Anche se non era rimasta incinta, il fatto che tu abbia tradito Kinari non cambia.»

«Sì, è vero. Però soltanto una volta.»

Kotoko ritrasse la mano con le bacchette che aveva allungato verso la pentola della zuppa.

«Mi è passato l'appetito.»

«Scusa.»

«Ti ho già detto che queste scuse le devi fare a Kinari e non a me!»

«Sì.»

Sopra il fornellino, dalla pentola in cui nessuno più intingeva le bacchette, si levava gorgogliando il vapore.

«Che cosa posso fare, secondo te?»

«Be', non ci sono alternative. Devi chiederle perdono, chiederle perdono fino a che non la fai crollare.»

Kotoko guardò Yasuo in viso. «Che tu sia innamorato di Kinari è un fatto assodato, non è vero?»

«Ovviamente.» Yasuo osservò la superficie dell'acqua nella pentola. «Ora che sono passato attraverso questa esperienza... sì lo so che è un po' tardi, ma ho riflettuto su un mucchio di cose, mentre Rena era qui. Ho pensato che sarebbe stato bello se al posto suo ci fosse stata Kinari. Per lo meno, se proprio dovevo avere un figlio, volevo averlo con lei. Mi sono chiesto perché mi era successa quella cosa. E ho pensato che, se Kinari fosse rimasta incinta, probabilmente sarei riuscito ad accettarlo, quel bambino.»

«Allora mi stai dicendo che te la sentiresti di sposare Kinari, eh? Ma se è così, perché non glielo dici?»

«Be' sì, è così. Però, dal punto di vista pratico, il problema è se davvero io possa sposarla. Non ho risolto nessuno dei miei problemi, e la mia situazione non è cambiata. Ecco perché non so cosa potrei dire a Kinari.»

«Però hai pensato che, se proprio dovevi avere un figlio, lo volevi con Kinari, giusto? Io sono convinta che quel tuo sentimento non è una bugia.»

«Mah... sì, però riflettendo su svariate cose...»

«Se ci si mette a riflettere su svariate cose, i bambini non si fanno.»

«Già. Però devo pensare al rapporto costi-benefici.»

«Che cosa? Ma se metti in mezzo una cosa del genere, un bambino non lo potrai mai fare! Un figlio, e pure il matrimonio, sono cose prive di razionalità. Dimmi un po': nel tipo di vita che fai adesso dov'è che sta quest'analisi dei costi? Ti credi tanto superiore, ma non fai altro che viaggiare e arrabattarti! Che cosa diamine ci guadagni?»

«Be', come dire, è che voglio elevarmi.»

«Elevarti? Se fossi uno come Kinari, che ci scrive su degli articoli o dei libri, allora lo capirei pure, ma tu per chi fai questa vita? Solo per te stesso, signor "mi sono elevato"!»

Insolitamente Kotoko stava parlando con tono sarcastico. Yasuo lo sapeva. Anche senza che glielo dicesse Kotoko, lui lo sapeva già. Ecco perché fino ad allora era sempre scappato, senza soffermarsi a pensare sulla propria esistenza. Ma nonostante ciò, sentendosi criticato fino a quel punto, Yasuo non poteva restarsene zitto.

«Ma perché, per forza il risultato dev'essere dar vita a qualcosa? Io invece credo che mi vada bene già solo se dentro di me mi sento più elevato, se riesco a condurre una vita che mi soddisfa.»

«Che ti soddisfa? D'accordo allora. Stattene in questa casa da solo e soddisfatto!»

Kotoko si alzò in piedi. Probabilmente era davvero arrabbiata. Prese la borsa che aveva portato e si incamminò verso l'ingresso. Yasuo le andò dietro.

«Il rapporto costi-benefici, hai detto? Ah ah ah! Se per te è tanto importante, allora ti conviene startene qui e morire. È la soluzione più efficace. Non c'è bisogno di mangiare, la casa non si rovina, niente vestiti, e non ti servono neanche i soldi. E non ti devi neppure preoccupare di lavorare!» sputò fuori Kotoko camminando. «Se i tuoi genitori avessero pensato al rapporto costi-benefici, ora non saresti qui!»

Kotoko si infilò le scarpe nell'ingresso, poi si voltò sentenziando: «La vita è una cosa irrazionale. Perché se le cose irrazionali non ci fossero, per chi o per che cosa cercheremmo di risparmiare? È solo un fattore economico, secondo te? Si risparmia quando si accetta il fatto che si sta vivendo, che non c'è alcun rapporto vantaggioso tra costi e benefici. Se così non fosse, un'anziana come me farebbe meglio a morire».

«Ti chiedo scusa, non intendevo dire quello.» Yasuo scese a piedi nudi sul pavimento di terra battuta e afferrò un lembo del vestito di Kotoko, cercando di trattenerla. «Ho sbagliato. Ti chiedo sinceramente scusa. Ti prego, non andartene via.»

«Sei un imbecille!»

Yasuo si beccò un colpo in testa. E parecchio forte.

«Non avevo mai picchiato il figlio di qualcun altro», disse Kotoko facendo un lungo sospiro. «Probabilmente ho esagerato anch'io. Scusami.»

«Secondo te che cosa devo fare adesso? Con Kinari, intendo.»

«Portale dei fiori e dei dolci, e parlale con il cuore in mano. Poi ti prostri per terra, e dopo...»

«E se non mi perdona nemmeno così?»

«Fiori, dolci, e prostrati ai suoi piedi. E dopo che ti sei prostrato, lo fai di nuovo. Dopodiché le fai la proposta di matrimonio.»

«Eh?»

«Ormai ti sei deciso, dico bene?»

"Ma sarà così? Sono davvero determinato a farlo?"

«Te l'ho già detto mille volte: non devi farti assolutamente scappare Kinari.»

Kotoko indicò la mano di Yasuo che le teneva stretto il vestito.

«Tu sei il peggiore degli uomini, però, fai nascere nelle donne la speranza che nella parte più profonda di te ci sia qualcosa di buono, di gentile. E così loro finiscono per restare al tuo fianco per sempre. Persino io non posso non ammettere che in realtà in te ci sia quel qualcosa, che tu sia diverso. Ecco quello che fai alle donne. Ed è sleale.»

Era vero. A prima vista Yasuo sembrava una persona amabile, perciò piaceva a tutti. E poi se la prendevano con lui sentendosi traditi.

«Guarda che non ti sto dicendo di sposarti per forza o di fare un bambino. Però tu ami Kinari, e so che non vuoi lasciarla andare. Se è così, allora dovete parlare e trovare un compromesso. Un rapporto in cui è solo una delle due parti ad abbassare la testa non sta in piedi.»

«Ho capito.» "Chissà se ne sono capace."

Mentre Yasuo aspettava in piedi davanti al suo palazzo, Kinari tornò a casa. Quando incontrava lo sguardo di qualcuno faceva sempre un sorriso, ma lei, stavolta, non glielo restituì. Era il terzo giorno che raggiungeva la casa di Kinari. Siccome il portone del suo edificio aveva la chiusura automatica, non era mai riuscito a entrare. Non potendo fare altrimenti, nei due giorni precedenti aveva infilato nella cassetta delle lettere i dolci che le aveva portato, il primo giorno dello *yōkan* di castagne di Minato-ya, il negozio dove lavorava Kotoko, e il secondo un croissant al cioccolato. Da parte di Kinari non c'era stata nessuna reazione. Quella mattina aveva deciso di aspettarla davanti al palazzo fin da mezzogiorno. Così facendo, a un certo momento avrebbe potuto intercettarla mentre rientrava o usciva da casa. Tanto Yasuo di tempo ne aveva da vendere.

Kinari rincasò intorno alle otto di sera, quindi lui era stato ad attenderla lì fuori per otto ore tonde tonde. Nonostante fosse la fine di settembre, i raggi del sole erano ancora caldi.

Yasuo era equipaggiato di tutto punto, con il cappello di paglia a forma di cono indossato dai contadini acquistato in Vietnam, una borraccia per reidratarsi e una sediolina pieghevole. Per ingannare il tempo con la lettura si era portato la versione tascabile di *Pioggia nel vento,* di Maruya Saiichi. In quell'area residenziale di Akabane, leggermente defilata, non c'era molto passaggio di persone, e anche se di tanto in tanto qualcuno gli rivolgeva uno sguardo sospettoso, era grato del fatto che nessuno fosse andato a denunciarlo. Siccome aveva addirittura la sedia, probabilmente pensavano che stesse effettuando un test sulla densità del traffico o qualcosa di simile.

«Kinari!»

Poiché lei stava per infilarsi nel portone dopo aver lanciato solo una fugace occhiata a Yasuo, lui la chiamò a gran voce.

«In ogni caso, prendi questo, dai.»

Quel giorno, seguendo il consiglio di Kotoko, le aveva portato un mazzolino di fiori che aveva comprato dal fioraio della strada commerciale. Ora era tutto afflosciato. Per quanto riguardava i dolci, non gli veniva più in mente niente, per cui aveva acquistato un filone di pane in cassetta al panificio. In quel negozio vendevano soltanto quello in cassetta, ma era talmente popolare che tutti i giorni c'era la fila fuori.

«Da quand'è che sei qui?» chiese Kinari mentre digitava il codice segreto per aprire il portone.

«Da mezzogiorno.»

«Tutto il tempo?»

«Sì.»

«Ma che idiota», fece lei, dopodiché rivolse lo sguardo al pane in cassetta.

«Non riesco mica a mangiarne così tanto.»

«Non fa niente, quello cha avanza buttalo pure.»

«Non sono il tipo di persona che butta via il cibo, io.»

Yasuo appoggiò le cose che aveva in mano e si prostrò ai suoi piedi, toccando il terreno con la fronte.

«Sono veramente mortificato. Non penso che tu possa perdonarmi, ma vorrei solo che sapessi quello che provo.»

Yasuo ebbe il sentore che Kinari avesse inspirato profondamente.

«Ti chiedo scusa. Ho fatto veramente una cosa da idioti.»

Poiché non sentiva nessuna risposta, Yasuo sollevò timorosamente il viso. Kinari se ne stava lì con un'espressione terribilmente triste. Yasuo si affrettò a chinare il capo di nuovo.

«Perdonami.»

«Perdonarti? Va' al diavolo!»

Yasuo sentì un intenso dolore alla natica e cadde di lato. Kinari gli aveva sferrato un calcio con tutte le sue forze. E dal fatto che gli fosse mancato per un attimo il fiato dal dolore, capì che lei non si era affatto trattenuta, anche perché Kinari alle medie e al liceo aveva fatto parte della squadra di calcio e una volta era anche stata selezionata nella squadra provinciale.

«Almeno accetta questi, visto che te li ho comprati.» Vedendo che stava per entrare nel palazzo, Yasuo le corse dietro e in qualche modo le consegnò i regali. Kinari li afferrò con un movimento meccanico, come fosse una bambola.

«Ti prego, lasciami dire solo questo.» Anche solo a emettere la voce, Yasuo provava dolore in tutto il corpo. «Mentre quella ragazza era qui, io pensavo "Come vorrei che al posto suo ci fosse Kinari. Se proprio devo avere un figlio, perché non posso averlo da lei?".»

Kinari restava in silenzio, con lo sguardo basso.

«Ancora non mi è possibile pensare al matrimonio, però, se devo sposare qualcuno, penso che quel qualcuno saresti tu, Kinari. Non possiamo parlare un po' noi due?»

Pam!

Yasuo fu colpito in faccia dal mazzolino di fiori che aveva portato. Alcuni fiorellini caddero a terra.

«Come ti permetti di dire queste cose? Sei solo un egoista!»

«Però... però... posso continuare a scriverti e a telefonarti?»

«Non lo so», rispose Kinari, per poi infilarsi dentro l'androne.

Subito dopo aver seguito con lo sguardo la sua schiena, Yasuo si alzò in piedi. Gli sembrava di non avere niente di rotto, solo che gli faceva male tutto il corpo. Richiuse la sediolina pieghevole.

"Mah… e va bene."

Kinari non gli aveva detto di non mandarle messaggi. Questo significava che per loro c'era ancora un "poi".

"Tornerò di nuovo domani. Perché io non ho nulla, è vero. Ma se c'è una cosa che ho, è il tempo a disposizione."

Era la prima volta che provava un tale attaccamento per una donna, lui che aveva sempre cercato di essere libero da pesi. Ma come poteva farglielo capire? Yasuo si mise a camminare, trascinandosi dietro la sedia pieghevole di alluminio.

5.
ASPETTI ECONOMICI DEL DIVORZIO IN TARDA ETÀ

Per qualche motivo la sua casa, in cui faceva ritorno dopo tanto tempo, sembrò inospitale. Si sentiva un odore pungente. Non era una puzza, però, piuttosto un odore caratteristico di cui prima di allora non si era mai accorta.

"Non mi ricordavo che casa mia avesse questo odore", pensò Tomoko Mikuriya, leggermente perplessa. Era appena uscita dall'ospedale dopo un ricovero di dieci giorni. Si disse che era una cosa normale sentirsi un po' stranita.

«Sono a casa!» esclamò, pur sapendo che non le avrebbe risposto nessuno. Però, già solo quello, la fece sentire un po' sollevata. Entrò in salotto e si sedette sul divano. Sentiva un leggerissimo fastidio all'addome.

La casa era stata costruita ventitré anni prima, pagandola con un mutuo trentennale. Anche se avevano optato per il riscatto anticipato, restava una piccola parte da pagare. Però quella era la sua «casa dolce casa». Un'abitazione indipendente comportava molta più manutenzione di quanto si pensasse. Ogni cinque anni faceva ritinteggiare i muri esterni e controllare il tetto. Nel piccolo spazio antistante alla casa, giusto un francobollo di terreno, aveva piantato l'edera, che non necessitava di grandi interventi – glielo aveva consigliato la suocera, che si intendeva di giardinaggio. Teneva anche molto all'igiene. Aveva la presunzione di aver impiegato un bel po' di sforzi e denaro per quella casa. Ma ora le sembrava un terribile, inospitale disastro. Prima di essere ricoverata, si era presa la briga di pulire e sistemare, perciò non era poi così in disordine, ma aveva la sensazione che dappertutto si fosse posata della polvere sottile. Eppure sua suocera in teoria ci era andata più volte e doveva aver pulito. Probabilmente suo marito non aveva mai passato l'aspirapolvere, e non aveva nemmeno passato lo straccio. Forse perché era appena venuta via dall'ospedale, dove non c'era neanche un'ombra di sporco, ma provava una forte irritazione. Le veniva voglia di pulire. Ma erano passati solo dieci giorni dall'intervento in laparotomia, e le era stato detto di non fare sforzi per circa un mese.

«Mi raccomando, quando sarete dimesse, chiedete a vostro marito di fare tutto», aveva detto la caposala del reparto di ginecologia prima della dimissione. «Ora è il momento in cui un marito è più gentile che mai, sapete? E desidera fare qualcosa per la propria moglie. Ecco perché potete chiedere loro qualunque cosa», aveva concluso con un sorriso birichino. Tutte le pazienti che la stavano ascoltando si erano messe a ridere all'unisono. Probabilmente, nello slancio di gioia prima di tornare a casa, qualunque cosa avessero sentito lo avrebbero trovato divertente. Anche Tomoko aveva riso.

"Se volessi chiederglielo, lui dovrebbe avere le capacità per farlo..." stava riflettendo ironicamente, distesa sul divano. Suo marito Kazuhiko era una persona che non sapeva fare le faccende di casa. E nemmeno cercava di farle. Durante il ricovero di Tomoko, tutte le sere era andato a casa di sua madre, che distava un chilometro circa, e cenato da lei. Qualche volta si era fatto perfino preparare il pranzo da portare al lavoro. Nonostante fosse impeccabile sia nel cucinare sia nello svolgere le faccende di casa, anzi forse proprio per quello, la suocera non aveva insegnato nulla di utile al figlio. All'inizio del matrimonio a Tomoko andava bene così. Lei apparteneva alla generazione di donne che, durante il periodo della Bolla, venivano chiamate OL, ossia *office ladies.* La generazione della Bolla era sempre stata messa in ridicolo con appellativi come «nuova razza umana» o «generazione dei test unificati»,* o frasi come: «Sono un genere umano che non si capisce cos'abbia in mente, nonostante sia nato in un'epoca

* Negli anni Ottanta, in Giappone, per accedere a qualunque tipo di università statale bisognava superare lo stesso test. [*n.d.t.*]

fortunata». In realtà Tomoko pensava che la sua fosse una generazione a cui ancora veniva insegnato un vecchio modo di dare un valore alle cose. Infatti era convinta che fosse normale che un uomo non dovesse fare le faccende di casa. Ora, guardando le trentenni o le quarantenni, provava un po' di invidia. Veramente, con le ventenni come le sue due figlie, la cosa andava ormai ben oltre l'invidia.

Nonostante quelle come lei fossero state prese in giro per il fatto di aver trovato facilmente lavoro, la verità era che, quando la Bolla era collassata, erano state costrette a risolvere i pasticci della generazione precedente. La gente rideva di loro, dicendo che erano delle zucche vuote, quando invece avevano continuato ad avallare il primato dell'uomo sulla donna. Non era stato facile come si diceva. Anche se indossavano le giacche con le spalle imbottite e i tubini, e tagli di capelli col ciuffo, anche se i ragazzi si lasciavano pure chiamare con ogni sorta di vezzeggiativo, una volta formata la famiglia, la normalità era che il marito lavorava e la moglie sbrigava le faccende di casa. Era ritenuta cosa ovvia che l'uomo non si occupasse della casa e dei figli, e anche Tomoko era cresciuta così. Gli uomini dell'età di suo padre, però, sotto le armi erano stati addestrati a fare un mucchio di cose – suo padre si era diplomato alla scuola per ufficiali dell'esercito –, e all'occorrenza erano in grado di cucinare e fare le pulizie. Suo padre era una persona che di solito non faceva nulla in casa, però quando sua madre era stata ricoverata in ospedale, Tomoko era rimasta sorpresa nel vederlo preparare la zuppa di *miso* o cuocere il riso al vapore.

Quelli della generazione di Kazuhiko, invece, bastava che studiassero per passare gli esami di ammissione all'università perché nessuno si lamentasse di nulla, e spesso non sapevano sbrigare le faccende domestiche perché erano stati trattati con i guanti dalle loro madri. Tomoko era a conoscenza del fatto che anche nelle famiglie delle sue amiche era lo stesso.

Quel giorno, secondo gli accordi, sarebbero dovute andare a prenderla le sue figlie.

«Mi dispiace, mamma, ma il giorno della tua dimissione coincide con quello del primo inserimento di Saho all'asilo!»

Sua figlia maggiore Maho si era affrettata a chiamarla una settimana prima per avvisarla.

«Non fa niente, non ti preoccupare.»

«Ho chiesto il favore a Miho, perciò tu stai tranquilla. Ha detto che prendeva un giorno di ferie.»

Tuttavia, anche Miho l'aveva contattata dicendo: «Per colpa di un problema del cliente alla fine devo fare un'importante presentazione proprio il giorno che esci dall'ospedale. Però la nonna dovrebbe essere disponibile, vogliamo provare a chiedere a lei?».

«No, non importa. Posso tornare a casa da sola.»

A essere sincera, si sarebbe sentita persino più in soggezione a farsi andare a prendere da sua suocera, che aveva settantatré anni. L'aveva fatta venire in ospedale insieme alle sue figlie e le aveva chiesto di provvedere per tutto il tempo ai pasti di Kazuhiko. Tra l'altro, circa sei mesi prima, la suocera aveva cominciato a lavorare part time, per cui non poteva caricarla troppo...

«Fin da principio avevo intenzione di tornarmene a casa da sola. In fondo prendendo un taxi si fa subito.»

«Sì, ma non puoi trasportare bagagli pesanti, dico bene?»

«Per quel che ho non c'è problema. E se proprio fosse impossibile, all'ospedale c'è anche un servizio di spedizioni a domicilio.»

Nessuna delle sue figlie le aveva chiesto cose del tipo: «Perché non chiedi a papà?», o «Ma papà che fine ha fatto?». Erano fin troppo abituate a un papà disinteressato alla famiglia. In cambio, dentro casa, Tomoko aveva fatto sempre quel che voleva e non era mai stata ripresa sulle faccende domestiche, sul modo di tirare su le figlie o tenere la contabilità. A patto che rientrasse nei limiti del budget familiare, lei poteva fare viaggi, corsi o qualunque altra cosa senza che lui se ne lamentasse mai. Chiaramente suo marito non giocava d'azzardo e non beveva, se non qualche volta per tenere compagnia a qualcuno, e non l'aveva mai picchiata, nemmeno una volta. Il suo unico hobby era il golf: circa una volta al mese ci andava a giocare tutto contento. Tomoko era conscia del fatto che quello di suo marito era un disinteresse senza cattiveria.

Aveva la netta sensazione che, se lo avesse detto a qualcuna di una generazione precedente, le sarebbe stato detto «ma di cosa ti lamenti?». Eppure ora che, appena dimessa, se ne stava distesa sul divano di una casa ricoperta di polvere, sentiva trasudare dal suo corpo un'inspiegabile tristezza.

Nonostante quel giorno l'unica cosa che avesse fatto fosse stata uscire dall'ospedale, aveva finito per addormentarsi sul divano.

– Stasera va bene anche andare a mangiare fuori, oppure ordinare qualcosa a domicilio

Tomoko fu svegliata dal messaggio di suo marito. "Ah, già, devo cucinare." Lo sapeva già, e le venne voglia di sospirare. Tra le faccende di casa, quella che più di tutte metteva in crisi suo marito era cucinare; fino ad allora, non era mai capitato che preparasse qualcosa.

– Allora ordiniamo un delivery

"Magari prendiamo una pizza", pensò Tomoko, così si alzò e guardò il volantino attaccato alla porta del frigorifero. Aveva conservato così, senza impegno, uno di quelli che di tanto in tanto le mettevano nella cassetta della posta, pensando che magari un giorno o l'altro potesse servire. Da quando le figlie se n'erano andate di casa, non capitava praticamente mai di ordinare cibo a domicilio. Guardando le foto di quelle magnifiche pizze, le uscì fuori un altro sospiro. "Ma perché devo mangiare una cosa tanto unta?" Suo marito aveva scritto che andava "anche bene" mangiare fuori o farsi portare qualcosa a casa. Essendo appena uscita dall'ospedale, non se la sentiva di uscire e darsi appuntamento con lui per cenare, per cui aveva finito per rispondergli di ordinare un delivery, ma adesso non aveva nessunissima voglia di mangiarlo. Chissà se suo marito avrebbe pensato che andasse "anche bene ordinare a domicilio" se fosse stato lui a operarsi e a uscire dall'ospedale. Chissà se lui aveva mai provato a immaginare quel tipo di situazione. Tomoko aprì il frigorifero, tirò fuori il riso e lo sciacquò con cura. Ne comprava sempre piccole quantità, lo metteva dentro a delle bottiglie di plastica vuote, e lo conservava nello scomparto per le verdure. Aggiunse un pochino di riso integrale germinato e della miscela dei sedici cereali, che teneva conservati nella stessa maniera. Mentre il riso cuoceva, preparò il brodo in una piccola pentola, e ci mise dentro del tofu fritto che aveva congelato tagliato a pezzettini, e dei porri. Poi prese del seitan dallo scaffale dei prodotti secchi, e ci aggiunse pure quello.

«Di verdure non ce ne sono, ma oggi non sono potuta andare a fare la spesa, perciò ci accontentiamo», mormorò, anche se non c'era nessuno ad ascoltarla.

Prima di essere ricoverata, Tomoko aveva svuotato il frigo. Dentro il congelatore, c'era una confezione sottovuoto di maiale marinato nel *miso* che aveva ricevuto per l'*ochūgen*. Decise di scongelarlo e di servirlo come accompagnamento. "Pensavo che non ci fosse niente, e invece guarda qua cosa sono riuscita a preparare!" pensò Tomoko con un po' di ammirazione per sé stessa, ma cionostante le usciva un sospiro dopo l'altro. Pur avendo fatto un intervento in laparotomia, non aveva forte dolore. Però le era stato detto di non stare troppo in piedi. Così, mentre cucinava, faceva delle pause sedendosi su una sedia accanto al tavolo. Il suo cellulare fece un trillo, era arrivato di nuovo un messaggio da Kazuhiko.

– Se ti senti affaticata, che ne dici se chiamiamo mia madre?

Tomoko riteneva di avere un rapporto piuttosto buono con la suocera, ma se quel giorno fosse venuta per lei sarebbe stata un'ulteriore fonte di stress. Così rispose in fretta e furia: Tua madre ha il suo lavoro, perciò è molto impegnata, ricordi? Per oggi va bene così.

In quel modo, si stava dimostrando il più premuroso possibile, ma, nonostante fossero insieme da più di trent'anni, a volte suo marito era inopportuno. Tomoko fece un sospiro talmente lungo da tirare fuori tutta l'aria che aveva in corpo.

Quando Kazuhiko rientrò in casa si sedette a tavola e, dopo aver visto le pietanze allineate sul tavolo, disse: «Ah, hai cucinato». Dopo che lui ebbe indossato i vestiti da casa e acceso il televisore, cominciarono a mangiare. Da quando le figlie si erano rese indipendenti, i pasti consumati da soli si svolgevano più o meno così, per cui Tomoko non era amareggiata. Però, mentre muoveva le bacchette, non riusciva a frenare le cose che una dopo l'altra le nascevano nel petto, e che avrebbe voluto dire a suo marito, che lì davanti a lei mangiava guardando la televisione. Temeva che, ora che aveva finito per preparare da mangiare come sempre, suo marito avrebbe probabilmente pensato: "Mia moglie ormai sta bene, possiamo tornare a fare la nostra solita vita".

«Sappi che non la volevo mangiare una cosa come la pizza.»

«Eh? Che cosa?»

Ancora con in faccia il sorriso che gli era venuto guardando la TV, Kazuhiko si voltò verso Tomoko.

«Non ho mica cucinato perché ne avevo voglia. L'ho fatto semplicemente perché per giorni ho mangiato il cibo dell'ospedale, e poi non me la sentivo di andare a cena fuori. Volevo mangiare un pasto, anche semplice, ma normale.»

Tomoko osservò le portate che aveva servito al marito: c'erano allineate le stesse cose che aveva lei. Siccome le fette di maiale marinato nel *miso* erano cinque, ne aveva servite tre a lui e due a sé stessa. Già solo vedendo quello le veniva il nervoso.

"Guarda che non ho cucinato per te. L'ho fatto per me, e lo sto semplicemente condividendo con te. Eppure ti do sempre la parte migliore e in maggiore quantità. Finisco per farlo senza rendermene conto."

«Al marito che lavora fuori di casa bisogna far mangiare cose prelibate, va tenuto in considerazione più di chiunque altro perché lavora e porta lo stipendio a casa. Si deve essere grate al proprio marito, che porta i soldi.»

Le sembrava di sentire quella voce. Forse era stata sua madre a dirlo. O forse sua suocera. Anzi no, non lo aveva detto proprio nessuno. Solo che, in qualche modo, quei concetti le erano stati inculcati a fondo.

«Lo hai sentito cos'ha detto il dottore in ospedale? Mi ha chiesto di non affaticarmi per circa un mese.»

Il fine settimana prima della dimissione, marito e moglie avevano ascoltato la spiegazione del medico. Questo perché Kazuhiko poteva andare in ospedale solo nei giorni del riposo settimanale dell'azienda.

«Per questo ti avevo detto di far venire mia madre, no?»
«Se fosse venuta tua madre...» Per qualche ragione a Tomoko mancarono le forze e lasciò perdere.
«Sappi che mia madre mi ha domandato mille volte se non ci fosse qualcosa che lei potesse fare. E se non ti fa piacere che venga lei, puoi benissimo far venire Maho o Miho.»
"Loro due hanno la loro vita."
«Anche le ragazze hanno da fare.»
«E allora che vuoi che faccia?»
Nei limiti delle sue possibilità, Kazuhiko credeva di star dimostrando la propria gentilezza, ed effettivamente lo stava facendo.
«È anche colpa tua, mamma.» Se non ricordava male, una volta glielo aveva detto Maho. «Avresti potuto insegnare a papà come cucinare o come sbrigare le faccende di casa. In fondo sono molti più gli anni che ha vissuto insieme a te che quelli in cui è cresciuto insieme alla nonna. Non puoi più dire che è colpa della nonna, che non glielo ha insegnato.»
Le figlie erano le cocche della nonna, perciò stavano dalla parte di sua suocera. Potevano pensarla come volevano, ma lei non aveva potuto farci niente perché, all'inizio del loro matrimonio, Kazuhiko era ancora più impegnato con il lavoro di quanto fosse ora e ogni giorno rincasava a notte fonda. Dopo che aveva avuto le bambine, Tomoko era stata assorbita dal prendersi cura di loro e della casa, e non aveva certo il tempo di mettersi a insegnare al marito come aiutarla nei lavori di casa. Piuttosto che perdere del tempo a chiedere a lui, era molto più semplice se faceva da sola. Inoltre, Kazuhiko era imbranato con i lavori manuali ed era il tipo di persona che ci metteva un sacco di tempo per qualsiasi cosa. Forse anche sua madre, vedendolo, aveva rinunciato a insegnargli a fare le faccende.
"Però d'ora in poi chissà che cosa accadrà."
Di fronte al fatto che si sarebbe dovuta ricoverare, Tomoko aveva improvvisamente finito per pensare alla loro vecchiaia.
"Dovrò continuare per sempre a cucinare per quest'uomo? Ma no, probabilmente morirò prima io. E chissà, maga-

ri lui ha intenzione di sopravvivere mangiando fuori casa o ordinando il delivery. Mah, mi sa che lui non sta pensando a niente."

Tomoko osservò il profilo di suo marito, che guardava la televisione. Dopo aver saputo del suo problema di salute, aveva preso una pausa dal corso di inglese che frequentava. E anche le lezioni sui cibi *osechi* che aveva iniziato a dare insieme alla suocera erano rimaste in sospeso. Probabilmente era normale che ora si sentisse in quel modo, perché negli ultimi tempi non aveva fatto altro che fare avanti e indietro dall'ospedale.

Qualche giorno dopo essere stata dimessa, la sua amica Chisato Kōno venne a trovarla a casa sua.

«Non devi preparare assolutamente niente per me. Sia i dolcetti sia il tè, li porto io», aveva detto a Tomoko, ed effettivamente le aveva portato una torta di frutta e del tè verde freddo in bottiglia. Entrambi erano prodotti di qualità, presi in un grande magazzino di Ginza. Il tè, che era dentro a una bottiglia da vino, era a detta della sua amica una cosa di grande tendenza. In cose come quella Chisato era bravissima a scegliere.

«Ma come? Sembri molto più in forma di quanto pensassi!»

Quando si sentì dire così da lei, Tomoko realizzò davvero di essere uscita dall'ospedale.

«Ma scusa, sono stata ricoverata solo dieci giorni, in fondo.»

«Sì, però, quando ti ho visto portare fuori dalla sala operatoria sulla barella, ti eri così rimpicciolita, che sono rimasta sbalordita. Ho pensato: "Ma era tanto piccola Tomoko?".»

Il giorno dell'operazione sua figlia Maho e Chisato erano venute in ospedale.

«Grazie per esserci stata», disse Tomoko con voce malinconica. Anche la sua nipotina Saho era insieme a loro, ma si era subito stufata e pare che avesse fatto parecchio la lagna. Così Chisato aveva detto: «Non ti preoccupare, Maho. Resto io fino alla fine, perciò tu tornatene per un po' a casa. Poi appena finisce tutto ti chiamo. Tu vieni solo dopo l'operazione, perché il medico vorrà spiegare ai parenti». Chisato, che aveva fatto l'assistente di volo, sapeva bene come fare in casi del genere, ed era dotata di molto tatto. Da quel che aveva sentito Tomoko, Chisato lo aveva detto in maniera talmente risoluta che Maho non aveva avuto neanche modo di fare complimenti.

«Anche Maho ti è stata veramente grata. Mi ha detto con grande ammirazione che sei sempre piena di premure. Grazie mille.»

«Ma figurati. Al giorno d'oggi una persona su due si ammala di cancro, no? La prossima volta potrebbe toccare a me, perciò ho pensato che così mi facevo una cultura sull'argomento. È stata una sorta di indagine sul campo e ho imparato un mucchio di cose.»

Un altro dei suoi pregi era quel modo di dire le cose in maniera da non farti sentire in debito con lei.

«E quindi? Non devi fare altre terapie? Con l'intervento il tumore è stato rimosso completamente?»

«Be', quello...»

Circa sei mesi prima, durante i controlli medici per i familiari pagati dall'azienda del marito, era risultato un sospetto di tumore all'utero. Aveva quindi girato svariati ospedali e si era fatta esaminare anche presso qualche clinica privata. In una di queste un medico cinese le aveva proposto di non operarsi. Tomoko aveva tentennato, ma alla fine, dopo essersi sottoposta a una visita dettagliata presso l'ospedale universitario di Ochanomizu, aveva deciso per l'intervento. Il tumore era al primo stadio. Tuttavia, le era stato detto che solo con l'operazione se ne sarebbe potuto capire di più.

«Bisogna attendere l'esame istologico per sapere se dovrà fare o meno la chemioterapia.»

«E quando lo saprai?»

«Tra due settimane circa.»

«Quindi fino ad allora non saprai nulla?»

«Già. Per questo non riesco a stare tranquilla.»

Tomoko avrebbe voluto parlare di quelle cose anche con il marito, ma avendo anche lui ascoltato insieme a lei la spiegazione del medico, sembrava non ritenere necessario riparlarne nuovamente.

«E già è deciso in che giorno andrai a sentire il risultato della biopsia?»
«Sì, tra due giovedì.»
«Vuoi che venga anch'io?»
«Ti ringrazio.»
Anche solo dicendo quello, Tomoko provava gratitudine per lei.
«Penso di farcela anche da sola, ma probabilmente te lo chiederò.»
«Io sono libera, perciò chiamami pure.»
"Lo sapevo. Sono sempre le amiche quelle su cui si può fare affidamento", pensò Tomoko.
«Però, anche se dovessi fare le chemio, sappi che non c'è bisogno di essere tanto preoccupata. In fondo sarebbero solo sei mesi, e poi devi pensare che è stata una vera fortuna averlo scoperto in una fase tanto iniziale.»
Chisato era brava a dare conforto.
«Sì, hai ragione.»
Essendo appena uscita dall'ospedale, Tomoko si sentiva appesantita. Però era davvero contenta di chiacchierare con Chisato. L'amica aveva finito di mangiare la torta, ma non accennava a volersi alzare e perdeva tempo giocherellando distrattamente con la tazza e radunando sui piattini le forchette. Tomoko le stava raccontando in maniera divertente del ricovero, della vecchina che spadroneggiava in stanza con lei o di un'infermiera che aveva dei tic, quando all'improvviso si rese conto che Chisato non era quella di sempre.
«Non è che per caso vuoi parlarmi di qualcosa, Chisato?»
La donna abbassò la testa, come se le costasse fatica parlare, e riprese a gingillarsi con la tazza da tè. Per lei, quell'atteggiamento era assai insolito.
«A dire il vero... sto pensando di divorziare.»
Era una notizia talmente inaspettata che a Tomoko mancò il fiato per la sorpresa.
«E la cosa è stata già avviata oppure no?»
«Sì, da un bel po'. È successo nel periodo in cui hai scoperto di essere malata. Per questo non te ne avevo parlato.»
«Ma io credevo che tu e Yoshiaki andaste d'accordo.»

Quello tra la ex assistente di volo Chisato e Yoshiaki, che lavorava per una grossa compagnia aerea, era stato un matrimonio «aziendale». Entrambi erano alti e fin da giovani formavano una bella coppia. Quando, raggiunti i trent'anni, Chisato era indecisa sul suo futuro, lui, che era stato assunto insieme a lei, le aveva fatto la proposta di matrimonio dicendole: «Ormai ti vado bene anch'io, no?».

Quando Tomoko lo aveva saputo, aveva pensato che quella fosse una proposta forse un po' troppo schietta, ma comunque meravigliosa e da vero uomo. La loro unica figlia, Chiaki, era ancora all'università.

«E tu sei venuta tutte quelle volte in ospedale, quando stavi affrontando un momento tanto tremendo! Sono davvero mortificata.»

Negli ultimi mesi Tomoko non aveva fatto altro che parlare delle varie cure o dei trattamenti che le facevano in ospedale, e solo raramente aveva chiesto a Chisato di lei. Questa si era limitata ad ascoltarla e annuire. Tomoko lo aveva apprezzato tantissimo.

«Tranquilla, non ti preoccupare. Ascoltarti è servito anche a me per distrarmi. Cioè, forse dire che mi distraeva è un po' brutto.»

Quando Tomoko era indecisa se operarsi, più che le opinioni dei suoi familiari, a darle una grossa spinta erano state le parole di Chisato: «Io desidero che la mia migliore amica riceva le cure più all'avanguardia per il cancro. Non voglio che in futuro tu ti penta della decisione di non operarti».

«Non badare a me.»

Le motivazioni per il divorzio che Chisato elencò a Tomoko erano anche troppe.

«Da un po' di tempo Yoshiaki aveva un'amante, eppure io non me n'ero assolutamente accorta, sai?»

Ma poi, un giorno, una cosa inaspettata aveva aperto gli occhi a Chisato.

«In un programma televisivo di mezzogiorno stavano facendo uno speciale sui divorzi in età matura. E mentre lo guardavo mi sono resa conto che Yoshiaki aveva tutte le caratteristiche del marito che sta pensando al divorzio.»

Da quanto si diceva alla televisione, erano quattro:

1. Improvvisamente tutte le sere inizia a rientrare tardi.

2. Si porta il cellulare in bagno.

3. Vuole sapere tutto sulle entrate della moglie e su quanto ha da parte.

4. Fa ricerche di immobili sul computer o lo smartphone.

«La prima è lampante, no? Per quanto uno possa dire che ha più da fare al lavoro o adduca le più svariate motivazioni, è ovvio che alla fine si incontra con una donna. Anche la numero due: non sa quando potrebbe arrivargli un messaggio dall'amante e non vuole che la moglie lo veda. La terza è perché, quando un marito pensa al divorzio dal punto di vista pratico, calcola quanti soldi dovrà passare alla moglie.»

Il programma era di basso livello e, a detta di Chisato, anche gli spettatori in studio ascoltavano la cosa ridendo.

«Anch'io ridevo mentre lo guardavo e mi dicevo: "Chi la sapeva questa cosa!".»

Improvvisamente il sorriso di Chisato si era spento e le erano scesi dei lacrimoni.

«Certo, perché fino al numero tre gli calzavano tutte a pennello! E inoltre, piangendo, mi sono resa conto che, in un certo qual modo, era da molto tempo che io avevo dei sospetti. Solo che fino ad allora li tenevo nascosti sotto una coperta dentro il mio cuore. Forse facevo finta di non accorgermene. Che stupida, vagamente invece lo avevo già capito», spiegò Chisato sorridendo con aria imbarazzata. Guardandola in viso, Tomoko le teneva stretta una mano.

«Dicono che quando si arriva al punto quattro ormai è praticamente impossibile riallacciare il rapporto. Se invece si è ancora al due, ci sono buone speranze.»

Chisato aveva aperto timorosamente il computer che condivideva con il marito e aveva guardato la cronologia. Suumo, Livable, Homes... Come si aspettava, erano rimaste le ricerche fatte sui siti delle agenzie immobiliari di case in affitto nei pressi della stazione vicino al suo ufficio.

«Da lì in poi è stata tutta una strada dritta.»

Quando aveva interrogato il marito, una volta rientrato a

casa, lui aveva chiesto il divorzio come se non stesse aspettando altro.

«Te lo ricordi, no? Che l'anno scorso lui aveva cambiato lavoro.»

Dalla grande compagnia aerea, Yoshiaki era passato in una low cost con una qualifica da amministratore.

«Ecco perché, anche quando l'orario di rientro era cambiato, mi ero convinta che fosse una cosa normale. E invece a quanto pare nel nuovo posto ha conosciuto una giovane hostess. Di quelle con un contratto che è praticamente poco più di un part time.»

Essendo stata anche lei un'assistente di volo, Chisato non usava mai la parola «hostess». Ma probabilmente nello stato in cui era non poteva farne a meno.

«Ha detto che nostra figlia Chiaki è ormai adulta e, dopo avermi invitato a intraprendere due vite separate, se n'è andato via di casa. Ora abbiamo preso degli avvocati e stiamo contrattando.»

«E a te... va bene così, Chisato?»

«Sì. All'inizio, pensavo che se non avessi apposto il mio sigillo sull'istanza di divorzio non avremmo potuto divorziare; ma poi, parlando con il mio avvocato, ho scoperto che non è più così.»

«Ah no?»

«No, me l'ha detto chiaro e tondo, visto che è molto competente in materia di divorzio e, tra l'altro, è una donna. Siccome a molti uomini va bene stare allo stesso tempo con la moglie e con l'amante, il matrimonio potrebbe trascinarsi così com'è nell'attesa che il marito ritorni. Ma stanno aumentando i precedenti in cui, quando la colpa è di chi va via, il divorzio si attua automaticamente se la separazione si prolunga per molto. Mi ha detto che ci sono casi in cui il divorzio è stato riconosciuto dopo pochi anni.»

«Pochi anni passano subito...»

Chisato annuì. Da quando la figlia era cresciuta, il passare del tempo si era fatto sorprendentemente veloce.

«Quando ho sentito così, mi si sono come aperti gli occhi. Se devo fare la parte di una che sta con un uomo che va un po' con la moglie e un po' con l'amante allora non ci penso proprio. Non è proprio da me!»

Quando disse «ci sono varie cose che dobbiamo spartirci, come i soldi, o il mutuo della casa, e tu mi devi consigliare» a Chisato vennero le lacrime agli occhi, ma per il resto sembrava perfino più fiera del solito.

C'è un detto famoso che dice «tutte le strade portano a Roma», ma Tomoko, negli ultimi anni, si era accorta del fatto che quando ci si avvicina ai cinquant'anni «tutti i disturbi portano alla menopausa».

La prima volta che aveva aperto gli occhi, o meglio, che se n'era resa conto, era stato a quarantacinque anni. A ripensarlo adesso, era ancora giovane. Non appena cominciava l'estate, qualunque cosa facesse sudava. Qualcuno avrebbe potuto dire che era ovvio, dal momento che era estate, ma quando si svegliava al mattino aveva viso, collo e petto fradici di sudore. Sembrava che avesse beccato un breve acquazzone. Aveva la nausea e di frequente si svegliava all'alba. Lasciava accanto al letto una maglietta asciutta e un asciugamano, per potersi cambiare subito. Sudava talmente tanto che quando toglieva il pigiama lo sentiva pesante. Poi, generalmente andava in bagno.

Tomoko, che già di suo era una che stentava a addormentarsi, a volte restava così, senza più chiudere occhio fino al mattino. Un tempo non si era mai svegliata di notte per il bisogno di andare in bagno. E pensare che, quando sentiva la sua defunta nonna lamentarsi di quanto le costasse fatica alzarsi due volte la notte per fare pipì, non aveva idea di cosa volesse dire.

Per prevenire le vampate notturne, avrebbe dovuto dormire con il condizionatore acceso, ma così rischiava che le si gonfiassero mani e piedi. Allora rinfrescava per bene la camera e dormiva sotto il lenzuolo. Sembrava uno spreco, ma era l'unico modo per sopportarle. La cosa, peraltro, non era limitata ai mesi estivi, ma durava più o meno dalla metà di maggio fino a ottobre. Quando aveva superato i cinquanta, Tomoko e suo marito avevano iniziato a dormire in camere separate. La temperatura percepita dai due non combaciava per niente e lui si lamentava del fatto che lei si alzasse all'alba facendo rumore. Per fortuna le due figlie avevano lasciato il nido in successione, una per sposarsi e l'altra cominciando a lavorare, per cui la loro camera si era liberata. Dopodiché anche le palpitazioni e il fiato corto erano peggiorati. In piena notte, di colpo, il cuore le batteva così forte in petto da lasciarla senza fiato. Convinta che dovesse essere di sicuro qualche malattia, era andata in ospedale, aveva chiesto in giro e fatto varie ricerche. All'inizio si era pensato che avesse qualche malattia tiroidea. Tuttavia, anche facendo degli esami di medicina interna, alla tiroide non era stata riscontrata nessuna anomalia.

«Be', c'è da considerare anche l'età», le aveva detto un giovane dottore piuttosto belloccio, e così si era resa conto che quasi certamente si trattava di disturbi legati alla menopausa. E quando aveva consultato un ginecologo le era stato detto che si evidenziava un estremo abbassamento degli ormoni femminili. Da quel momento in poi aveva subito in rapida successione gli attacchi della menopausa.

Difficoltà a addormentarsi, insonnia = menopausa.

Vertigini, orecchie che fischiano = menopausa.

Prurito immotivato a mani e piedi = menopausa.

Pelle secca = menopausa.

Tomoko usava ancora un cellulare di vecchia generazione. Nonostante i commessi dei negozi, le figlie e persino la suocera le consigliassero di prendere uno smartphone, lei aveva sempre detto di no, dichiarando che con il suo riusciva a fare tutto ciò che le occorreva. E in effetti era vero che, anche con un cellulare di vecchia generazione, lei riusciva a fare varie operazioni di ricerca. Quando accedeva a internet e inseriva la descrizione dei suoi disturbi, oltre a varie altre cause veniva sempre fuori la parola «menopausa». Alla fine aveva cominciato a farle male l'anulare della mano destra. Se lo piegava sentiva come la sensazione che le stessero tirando il tendine. In quel caso aveva pensato che non potesse essere colpa della menopausa, ma magari dell'uso eccessivo delle dita, o di qualcosa del genere. Allora aveva fatto una ricerca con il cellulare e, dopo la descrizione di disturbi quali tendinite, dito a scatto eccetera, alla fine c'era una frase che diceva: «Inoltre, è un'infiammazione che si presenta spesso nelle donne in menopausa in età avanzata».

"Ma come? A questa menopausa non sfuggono nemmeno le dita?" aveva pensato. E così Tomoko si era rassegnata al fatto che tutti i disturbi portassero alla menopausa. Teneva chiuso in fondo all'armadio un capo di lingerie La Perla, che aveva comprato durante un viaggio in Italia fatto con le amiche dell'università nel periodo della Bolla. Era in seta color champagne, tutto bordato da un pizzo talmente fine da mozzare il fiato. Ormai si era scolorito e lei non aveva più il coraggio di indossarlo. In teoria il suo peso non era cambiato di molto, ma quel body non aveva nessuna capacità contenitiva e non sarebbe stato in grado di trattenere la «ciccia».

Ad aiutare Tomoko con la sua ipersensibilità al freddo, era la biancheria intima termica di Murasaki-ya, un negozio sulla strada commerciale di Jūjō. La prima volta che ne aveva varcato la soglia, aveva compiuto da poco cinquant'anni. Nonostante fosse a conoscenza da anni dell'esistenza di Murasaki-ya nella strada dei negozi, non ci aveva mai messo piede. Era un negozio sul quale in televisione facevano spesso degli speciali, e in tal modo Tomoko aveva saputo che il segreto dei prezzi stracciati era che prendevano dai produttori di alta gamma capi spaiati per colore e misura – e lei approvava la cosa –, ma nonostante ciò non le era mai venuta voglia di andarci. Davanti al negozio c'erano sempre grossi scatoloni uno accanto all'altro, a cui erano attaccati dei cartellini col prezzo scritti a mano che dicevano CALZINI 600 YEN, o COLLANT 900 YEN. Vi si radunavano frotte di anziani del vicinato che ravanavano con la faccia quasi sepolta dentro gli scatoloni. Per essere onesta, Tomoko credeva che una cosa così non sarebbe riuscita a farla. Che se una donna si riduceva a quel punto, per lei era finita. In ogni caso, lei non usava i calzini, e i collant non le occorrevano perché li comprava in un grande magazzino quando faceva un giro a Shinjuku. Era convinta che si risparmiasse molto di più a adoperare con cura le cose di buona qualità. Tuttavia, alcuni anni prima, una volta aveva dovuto partecipare ai funerali di un superiore di Kazuhiko. Era marzo, e la stagione era ancora gelida. Poiché era prevedibile che sarebbe stata in piedi all'aperto, esposta alle intemperie, era andata in un grande magazzino, ma, per colpa del fatto che la primavera era vicina, non era riuscita a trovare delle calze nere spesse da abbinare agli abiti per il funerale. Di ritorno verso casa, per la strada dei negozi di Jūjō, le era caduto l'occhio su Murasaki-ya, e di colpo aveva arrestato il passo.

«Mi scusi, non è che per caso avete delle calze speciali, più calde? Devo andare a un funerale.»

Non appena ebbe fatto timorosamente quella domanda alla commessa, dall'aspetto di una sorella maggiore, quella le aveva risposto con aria allegra: «Ah, se è quello che cerca, ne abbiamo un tipo che fa proprio al caso suo. Sono caldissime!».

Le calze nere che la commessa le aveva mostrato erano di quelle spesse e felpate, che in un grande magazzino non avrebbe trovato, e costavano pochissimo. Già che era entrata, aveva preso dei calzettoni e una maglietta intima di caldo cotone da mettersi in casa. Durante il funerale le spessissime calze nere avevano protetto le gambe di Tomoko dal vento che soffiava da nord. Da quel giorno Tomoko era diventata una grande fan di Murasaki-ya. Ogni volta che andava a fare compere in quella via, finiva per darci un'occhiata. In particolare l'abbondanza di indumenti intimi termici per l'inverno era straordinaria. Probabilmente perché il target di clienti era costituito da donne dai quarant'anni in su. Senza che se ne rendesse conto, in casa di Tomoko i cassetti si erano riempiti di biancheria intima comprata da Murasaki-ya e ancora mai usata, al punto che anche le figlie la prendevano in giro. Però, per qualche ragione, da quando era entrata in quel negozio, Tomoko si sentiva sollevata. Era stata la presa di coscienza che era diventata «una signora matura». Indossare intimo per persone anziane era confortevole e divertente. Quando si metteva addosso quello riscaldante, camminava con passo leggero. Durante il periodo della Bolla, con gli uomini che ti coprivano di lusinghe, le donne erano assoggettate all'idea di dover essere sempre delle «femmine», o per lo meno delle «belle mamme». Ora che invece aveva la possibilità di diventare una signora matura, in un certo senso tirava un sospiro di sollievo. Il cancro era arrivato immediatamente dopo.

Dopo aver saputo del divorzio da Chisato, la sera tardi cominciarono le telefonate. Siccome Tomoko e suo marito dormivano in stanze separate, lei e Chisato finivano per dilungarsi in telefonate chilometriche come ai tempi dell'università.

«Noi ci siamo sposati a trent'anni, no? E quindi divideremo perfettamente a metà tutto ciò che abbiamo accumulato nei successivi venticinque anni. Io ho fatto quasi esclusivamente la casalinga, però il concetto è che, se mio marito ha messo da parte dei soldi, è anche per merito mio.»

A differenza di quando erano studentesse, tutti i discorsi vertevano solo sul denaro.

«Davvero? Ma tu sai quanti soldi aveva da parte tuo marito prima di sposarti? Io, per esempio, non saprei dirlo così, su due piedi.»

«Sì, è vero. Però la cosa che mi ha lasciato senza parole è che lui invece si ricorda un sacco di cose. Che aveva da parte tre milioni di yen e che il denaro per pagare il matrimonio, a parte la somma coperta con quello che ci avevano regalato, lo avevano tirato fuori lui e i suoi genitori. Insomma, ha detto perfino cose che io avevo dimenticato.»

Chisato indossava sempre abiti costosi ed era molto elegante. Era la prima volta che Tomoko la sentiva disquisire sui centesimi.

«Non me lo aspettavo proprio. Se me l'avessero chiesto, avrei detto che Yoshiaki era una persona molto informale e per niente fissata su cose del genere.»

Tomoko si ricordò che, quando era single, se mangiava insieme a Chisato e Yoshiaki, lui non le permetteva di pagare. Forse era per via della tendenza dell'epoca, ma era il tipo d'uomo che non lascia che una donna paghi al posto suo.

«Anch'io lo pensavo! Ma guarda te quanto è straordinario il divorzio, fa cambiare le persone da così a così.»

La voce di Chisato, lievemente autoironica, dava a Tomoko da pensare.

«L'altro giorno sono andata a una conferenza sul divorzio e sulla spartizione del denaro. Era tenuta da quella lì, quella Sūko Kurofune che a volte appare alla televisione.»

«Eh? Vuoi dire che ci fanno pure le conferenze?»

«Al giorno d'oggi, se fai una ricerca in rete, ci trovi qualunque cosa. Comunque, a quel corso, mi sono fatta calcolare quanti soldi potrò ricevere d'ora in avanti, e quali saranno le mie spese per campare. Gli scenari che mi sono stati presentati prendevano a esempio il budget di una comune coppia di mezza età e, com'è ovvio che sia, dal punto di vista economico sarebbe più comodo non divorziare.»

«Be', immagino.»

«Se continuassimo a restare sposati, prenderemmo centotrentamila yen di pensione dallo stato, più altri centomila dall'azienda, per un totale di duecentotrentamila al mese. Una coppia di coniugi in età matura che non lavora più spende in media meno di duecentocinquantamila yen al mese, per cui, anche prelevando dai risparmi la somma che manca, non si trova certo in difficoltà. Chiaramente supponendo che i due non si ammalino, non abbiano bisogno di assistenza e non facciano viaggi.»

«Se è così posso stare tranquilla, allora.»

Sebbene fosse di parte, mentre ascoltava il discorso della sua migliore amica, Tomoko si sentiva sollevata. Al momento, a casa sua, non c'era pericolo di divorziare.

«Poi ci sono i soldi messi da parte, come il TFR che ha ricevuto quando ha lasciato l'azienda precedente ed è entrato in quella nuova. All'incirca venti milioni di yen.»

Chisato e suo marito avevano mandato la figlia in scuole private, sia alle medie sia alle superiori, e avevano comprato un appartamento nel quartiere di Shinjuku. Ciononostante, avere da parte venti milioni di yen per Tomoko era la dimostrazione di quanto si guadagnasse bene in una compagnia aerea.

«Questo capitale va suddiviso secondo un rapporto di quattro a tre, perché mio marito ha lavorato trentatré anni, di cui venticinque da sposato. Dicono che nelle case in cui abita una persona da sola, sono le donne a spendere di più, con una media mensile di circa centocinquantamila yen. Calcolando che dopo il divorzio per i primi dieci anni non percepirò la pensione, anche guadagnando magari settantamila yen al mese con un lavoro part time, se andassi avanti a prelevare dai risparmi la cifra che manca, dopo otto anni non mi resterebbe quasi più nulla! Insomma, prima di poter ricevere la pensione, il mio capitale si ridurrebbe a zero.»

«Eh? In soli otto anni? Quindi a sessantatré anni, giusto?»

Tomoko rimase talmente sorpresa che si coprì la bocca con le mani. Immaginare Chisato senza un soldo le costava fatica: fra tutti i suoi conoscenti, era la persona più lontana da una simile immagine.

«E poi resta ancora la questione di cosa fare con la casa in cui abitiamo adesso. Intanto abbiamo una figlia e ho la sensazione che probabilmente andrà a finire che io e lei continueremo ad abitarci e a pagare il mutuo. Mio marito insiste nel voler considerare come risarcimento nei miei confronti la quota di mutuo che ha pagato finora. Io ho pensato che, piuttosto che non avere una casa, sia comunque meglio, però mi domando fino a quando sarò in grado di pagare il mutuo.»

A Tomoko non venivano le parole.

«Però, sai, di tanto in tanto, rifletto sul perché sia andata a finire in questo modo... Improvvisamente un sacco di cose hanno finito per cambiare tutte insieme.»

Era vero. Tomoko raccolse tutte le forze che aveva per confortarla dicendo: «Sfogati pure con me su qualunque cosa. Anche se tutto ciò che posso fare è solo ascoltarti».

La telefonata finì con un consiglio di Chisato: «Faresti meglio a cominciare a pensare al denaro anche tu, Tomoko». Il giorno seguente, Tomoko aprì il libretto di deposito per controllare quanti soldi c'erano. Rimase scioccata. I risparmi, che pensava essere consistenti, erano quasi a secco. A volte può capitare che un giorno, d'improvviso, i soldi non ci siano più. Ma loro non avevano avuto nessun fallimento commerciale e non giocavano d'azzardo. Non avevano sperperato il denaro né subito qualche truffa. Avevano semplicemente vissuto in maniera onesta. Solo quello. Quando la figlia maggiore Maho si era diplomata al liceo, Tomoko e suo marito avevano da parte otto milioni di yen. All'inizio del loro matrimonio sua suocera le aveva consegnato il *Modello per tenere la contabilità domestica* della professoressa Motoko Hani, e le aveva consigliato: «Non c'è bisogno di essere troppo tirati, basta solo che tu ti appunti sempre tutti i soldi che spendete». Tomoko era originaria di un paesello del Chūgoku, suo padre era un funzionario locale e abitavano in una grande casa ereditata dai nonni. Non era una famiglia benestante, ma non pagavano affitto e spesso ricevevano cibo dai vicini, perciò lei era cresciuta in un ambiente lontano dal concetto di risparmio. Probabilmente si ha un'immagine della campagna come di un posto in cui non si spendono soldi, ma, per spostarsi, una famiglia normale non ha una sola bicicletta, ma due o tre, e siccome si hanno molte frequentazioni, cosa che non accade in città, si spende tanto. Se c'era qualche cerimonia funebre di un parente o di un vicino, bisognava partecipare; durante le feste religiose si finanziavano i santuari o le associazioni del vicinato e bisognava preparare gli *yukata* abbinati. Quando un parente entrava all'università o in occasione di un matrimonio era necessario regalare del denaro. Quei soldi li aveva avuti in dono anche Tomoko. In una piccola cittadina, bene o male si conoscevano le reciproche situazioni finanziarie così che, qualora si fosse restii a mantenere attive le «frequentazioni», avari nel donare cibo, bevande o automobili, era inevitabile che la gente parlasse male. Secondo Tomoko, in campagna il risparmio non era visto come una virtù. Kotoko, Kazuhiko e suo suocero che allora era ancora in vita, quando erano andati a conoscere la famiglia di Tomoko, avevano portato in dono soltanto dei dolcetti di patate. Le due famiglie si erano ripromesse di fare le cose in maniera semplice, senza lusso alcuno, ma ciononostante i genitori di Tomoko erano rimasti basiti, al punto che ancora adesso tra i suoi familiari si narrava che Tomoko «era andata in sposa per un dolcetto di patate».

Dopo le nozze, nonostante fosse disorientata dalla vita di

città, l'indifferenza nei confronti degli altri, così caratteristica di Tokyo, le dava un senso di liberazione, come quando a casa propria ci si stende stiracchiandosi gambe e braccia. In realtà, se avesse fatto una cosa simile nella sua casa paterna, dalla porta d'ingresso, che non veniva chiusa a chiave, sarebbe entrato un vicino dicendo: «Già a poltrire di mattina?».

Sua suocera le aveva insegnato a tenere la contabilità domestica e così aveva cominciato a prendere coscienza del significato del risparmio. Quando erano nate le sue figlie e avevano dovuto comprare la prima macchina, era rimasta a bocca aperta per il fatto che suo marito, dopo essersi consultato con sua madre, avesse scelto un'utilitaria di piccola cilindrata. Fosse stata la seconda o la terza macchina, sarebbe stato un conto, e comunque una cosa del genere a casa dei suoi sarebbe stata impensabile. Ora Tomoko provava nostalgia di quando, al telefono con sua madre, ormai scomparsa, si lamentava dicendo: «La gente di Tokyo è proprio spilorcia».

Però era grazie a quello se avevano messo da parte otto milioni di yen. Anche se adesso erano quasi finiti. Fra le rette per l'università breve di Maho e quella quadriennale di Miho erano sfumati cinque milioni, e quando Maho si era sposata, nonostante sua figlia avesse detto che ci avrebbero pensato lei e suo marito, e non fosse stato assolutamente un matrimonio fastoso, tra il pranzo per far conoscere le rispettive famiglie, la tariffa aggiuntiva per l'abito da sposa – una volta che aveva visto dal vivo gli abiti, l'occhio le era caduto su uno più costoso e così alla fine non era rientrata nel budget –, e le auto che avevano noleggiato per i parenti che venivano dal paese, avevano finito per spendere come niente fosse un milione di yen.

In seguito la madre di Tomoko e il padre di Kazuhiko erano venuti a mancare e i fratelli avevano diviso le spese per l'ospedale e per i funerali. Poi c'erano state le spese per il ricovero di Tomoko: la sua operazione era tra quelle coperte dall'assicurazione, ma i costi per gli accertamenti erano stati più alti di quanto pensasse. Inoltre negli ultimi dieci anni lo stipendio di Kazuhiko non era aumentato. Dopo la recessione seguita alla bancarotta di Lehman Brothers, l'azienda di macchinari di precisione per cui lui lavorava non era più riuscita a uscire da una fase di scarse prestazioni. Fino ad allora innumerevoli volte era stata paventata la possibilità di una fusione con aziende americane o cinesi. Per di più Kazuhiko, anche dopo aver superato i cinquant'anni, non era riuscito a diventare caporeparto. Ancora adesso era vicecapo, una posizione che Tomoko non aveva la minima idea di che autorità avesse. E inoltre... in futuro chissà quanti soldi ci sarebbero voluti per l'assistenza a lungo termine di sua suocera Kotoko. Solo a pensarlo le veniva il mal di testa. Kazuhiko aveva un fratello minore che viveva a Ōsaka e aveva preso in mano le redini dell'attività dei genitori di sua moglie. Non era stato adottato dalla famiglia di lei, ma era praticamente lo stesso. Tomoko stessa lo aveva incontrato solo alle cerimonie di famiglia, e non sapeva davvero che accordi avessero preso tra fratelli, o se non ne avessero ancora parlato. A ogni modo, Tomoko si guardava bene dal mettere bocca senza essersi prima consultata con suo marito, però, qualora avessero chiesto a lei di occuparsi di tutto, sarebbe stato un bel guaio, per cui faceva finta di vedere e non vedere.

Il denaro era come scivolato tra le dita e a un certo punto si era resa conto che era rimasto solo poco meno di un milione di yen. I venti milioni che avevano da parte Chisato e suo marito erano per lei un sogno irraggiungibile.

Era passata una settimana da quando era stata dimessa. Finalmente Tomoko si sentiva in grado di uscire per fare la spesa. In ospedale le avevano sconsigliato di montare in bicicletta per un mese, perciò andò fino alla strada commerciale di Jūjō a piedi, camminando lentamente.

«Oh, sei uscita dall'ospedale?»

Per primissima cosa, Tomoko si diresse al Murasaki-ya e la commessa, sempre presente, l'accolse con un sorriso. Prima di essere ricoverata, le aveva parlato del ricovero quando era andata a comprare alcuni pigiami con l'abbottonatura sul davanti, e a quanto pareva se lo era ricordato.

«Sì, però per un po' non posso usare la bicicletta», rispose

Tomoko e quella, annuendo come se niente fosse, le consigliò un carrellino per la spesa, di quelli che si portano dietro le donne anziane. In un angolo del negozio, il Murasaki-ya trattava anche quel genere di articoli vari. La commessa era brava a capire di che cosa lei avesse bisogno. E non dimenticò nemmeno di farle uno sconto di duecento yen per festeggiare la dimissione dall'ospedale.

La malattia e il divorzio della sua migliore amica avevano causato un grande cambiamento dentro di lei. Allo stato attuale, era chiaro che non avrebbe potuto divorziare dal marito. Fino a quel momento non ci aveva mai pensato perché non era insoddisfatta di lui. Tuttavia, dopo essere uscita dall'ospedale, il fatto che non facesse assolutamente niente in casa l'aveva costretta a riflettere sulla propria vita. Nonostante Kazuhiko fosse un po' scostante, Tomoko non lo riteneva una persona fredda. Fino ad allora aveva lavorato con serietà e supportato lei e le figlie. Sua suocera era una donna solida e molto affezionata alle nipoti. Tuttavia, Tomoko sentiva una lieve ansia pensando al tipo di vita che avrebbero condotto e a cosa avrebbero fatto una volta che lui fosse andato in pensione. Tutti i santi giorni avrebbe preparato tre pasti, fatto le pulizie e il bucato con suo marito lì davanti agli occhi? Già solo a pensarlo le scappò un piccolo sospiro. Il budget necessario a una donna sola dopo un divorzio in tarda età, come aveva sentito da Chisato, era insostenibile. Una cosa così ti metteva di fronte al fatto che, se pure avesse provato un leggero malcontento nei confronti di suo marito, avrebbe dovuto per forza stringere i denti. Nonostante fino a quel momento Tomoko non si fosse mai soffermata a pensare al divorzio, una volta capito che sarebbe stato «assolutamente impossibile», provò una strana sensazione.

Quando lei e suo marito cenavano da soli in assoluto silenzio, sentiva la sua insoddisfazione crescere e gonfiarsi.

"Ma perché quest'uomo, che non sa nemmeno cucinare, mangia zitto zitto quello che io ho preparato per lui, senza un minimo di gratitudine?"

Il sabato e la domenica, suo marito se ne stava tutto il giorno disteso, o al massimo andava con gli amici a giocare a golf. In ogni caso, proprio come nei giorni feriali, Tomoko doveva aspettare il suo ritorno e preparargli la cena. Questa cosa sarebbe continuata per sempre, anche dopo che lui fosse andato in pensione?

Al supermercato, che si trovava più o meno al centro della strada dei negozi, Tomoko prese in mano delle verdure. Involontariamente il suo sguardo si era posato su quelle in offerta, ammonticchiate accanto all'ingresso a mo' di specchietto per le allodole. Una verza cento yen, mezzo cavolo cinese cento yen, un sacchetto di cipolle cento yen... Una volta che aveva messo quelle nel cestino, il passo successivo era andare al banco della carne. Quel giorno anche il petto di pollo era in offerta. Tomoko scelse la confezione risparmio da quattro fette. Poi prese due confezioni di straccetti di maiale. Nella strada commerciale di Jūjō c'erano molti negozi rinomati di cibi pronti, spesso citati in programmi televisivi, e in alcuni si vendevano crocchette di pollo più grandi del palmo di una mano, buonissime, ma di gran lunga più care della carne al banco.

Prima del ricovero, anche Tomoko si serviva spesso in quei negozi. Essendo solo lei e il marito, mettersi a friggere era un inutile spreco di tempo e fatica, e poi pensava che ormai poteva anche prendere qualche scorciatoia. Se comprava una pietanza già pronta, era sufficiente poi preparare solo il riso bianco, la zuppa di *miso*, e un piccolo contorno.

Però... adesso Tomoko non poteva concedersi il lusso di comprare dei cibi pronti. Quando tornò a casa, per prima cosa si mise a preparare il petto di pollo. Tolse la pelle e ne sminuzzò due pezzi passandoli nel tritatutto. Preparò quattro pacchetti di carne da cento grammi e li congelò. Il resto lo tagliò a striscioline, e lo mise a marinare nel sakè e nello zenzero. Aveva sentito alla televisione che, così facendo, il pollo diventava morbidissimo. Divise anche questo in piccole porzioni e ne congelò la metà. Fece lo stesso con la carne di maiale. Tritò metà della verza e preparò un'insalata di cavolo, riempiendone un contenitore ermetico che mise in frigorifero. Fatto tutto questo, Tomoko si sentiva esausta.

Si sedette al tavolo della cucina appoggiando la testa sulle braccia. Da giovane queste cose le preparava al mattino, prima di colazione. Quando rientrava dal lavoro, faceva la spesa per la cena, cucinava, dava da mangiare alle figlie, faceva loro il bagno e, dopo averle messe a letto, aspettava suo marito, che rincasava tardi. Poi, le ragazze si erano rese indipendenti una dopo l'altra, e Tomoko credeva che finalmente avrebbe avuto tempo per sé. Non avrebbe mai immaginato che alla sua età sarebbe tornata di nuovo a fare il macinato con il petto di pollo. Tomoko guardò i mobili della cucina. Metà della verza, il cavolo cinese e le cipolle erano ancora lì, il tritatutto sporco era rovesciato nel lavello, tagliere e coltello giacevano così come li aveva lasciati. Dal profondo del petto le uscì un sospiro.

«Ma si può sapere fino a quando dovrò fare queste cose? Però non ci posso fare niente, in fondo siamo poveri. Non abbiamo soldi.» Dopo aver mormorato così, scoppiò a piangere. In realtà anche la sera prima avevano mangiato petto di pollo per cena. Con le fettine sottili e le cipolle aveva preparato dell'*oyakodon*, e poi aveva servito zuppa di *miso* e insalata.

«La carne è un po' duretta...» aveva borbottato Kazuhiko, mentre mangiava l'*oyakodon*. Non era il tipo da avanzare pretese sul cibo, ma uno che mandava giù senza battere ciglio tutto quello che gli veniva servito. La sera prima aveva solo detto quello che pensava con nonchalance, senza cattiveria. Tomoko, però, era andata su tutte le furie. Ci era mancato poco che gli lanciasse addosso le bacchette. Anzi, dentro la sua testa lo aveva fatto, anche se poi si era limitata ad alzarsi da tavola senza dire una parola. Effettivamente la carne era dura. Forse l'aveva cotta troppo, oppure l'aveva tagliata male, comunque sia non era buona. Non che il petto di pollo fosse cattivo. A seconda di come lo si prepara, il petto è molto più buono delle cosce, e fa anche bene alla salute. In passato la professoressa del corso di inglese le aveva detto: «Da noi in Australia costa di più il petto che le cosce, perciò quando sono venuta in Giappone sono rimasta molto sorpresa».

In altre parole, la colpa era di come lo aveva preparato lei. In teoria era una casalinga veterana che aveva cucinato di tutto e di più e invece ora si vergognava. Era talmente brava da insegnare ad altri come preparare gli *osechi*, ma ora qualcosa non andava. Era consapevole che la colpa era di come lo aveva cucinato, ma non riusciva in alcun modo a farsene una ragione. Un'altra settimana e avrebbe saputo se sottoporsi alla chemioterapia o no. In caso positivo, sarebbe dovuta rimanere in ospedale per alcuni giorni e, anche una volta dimessa, avrebbe continuato a stare male. Si domandava quindi che cosa avesse intenzione di fare Kazuhiko in quel caso. Mentre rimuginava, cominciò a sentirsi come se fosse già deciso che avrebbe fatto la chemio. Entrando in quell'ottica, non avrebbe ricevuto uno shock se fosse effettivamente andata così.

Sei mesi… Per quanto, avendo l'assicurazione medica, le spese per le cure non sarebbero costate tanto, se non fosse stata in grado di cucinare a casa e di svolgere le faccende domestiche, i loro risparmi avrebbero finito per sfumare in men che non si dica. Ebbe la sensazione che l'addome le dolesse di nuovo.

«Questo posto ultimamente è sempre affollato, eh? Sarà che il numero degli ospedali o dei medici non è sufficiente?» disse Chisato mentre dava un'occhiata veloce al televisore acceso nella sala d'aspetto.

«Scusa tanto.»

Erano andate a ritirare gli esiti degli esami fatti dopo l'intervento. Nonostante Tomoko avesse appuntamento alle due, erano passati più di venti minuti e non sembrava proprio che volessero chiamarla. I divanetti, messi uno accanto all'altro nella sala d'attesa, erano tutti occupati da donne tra i venti e gli ottant'anni.

«Ma non l'ho mica detto per dartene la colpa! E poi, tanto per cominciare, sono stata io a voler venire con la forza.»

Quando Tomoko le aveva mandato un messaggio in cui diceva che, come pensava, le dava un po' ansia andare a ritirare il risultato dell'esame istologico da sola, Chisato le aveva risposto che l'avrebbe accompagnata. Non era vero che ci era andata con la forza.

«Mentre aspettiamo, possiamo chiacchierare un po', non ti pare?»

«D'ora in poi, quando saremo vecchie, incontrarci qui diventerà la nostra routine.»

Tomoko rise senza forze.

«Come va con Yoshiaki? Ci sono degli sviluppi?»

«Dopo che abbiamo deciso di dividere tutto il denaro a metà, credevo che le cose sarebbero andate avanti spedite, e invece...»

A detta di Chisato, stavano litigando sul mantenimento e sulle spese universitarie della figlia.

«Quando si è inchinato davanti a me chiedendomi di concedergli il divorzio, mi ha detto che avrebbe pensato lui a Chiaki. Invece adesso ha tirato fuori che per una figlia ventenne non c'è bisogno che lui versi il mantenimento.»

«Eh? Ma scusa, Chiaki è ancora all'università...»

«Appunto! Dice che pagherà solo metà della retta universitaria, ma che non può versare il mantenimento.»

«Ma che insensibile!»

«Quando una persona decide di troncare un rapporto diventa senza cuore. Credo che la sua nuova donna lo stia condizionando su un sacco di cose. Magari è per quello che tutto d'un tratto è diventato tanto deplorevole.»

Probabilmente il denaro è una cosa su cui si litiga fino all'ultimissimo momento.

«La cosa che più mi mette in difficoltà è il fatto che Yoshiaki si sia in un certo senso abituato a questa situazione.»

«Cioè?»

«Te l'ho già detto l'altra volta, ricordi? Il mio avvocato ha detto che agli uomini non dispiace più di tanto stare un po' con la moglie e un po' con l'amante. Ho come l'impressione che lui stia cominciando a pensare che non sia poi così male fare avanti e indietro tra la giovane fidanzata e la casa della vecchia moglie, in cui c'è la sua adorabile figlia.»

«Ma che imbecille.»

Già solo a sentire il fatto che si stesse prendendo fortemente gioco dell'amante e della moglie, a Tomoko venivano i nervi a fior di pelle.

«Non so perché, ma quando lo sento lamentarsi del fatto che anche per lui è faticoso fare avanti e indietro tra le due case, ho l'impressione che sia come dice l'avvocato. Dopo tanti anni insieme capisco che cos'ha in mente, ma per una donna è una cosa insopportabile. Così, abbiamo deciso che ci separiamo. Ormai sono fermamente convinta.»

«Sì, hai ragione.» Mentre annuiva, Tomoko ebbe la sensazione che l'espressione sul viso di Chisato non fosse più così scura. Anche la sua amica, forse, non ce la faceva ad abbandonare il marito. Magari era proprio lei che si era abituata a quella situazione. Sollevata, Tomoko guardò furtivamente il profilo di Chisato. Non riusciva a criticarla. In fondo erano stati sposati per venticinque anni.

«Signora Mikuriya, la signora Mikuriya in sala visite tre», chiamò una giovane infermiera con voce acuta. Gli occhi di Chisato tornarono seri.

«Tomoko, hanno chiamato te?»

Come risposta, Tomoko la strinse forte.

Le due entrarono in sala visita tenendosi per mano, come se fossero due bambine delle elementari. Tomoko sentiva che Chisato, che quasi si nascondeva dietro di lei, era piuttosto spaventata. Nonostante l'amica le avesse detto scherzosamente che le sarebbe stata accanto per evitare che svenisse, ora che era arrivato il momento la cosa bizzarra era che aveva più paura lei. Però la cosa non le dispiaceva, perché la paura di Chisato nascondeva anche la preoccupazione che provava per lei. Tomoko, invece, entrando nella stanza, si sentì liberata da un peso.

"È diversa. L'atmosfera dentro la sala visite è diversa. Non so, è così luminosa."

Probabilmente se ne accorse proprio perché aveva visto quel posto un sacco di volte. Sia il giovane dottore sia l'infermiera che gli stava al fianco non avevano più l'aria cupa e preoccupata di prima dell'operazione. Non c'era più quell'atmosfera tesa.

«Signora Mikuriya, si sieda.»

«Oggi mi sono fatta accompagnare da un'amica.»

«Ah, allora anche la sua amica si sieda pure.»

C'erano due sedie, così si misero vicine.

«Dunque, il risultato dell'esame istologico effettuato l'altro giorno...»

Il dottore entrò subito in argomento e aprì la cartella clinica con un sorriso.

"Ecco cos'era", pensò Tomoko. Fino ad allora il dottore non aveva quasi mai sorriso, e invece quel giorno lo stava facendo.

«Congratulazioni, era uno stadio T1a!»

«Eh?»

Per quanto Tomoko l'avesse capito, le scappò qualcosa di simile a un urlo di sorpresa.

«Meno male, Tomoko...» disse Chisato con la voce soffocata dal pianto. Tomoko si voltò verso di lei, ma riuscì solo a fare di sì col capo. Poi si voltò di nuovo verso il medico e chiese: «Allora... la chemioterapia?».

«Non ce n'è bisogno.»

Il dottore passò a spiegarle il programma delle cure da quel momento in avanti: per alcuni mesi sarebbe andata in ospedale una volta al mese, poi sarebbe stato necessario fare una TAC di controllo una volta l'anno. Il cuore di Tomoko, però, stava volando altrove. Non sapeva se fosse la sua o quella di qualcun altro, ma dentro la sua testa le sembrava di sentire una voce che diceva: «Da adesso, da adesso! Si comincia da adesso!».

«Ho capito. E quindi è per questo che oggi siete venute qui da me in due, giusto?»

Tomoko e Chisato erano sedute, leggermente tese, davanti alla financial planner un po' in carne Sūko Kurofune. Dopo aver sentito il risultato dell'esame istologico, sulla strada del ritorno le due amiche erano andate a prendere un tè in una caffetteria davanti alla stazione di Ochanomizu. E lì, mentre ascoltava i discorsi di Chisato, Tomoko era giunta alla conclusione che forse poteva anche provare a chiedere consiglio a qualcuno riguardo a come si sentiva in quel periodo.

«Sì, scusi. Ma quando la signora Kōno me ne ha parlato, mi è venuta voglia di valutare la mia situazione. Così siamo venute a chiedere qui, e ci è stato detto che lei accetta di fare anche consulenze di gruppo.»

«Sì, certo. Durante le consulenze rivolte ai singoli, molte persone si mettono sulla difensiva e mi chiedono perché debbano riferirmi per filo e per segno quanto denaro hanno da parte. Se invece si inizia con un'allegra chiacchierata tra amici, per me l'approccio è più semplice. Molti financial planner concepiscono solo consulenze per i singoli, ma io sono aperta a qualunque modalità. Quando poi il discorso scende nei particolari, alcuni preferiscono proseguire con una consulenza one-to-one.»

La Kurofune parlava guardandosi intorno con i suoi occhi neri e aveva un aspetto così amichevole e allegro che si stentava a credere fosse la professoressa che appariva spesso in televisione gridando: «8×12 fa il numero magico!». Pian piano anche Tomoko riuscì a rilassarsi. A differenza di Chisato, il cui divorzio era praticamente deciso, la preoccupazione di Tomoko, o meglio il vago senso di insoddisfazione che sentiva, non aveva una forma ben definita. Tuttavia, già solo per il fatto che non aveva più nulla da parte, le sembrava che valesse la pena fare una consulenza. Inoltre, percepiva un'ansia che, in ogni caso, non sarebbe scomparsa a forza di tormentarsi da sola. Quando aveva saputo che il tumore era a uno stadio T1a, il suo cuore si era un po' rasserenato. E proprio per quello era riuscita a sentirsi positiva, a provare il desiderio di risolvere il problema che l'attanagliava in quel periodo. Un'ora di consulenza costava seimila yen, ma avrebbero fatto a metà. Non che pensasse che, solo perché pagava una consulenza decisamente costosa, si sarebbe risolto tutto. Semplicemente sentiva di volere una prova del fatto che, con un atteggiamento costruttivo, stava adottando dei provvedimenti. In fondo non era poi un così brutto modo di spendere tremila yen.

«Allora oggi sentirò per prima cos'ha da dirmi la signora Mikuriya, va bene?»

«Sì. Però non so se sarò in grado di spiegarle come si deve. Le chiedo scusa già da ora se per caso non riuscirò a farle capire bene.»

Tomoko parlò del suo caso. Del fatto che, dopo aver saputo del problema di Chisato, aveva ricontrollato le finanze della famiglia e scoperto che i loro risparmi si erano assottigliati fino a scendere sotto il milione di yen; che, nonostante non fosse necessario sottoporsi alla chemioterapia, non si sentiva sicura delle proprie forze e di riflesso di essere in grado di risparmiare come quando era giovane; inoltre le figlie avevano la loro vita e in futuro non voleva essere loro di peso; infine non sapeva proprio quanti soldi ci sarebbero voluti per l'assistenza a lungo termine di sua suocera...

«In realtà, in aggiunta a tutto questo, c'è una cosa di cui parlo per la prima volta con lei...»

Tomoko fece un lieve cenno con gli occhi rivolta verso Chisato, e poi disse una cosa che non aveva mai detto.

«Alcuni giorni fa è venuta a casa la mia figlia minore, Miho, e in quell'occasione mi ha accennato al fatto che sta frequentando un ragazzo.»

«Ma è una cosa di cui rallegrarsi, no? E poi dovresti essere felice del fatto che è venuta a parlarne con te che sei sua madre», si intromise Chisato tutta contenta.

«Certo, però lei non è il tipo di ragazza che si confida con i genitori. Finora non aveva mai parlato di queste cose con me. Quindi, se è addirittura venuta apposta fino a casa per dirmelo, probabilmente è perché stanno pensando seriamente di sposarsi.»

«E immagino che lei sia preoccupata del fatto che, in tal caso, ci saranno da spendere altri soldi per le nozze, non è così?»

Come c'era da aspettarsi, Kurofune aveva subito afferrato.

«Esattamente. È successa la stessa cosa anche quando si è sposata la grande. Per quanto gli sposi dicano che ci penseranno loro, tra una cosa e l'altra se ne vanno un sacco di soldi. Ma è la nostra adorata figlia e io vorrei permetterle di sposarsi senza preoccupazioni. Per di più, queste cose dipendono anche dalla famiglia dello sposo, e magari loro vogliono fare un ricevimento in pompa magna. Se così fosse, non so immaginare quanto dovremo aiutarla... Ieri notte non sono riuscita a dormire pensando a queste cose.»

«Ho capito.» La professoressa Kurofune, che per tutto il tempo aveva preso appunti dettagliati, sollevò il viso.

«Per prima cosa, riguardo al matrimonio della sua secondogenita...»

"Caspita, va subito al sodo!" pensò Tomoko. Effettivamente in un'ora sola doveva dare una consulenza a tutt'e due, perciò era di grande aiuto che procedesse spedita.

«Per il momento quello lo mettiamo da parte. O, per meglio dire, non è un problema della madre, cioè suo, signora Tomoko, ma della figlia. Se anche i genitori di lui dicessero di voler fare un ricevimento sontuoso, quella è una questione che i ragazzi devono risolvere da soli, non una cosa della quale lei si deve preoccupare. In fondo ormai sono degli adulti e lei deve separare per bene le sue cose dalle loro. Tra l'altro, se non ha ancora conosciuto questo fidanzato, non ha senso che stia lì a preoccuparsi. E infine, ho la sensazione che, una volta che i suoi problemi principali saranno risolti, anche questo si risolverà in maniera automatica.»

«Va... va bene.»

"Ma è proprio perché non riesco così facilmente a vedere le cose con razionalità che mi preoccupo", pensò Tomoko, lievemente scontenta, ma con un certo sollievo sentendosi dire che non era un problema suo.

«Lo stesso vale per la questione di sua suocera. A mio avviso, quando si tratta di assistenza agli anziani, non si deve innescare un circolo vizioso della povertà. Mi spiego: i figli hanno l'obbligo di assistere i genitori, ma la corretta interpretazione di questa regola è che basterà farlo entro i limiti delle proprie possibilità economiche. Poi, se per assistere sua suocera, avesse problemi di soldi, potrà sempre toglierla dallo stato di famiglia, così che, costituendo lei un nuovo nucleo familiare, potrà ricevere il sussidio pubblico. Anche in questo caso, una volta che avrà risolto il problema principale, dovrebbe riuscire a intravedere una nuova via.»

La professoressa Kurofune bevve un sorso del tè che aveva sulla scrivania, come a dire che ora veniva il bello.

«Mentre l'ascoltavo, c'è stata una cosa che mi ha colpito. Il motivo per cui lei mi chiede consiglio, ossia la mancanza di risparmi, è che vorrebbe farsi un gruzzoletto ma non è sicura di averne la forza, giusto? Qualche volta, però, si è riferita a suo marito dicendo che lui non è in grado di sbrigare le faccende, che deve fare tutto da sola perché è disinteressato nei confronti della casa.»

Era vero. Quel giorno Tomoko voleva parlare del problema delle finanze familiari, per cui aveva deciso di astenersi dal menzionare il malcontento nei confronti del marito. Lui non era certo uno spendaccione e la sua presenza non interferiva con la volontà di risparmiare. Tuttavia, qualcosa aveva finito per trapelare.

«Non è che in realtà lei è scontenta di suo marito?»

«Be' sì, però... stiamo insieme da tanti anni ed è normale che nasca dell'insoddisfazione reciproca. Non è lo stesso per tutte le coppie?»

Tomoko lanciò una veloce occhiata a Chisato. Se non aveva parlato del marito, era anche per delicatezza verso un'amica prossima al divorzio. Come se lo avesse compreso, Chisato le fece cenno di proseguire.

Tomoko aveva conosciuto Kazuhiko tramite un'amica, e da giovane lui era una persona talmente seria che non diceva neanche una parola di troppo. In lui aveva rivisto il proprio padre, nato nei primissimi anni dell'era Shōwa. Lo aveva conosciuto in un'epoca frivola, e ne aveva abbastanza di uomini che chiacchieravano e basta. Per questo, forse, si era illusa L'uomo che, secondo Tomoko, sarebbe stato un tipo di poche parole, ma capace di fare la differenza nel momento del bisogno, si era poi rivelato un semplice taciturno.

«Sentendo il racconto di Chisato, mi sono resa conto che non potrei mai divorziare. Anche se può dividere a metà con il marito sia il TFR sia la pensione, la donna resta comunque svantaggiata. E in più noi non abbiamo quasi nulla da parte.»

«In effetti, per la signora Kōno Chisato ho calcolato un piano spese per il quotidiano. Però l'ho pensato con la speranza che, osservando bene la realtà dei fatti, lei possa procedere in maniera spedita e costante. Non perché viva la sua vita guardando indietro.»

«Sì, ma io non so se riuscirei a divorziare.»

«Non le sto mica consigliando di divorziare! È solo che non voglio che lei, con il suo problema economico, pensi di dover essere l'unica a stringere i denti su tutto. Quindi le propongo di non pensare alla questione finanziaria e di provare una volta a riflettere su cosa lei vuole veramente.»

«Va bene.»

«Il divorzio non è la fine della vita, ma l'inizio di una nuova.»

Tomoko si voltò verso Chisato. «Sì, è vero. Perdonami, Chisato.»

«Ma che dici? Capisco quello che provi, Tomoko.»

Mentre le due amiche si sorridevano a vicenda, la Kurofune concluse: «E adesso passiamo alle questioni pratiche. Credo che per entrambe la cosa migliore sia partire da ciò che siete in grado di fare».

Rientrata a casa dalla spesa, Tomoko sistemò gli acquisti nel frigo e aprì il portafogli. Contò le banconote girandole tutte nello stesso verso e le rimise a posto. Osservò con attenzione lo scontrino, controllando quanto aveva speso, e poi lo fissò sulla porta del frigorifero con una calamita. Sūko Kurofune le aveva insegnato che, facendo così, avrebbe usato tutto senza sprechi.

«Anche solo fare un controllo del portafogli, tirando fuori gli scontrini e mettendoli in ordine, porta a dei risultati. Nel suo caso, signora Tomoko, invece di fare i salti mortali per cucinare al risparmio o comprare ingredienti super scontati, voglio che provi a usare tutto ciò che compra senza sprechi e a non comprare più del necessario. Quando si sente stanca, invece, la invito a utilizzare senza remore i cibi pronti. Adesso la cosa più importante per lei è la salute.»

«Davvero posso? E non avrò problemi?»

«Certo. Le sue figlie ormai sono indipendenti e le spese per il cibo non dovrebbero essere poi così consistenti. Qualunque cosa lei acquisti è sempre meglio che andare a mangiare al ristorante. In cambio, a fine mese cerchi di risparmiare un pochino. L'ultima settimana non andrà a fare la spesa e con gli ingredienti che ha in casa, come se volesse fare piazza pulita delle scorte, penserà a qualche ricetta in modo da utilizzare tutto. Stia tranquilla, nella cucina di ogni casa ci sono ingredienti che bastano per una settimana. Già solo facendo questo vedrà come si sentirà rinfrancata.»

«Ho capito.»

Tomoko si ricordò di come, il giorno in cui era rientrata a casa dall'ospedale, fosse riuscita a preparare una cena nonostante avesse pensato che non ci fosse niente.

«La cosa migliore è cominciare da quello che è in grado di fare. E poi un'altra cosa: riguardo a suo marito, che ne pensa di stabilire di mangiare ognuno per conto suo per alcuni giorni alla settimana?»

«Eh?»

«Poco fa ha detto che frequenta un corso di inglese. Perché non chiedere a suo marito di mangiare da solo, quella sera? Potrà prepararsi qualcosa oppure andare a cena fuori. Che ne dice se d'ora in avanti provate a stare un po' più distanti l'uno dall'altra e a riflettere su come volete trascorrere la vostra vecchiaia?»

Tomoko pensò che, se fosse riuscita a farlo, si sarebbe liberata di un grosso peso. In realtà, dopo il corso di inglese, gli altri studenti andavano a mangiare insieme prima di rincasare. Tomoko, siccome doveva preparare da mangiare a suo marito, non aveva mai preso parte a quelle cene.

«Deve mettere fine a questa situazione, in cui lei ritiene che sia colpa di suo marito se deve rinunciare a tante cose. Perché non farà che spingere entrambi verso l'infelicità.»

Tomoko ebbe l'impressione che Chisato, accanto a lei, stesse facendo un profondo cenno di sì con il capo.

La cena di quella sera era costituita da zuppa di *miso*, riso bianco, *oyakodōfu*, cioè tofu con sopra del *nattō* – fagioli di soia fermentata – e, come piatto principale, fegato saltato con erba cipollina. La zuppa di *miso* era avanzata dalla colazione e il tofu e il *nattō* doveva soltanto tirarli fuori dalla confezione. Restava solo da cucinare la portata principale. Era stata la professoressa Kurofune a insegnarle questo tipo di menù, per il quale erano sufficienti una zuppa e due portate, più un cibo che bastava tirare fuori dalla confezione. Quando faceva la spesa, oltre al tofu e al *nattō*, comprava anche alghe *mozuku* e *mekabu*, il tofu di uova, il surimi eccetera. Tutte cose che si potevano mettere a tavola aprendo la confezione. Poi non le restava altro da fare che pensare a una portata principale ed era fatta. Anche per quella, a volte comprava qualche prelibato cibo pronto alla strada commerciale di Jūjō.

Kazuhiko rientrò a casa alle otto passate. Come sempre, si cambiò d'abito e, non appena seduto a tavola, allungò la mano verso il telecomando del televisore.

«Puoi aspettare un attimo? Vorrei parlarti di una cosa.»

«Che c'è?» chiese lui allontanando obbediente la mano dal telecomando. Poi, spalancando gli occhi, che erano già piuttosto grandi, mise a fuoco Tomoko. Nella sua espressione non c'era nemmeno una nuvola. Non sospettava minimamente che lei provasse del malcontento o che stesse per redarguirlo. Ora che ci pensava, Tomoko si rese conto che era da moltissimo tempo che non parlava con suo marito in quel modo, occhi negli occhi.

«Senti, io il giovedì vado al corso di inglese, no?»

«Sì.»

Sembrava che non lo ricordasse, ma annuì come se fosse una cosa ovvia.

«D'ora in poi il giovedì voglio che pensi da solo alla tua cena», disse Tomoko tutto di un fiato.

«In che senso devo pensarci da solo?»

«In senso letterale. Puoi cucinarti qualcosa da solo o andare a mangiare fuori. Oppure puoi andare a mangiare da tua madre. Voglio che tu mi liberi dall'impegno di preparare la cena il giovedì sera.»

«E perché?» chiese Kazuhiko con una faccia imbronciata.

«Perché dopo il corso di inglese tutti gli altri cenano insieme alla professoressa e chiacchierano di un mucchio di cose. Anch'io avrei sempre voluto farlo, ma mi sono trattenuta perché avevo da prepararti la cena. Ma ora ho deciso che non ci rinuncerò più.»

Costretto a far aspettare la cena che era lì davanti a lui, Kazuhiko sembrava un bambino.

«Io mi sono ammalata e questo mi ha fatto riflettere sul fatto che voglio vivere senza rinunce. Almeno una volta alla settimana puoi anche lasciarmi riposare, dico bene? E quindi...»

«Guarda che ho capito!»

Dopo aver interrotto bruscamente il discorso, Kazuhiko allungò di nuovo la mano verso il telecomando e accese il televisore.

Tomoko espirò tutto il fiato che aveva trattenuto. In realtà avrebbe voluto due giorni di riposo. E avrebbe anche voluto dirgli che il motivo per il quale voleva riposarsi non era solo il corso d'inglese, ma che anno dopo anno le faccende di casa, compreso cucinare, le erano diventate di peso.

«Tutto quanto un passo alla volta. Non abbia fretta. Non creda di poter cambiare tutto in un solo colpo.»

Tomoko si ricordò le parole con cui la professoressa Sūko Kurofune aveva concluso il colloquio.

Esatto, un passo alla volta. Se avesse mangiato per conto suo anche solo una volta alla settimana, Kazuhiko avrebbe capito le cose da solo, o per lo meno ci avrebbe pensato su.

Se si fosse opposto dicendole che era assolutamente impossibile sarebbe stato peggio. Tomoko prese le bacchette e pinzò lo stesso cibo che il marito stava già mangiando. Il fegato era salato e un po' le si bloccò in gola, ma lei masticò con forza e lo mandò giù.

6.
LE PERSONE RISPARMIATRICI

Poco tempo fa, sono andata incontro al periodo, che ricorre una volta ogni due anni, in cui incombe su di me un'importante scelta. È scaduto il contratto del mio smartphone. Come sapete bene tutti, si tratta di una piccolissima scelta che può avere un enorme effetto sia sulle mie spese sia sulla mia vita quotidiana. Per inciso, il mio ragazzo – che dopo la laurea all'Accademia di belle arti sta lavorando come tirocinante presso un'azienda di design – è il tipo che non solo non stipula nessun contratto vincolante, ma ogni volta che viene messo sul mercato un nuovo iPhone, sostituisce il vecchio con quello nuovo. Per questo, è un cliente storico di un gestore che a ogni nuovo modello ti spinge ad approfittare della promozione «rendi il vecchio e prendi il nuovo». Per di più, tra i modelli iPhone, usa regolarmente il tipo Plus, cioè il più caro. Cosa implica questo a livello economico? Quando penso al matrimonio con lui sono piuttosto preoccupata…

Quando gliene ho parlato mi ha detto: «Se pensi alla vita di tutti i giorni, alla fine la cosa che utilizzi per più tempo nell'arco della giornata è proprio lo smartphone, no? Lo guardi mille volte, e ci sono anche molte persone che ci digitano costantemente. E poi io anche i libri o la musica li prendo quasi sempre o in formato digitale oppure li scarico. Per esempio, anche se magari uno smartphone è un po' caro, se dividi il prezzo per trecentosessantacinque e guardi quanto ti viene a costare in un giorno, non mi pare poi un acquisto tanto di lusso. Non compro mica un gioiello prezioso, che poi in un anno uso solo poche volte».

"Giusto", penso. La si può vedere anche così. Un momento, però... Vuol forse dire che lui pensa che un anello di fidanzamento non serva?

Ma torniamo al punto.

A sentir lui, questo suo modo di pensare ha a che vedere anche con il fatto che, quando era all'università, ha trascorso un periodo di studio di sei mesi in Australia e ha fatto l'esperienza di viaggiare per l'Asia.

«Sai, quando sono andato allo Starbucks di Singapore, le persone intorno a me, una dopo l'altra, mi hanno rivolto la parola. Mi chiedevano di poter usare la mia linea wi-fi, oppure da dove venissi. Alla fine uno mi ha chiesto di guardargli la sua roba mentre andava al bagno. Ed era uno che vedevo per la prima volta, capisci? Non in Giappone, ma all'estero! Be', Singapore è un luogo sicuro e i giapponesi sono considerati degni di fiducia, ma quella volta, osservando i clienti di quel locale, ho capito cos'era che ispirava in loro tanta fiducia in me. Erano il mio iPhone e il computer Mac. Anni fa si diceva che alle persone bisognava guardare i piedi, e così ci mettevamo delle buone scarpe, indossavamo vestiti di qualità e compravamo borse firmate, ricordi? Ma ora, più che l'abbigliamento, contano i gadget. Sono il nuovo linguaggio universale, e un passaporto che dimostra che si è una persona che prova le stesse cose degli altri.»

Lui dice che è così.

Be', non penso che la sua esperienza valga per tutti, ma c'è un fondo di verità. Anch'io finora ho usato un iPhone 5s. Quando due anni fa è arrivato il momento di renderlo per prendere il nuovo modello, non era ancora un device così superato. Anche il design mi piaceva, e non avevo praticamente nulla da eccepire. Quindi ho pensato anche all'opzione di continuare a utilizzarlo. Tuttavia, in quest'ultimo periodo, in cui si va dicendo che sta per uscire sul mercato l'iPhone 8, sono arrivata alla conclusione che forse sia meglio cambiarlo per prendere un iPhone 7 o per lo meno un 6s; la cosa che più di tutte mi ha dato la spinta è stata il servizio offerto dal gestore telefonico. Quando sono andata a chiedere informazioni, mi è stato detto che, se anche avessi continuato a usare lo stesso cellulare, il mio piano tariffario non sarebbe quasi

cambiato rispetto a ora (forse è stato solo un caso, ma anche l'addetta ai servizi telefonici con cui ho parlato non era simpatica). Be', diciamo che ultimamente per le aziende di telefonia essere poco amichevoli con i clienti storici è diventata la regola. Sia quelle grandi sia quelle più recenti ti spingono con vigore verso un piano tariffario che sembra dirti «nessun problema, cambi pure compagnia telefonica quanto vuole».
In aggiunta a questo, ultimamente, si possono scegliere anche degli smartphone o delle SIM molto economici. E quindi alla fine quale sarà mai il modo più economico di utilizzare uno smartphone? Qual è la migliore compagnia telefonica a cui affidarsi?

Dopo aver scritto fin lì tutto d'un fiato, Miho Mikuriya espirò profondamente. Rilesse con attenzione tutto daccapo e pensò che non fosse niente male. Però era troppo lungo. Nonostante quel giorno il topic principale dovesse essere la migliore azienda da cui prendere uno smartphone, prima di entrare nel vivo dell'argomento aveva finito per dilungarsi in inutili chiacchiere. Come se non bastasse, pur credendo di aver fatto attenzione ad andare a capo e lasciare un po' di spazi, ora che guardava il suo testo, i caratteri erano talmente fitti che sembrava tutto nero.

"Peccato, perché le cose che mi ha detto Shōhei sono interessanti."

Quel giorno, al loro appuntamento, lei gli aveva detto che alla sera avrebbe caricato sul blog un articolo riguardante gli smartphone, e così, in maniera naturale, era diventato il loro argomento di conversazione. Dopo aver rotto con Daiki aveva cominciato a vedersi con Shōhei Numata, il ragazzo capitato nel posto accanto al suo alla conferenza sul risparmio tenuta da Sūko Kurofune. Il fatto che avesse un fisico asciutto, ma non fosse bello, piaceva a Miho ed era perfetto per lei. Lui abitava ad Akabane, e la distanza tra loro si era accorciata notevolmente da quando lei gli aveva confidato che voleva cercare un appartamento a Jūjō. La ricerca di un immobile era diventato un buon pretesto per uscire insieme. Adesso abitavano a cinque minuti di bicicletta l'uno dall'altra.

Shōhei non aveva partecipato al corso perché interessato alle tecniche di risparmio, semplicemente gli piacevano gli incontri di studio, le conferenze e le colazioni di gruppo. Cercava costantemente su internet dei corsi economici a cui poter partecipare, e se aveva tempo si iscriveva a qualunque cosa. A detta sua, stava pensando di costruirci su un business per il futuro. Tuttavia, era molto comprensivo anche nei confronti di Miho, che invece stava cercando di risparmiare; nei giorni feriali capitava spesso che rimanessero a casa dell'uno o dell'altra, così le spese per i pasti si riducevano moltissimo. In realtà, quando Miho aveva traslocato, che stesse scherzando o dicesse sul serio, Shōhei le aveva proposto di andare a stare da lui, ma lei aveva qualche esitazione ad andare a convivere vicino a casa dei suoi prima del matrimonio. Shōhei aveva un sacco di aneddoti divertenti da raccontare e spesso le forniva degli spunti per il blog. A quanto pareva, la cosa veniva percepita anche dai lettori, perché ogni tanto trovava dei commenti che dicevano Il tuo fidanzato è proprio un ragazzo interessante, o Quoto totalmente il parere del tuo fidanzato. Ed era proprio per restituire l'effetto delle loro conversazioni che aveva cominciato a scrivere quel pezzo, ma...

"Così com'è ora i lettori si stuferanno prima di arrivare al nocciolo della questione."

Miho poggiò la mano sul mouse e con il cursore selezionò un intero paragrafo, tagliando tutto d'un colpo da «Per inciso, il mio ragazzo... fino a ...anche degli smartphone o delle SIM molto economici. Poco a poco il testo veniva limato pesantemente. Pur pensando che fosse un peccato, non stava di certo cancellando tutto quanto. Miho salvò le parti tagliate con l'intenzione di postarle un altro giorno. Si rimise dritta davanti al computer e si accinse a scrivere il seguito.

Ora voglio esaminare, limitatamente all'iPhone, quale sia il modo più economico di utilizzarlo. Vi dico subito che non sono né una che pensa che gli iPhone siano i migliori smartphone né una fanatica della Apple. Mia sorella maggiore, per esempio, ha preso tramite il suo gestore telefonico un Nexus 5, uno smartphone con un sistema operativo Android legger-

mente vecchio, per il quale paga meno di duemila yen al mese... (E credo che anche la sua scelta sia buona.)
Semplicemente qui mi è più semplice fare una comparazione focalizzandomi esclusivamente sull'iPhone.
Per prima cosa vi dico la conclusione a cui sono arrivata.
Il modo più efficace, nonché economico, di utilizzare un iPhone è recarsi in un Apple Store, comprare l'ultimo modello di iPhone e scegliere la SIM Card più economica in rapporto al numero di giga che si intendono consumare. Tutto qui.
"Ma come?" avrete pensato in tanti, vero?
Dopo aver provato a fare diversi calcoli, è risultato che quello è il metodo più efficace ed economico. Attualmente l'iPhone più recente, nella variante da sedici giga, costa, incluse le tasse, 66.744 yen. Se dividiamo questa cifra per ventiquattro mesi fa 2781 yen al mese. Cui vanno aggiunti i costi di utilizzo della SIM Card. Una SIM con minuti e giga illimitati costa circa tremila yen al mese, per cui, anche utilizzando la rete wi-fi a volontà, si spendono in tutto poco meno di seimila yen al mese. Siccome a casa non ho la rete wi-fi, io ho optato per questa soluzione, ma ci sono SIM più economiche.
A paragone con il contratto di un altro gestore, che ti fornisce un iPhone ultimo modello per due anni, con cinque giga di internet a ottomila yen al mese (a cui poi in realtà bisogna aggiungere il costo delle chiamate, per cui si spende un po' di più) si risparmiano più di duemila yen. Se poi si sceglie di utilizzare lo smartphone non per soli due anni, ma per quattro, la tariffa per l'utilizzo mensile si abbassa ulteriormente.
Ecco perché si compra il modello più nuovo. Se invece si va in un negozio di smartphone economici, non c'è ancora nessuna compagnia che offra un iPhone 7. Se si ha intenzione di usare il cellulare per lungo tempo, è più conveniente andare all'Apple Store e acquistare il nuovo modello.
Inoltre, spesso le SIM Card hanno un tempo minimo di utilizzo più breve, oppure non ce l'hanno affatto. Ci sono compagnie che ti concedono di modificare il piano tariffario dopo qualche mese, dopo sei mesi o un anno, e addirittura alcune dopo un solo mese (però si paga una tassa amministrativa). E

quindi, se si trova un'altra compagnia con delle condizioni più vantaggiose, si può passare dall'una all'altra più volte. E ancora, se si ha un device acquistato presso un Apple store, quando si va all'estero si potrà utilizzare inserendo semplicemente una SIM Card usa e getta comprata sul posto.

Era domenica. Anzi, era l'una di notte del lunedì. All'alba sarebbe iniziata una nuova settimana. Ma Miho non riusciva a dormire. E continuava a battere sui tasti del computer.

Miho aveva aperto il suo blog la sera stessa del giorno in cui era andata al corso di Sūko Kurofune. All'inizio lo aveva fatto con leggerezza.

Pur adoperandosi per risparmiare da sola, i risultati stentavano ad arrivare, si sentiva frustrata e finiva per spendere il denaro per cose inutili. Per la stanchezza che l'assaliva dopo gli straordinari, a Miho veniva spesso voglia di fare qualche acquisto. Tipo il pane di una panetteria un po' gourmet, che era aperta fino alle dieci di sera. E se era ancora più tardi, alla fine allungava la mano verso qualche dolciume del *konbini*. Si era resa conto di avere quella tendenza da quando aveva cominciato ad annotare su un quadernetto il suo programma giornaliero e le cifre che spendeva. Quando, parlando con sua sorella, aveva espresso il timore di non essere in grado di compilare come si deve il registro per tenere la contabilità domestica, sebbene lo avesse comprato, quella l'aveva consigliata dicendo «Guarda che fa già una bella differenza se prendi nota su un'agendina».

Già da prima, pensava che, scrivendo un blog al posto di un diario, una volta radunati un po' di lettori sarebbe stato come essere sorvegliata da loro, il che le avrebbe permesso di continuare a risparmiare. Ed era stato proprio allora che aveva fatto il corso di Sūko Kurofune. Colpita dall'entusiasmo della professoressa, quella sera le era venuta voglia di sfogare su qualcuno quello che stava provando.

Sono appena stata alla conferenza per celebrare la pubblicazione di *8x12 = numero magico*, il libro della professoressa Sūko Kurofune!

Il contenuto di ciò che avrebbe scritto era ben chiaro fin dall'inizio, e così era riuscita a finire di scrivere il primo articolo tutto d'un fiato. Il blog sul risparmio di Peanut – obiettivi: una villetta indipendente e adottare un cane. Il titolo stesso del blog ne riportava il contenuto pari pari, ma attualmente, riguardo al suo nickname, all'interno del blog Miho si faceva chiamare Peako, da Peanut. Allo stesso tempo aveva creato un nuovo account su Twitter, che era Peanut@blog sul risparmio e si era messa a twittare quell'aggiornamento. Per sua fortuna, pochi giorni dopo, la professoressa Kurofune aveva trovato il suo profilo facendo egosurfing. Lei, che aveva decine di migliaia di follower, aveva presentato il blog di Miho sul suo account personale. Ci aveva anche aggiunto queste parole: È un articolo sul corso *8x12 = numero magico*, che ho tenuto alcuni giorni fa in una libreria, e lo riassume molto bene. Grazie mille, Peanut!

Il numero di visualizzazioni dell'articolo sul suo blog era cresciuto tutto d'un colpo, raggiungendo le quattro cifre. Una partenza col botto. Il giorno prima che la professoressa Kurofune facesse quel tweet, Miho era già sul punto di esaurire tutte le idee, ma poi, ricordandosi delle parole di sua nonna, aveva caricato un articolo dal titolo Il modo in cui usi tremila yen può decidere della tua vita (forse)! Ci aveva scritto la frase della nonna, quali teiere usassero sua madre o sua sorella, e anche il fatto che lei ancora non aveva incontrato la teiera della vita ed era molto indecisa. Insieme al report del corso sul risparmio, anche quell'articolo era stato molto letto. Da allora aveva deciso di non parlare soltanto delle tecniche di risparmio, ma di inserire anche di tanto in tanto delle informazioni sulla gestione economica della sua famiglia. Oltre a quello, poi, a mano a mano che raccontava in maniera franca e sincera della separazione dal suo adorato cagnolino Peanut, e che aveva cominciato a mettere via dei soldi con lo scopo di acquistare un'abitazione indipendente, così da poter adottare un cane da un rifugio, c'erano state anche alcune persone che avevano commentato cose come: Ti capisco, anch'io quando è morto il mio cane ho pianto. Così, seppur poco alla volta, era riuscita a far crescere in maniera tangibile il numero dei suoi lettori.

Quando Shōhei le chiese di vedersi, dicendole che aveva una cosa di cui parlarle, erano passati circa dieci mesi dal loro primo incontro, e il compleanno di Miho era ormai prossimo. Il loro non era certo il tipo di rapporto in cui ci si scambia dei doni di fidanzamento, ma si erano reciprocamente detti di volersi sposare, e in un certo qual modo quello era diventato un fatto stabilito. Tanto per cominciare, lui era uno che, fin dall'inizio della loro frequentazione, parlava di matrimonio in tono informale. Quando erano usciti insieme solo poche volte, si era messo a discutere di quale fosse per lui la famiglia ideale e di quanti bambini desiderasse.

Era l'esatto opposto di Daiki, il suo ex fidanzato, che non appena aveva trovato lavoro aveva smesso completamente di sfiorare l'argomento, e questo per Miho era una cosa nuova che la rendeva anche felice.

«Perché hai così tanta voglia di sposarti?» gli aveva chiesto, e lui, con la faccia seria, aveva risposto: «Voglio crearmi presto una famiglia mia e mettere radici».

Una volta Miho gli aveva anche chiesto se il fatto che desiderasse così tanto una famiglia era perché ne aveva un'immagine estremamente positiva, o se al contrario in quella sua di origine ci fosse qualche problema.

«Non so dirlo bene.»

«Perché?»

«È che la mia non era certo una famiglia in cui ci fosse della violenza o dei problemi, però, come dire...»

A questo punto Shōhei aveva puntato lo sguardo lontano e si era messo a pensare per qualche istante.

«Era inconsistente.»

«Inconsistente?»

«Sì, cioè, non c'erano chissà quali grossi problemi, ma in un certo qual modo era slegata, inconsistente appunto, una famiglia senza punti fermi. Be', me ne rendo conto soltanto adesso, ma un tempo non lo sapevo.»

«Come sono tuo padre e tua madre?»

«Sono delle normalissime brave persone, ma se mi venisse chiesto di descriverli più nello specifico non saprei cosa rispondere. Perché finora con loro non ho praticamente mai parlato di cose serie. Per quel che ne so, mio padre si è licenziato dal lavoro quando io sono andato al liceo, ma anche su questo punto non sono mai stati chiari con me. E, anche quando ho detto che avrei voluto frequentare l'Accademia di belle arti, non sono stati né contenti né contrari. Una volta ho provato a chiedere a mia madre "Siete sicuri? Davvero posso fare l'accademia? Guarda che le tasse sono molto alte...", ma lei si è messa a ridere forte e mi ha risposto "Su, ora basta con questi discorsi. Ma serio!". Quello è una specie di intercalare di mia madre, "Ma serio!".»

Miho era rimasta un po' sorpresa del fatto che sua madre utilizzasse espressioni come quella, e aveva pensato che il loro fosse probabilmente uno di quei rapporti più tra amici che tra genitori e figli. In fondo era capitato che anche sua madre Tomoko, scherzando, avesse detto: «Ma serio!».

La casa della famiglia di Shōhei era ancora più a est di Jūjō, in un quartiere al confine con la prefettura di Saitama. A quanto pareva, Shōhei aveva vissuto lì fino alla fine dell'università, e quando era stato preso come tirocinante era andato a vivere da solo ad Akabane. Be', quando lui le aveva detto all'improvviso che voleva sposarla, Miho non aveva provato nessuna sensazione spiacevole, perciò non c'erano dubbi sul fatto che amasse Shōhei. E poi, ogni volta che si vedevano, era attratta da lui sempre di più.

"Dice che vuole di nuovo parlarmi... chissà di che si tratta? Forse del ristorante in cui andare per il mio compleanno?"

Immersa in questi pensieri, Miho diede appuntamento a Shōhei di mattina presto, in un fast food davanti alla stazione di Jūjō. Quando si erano conosciuti lui era ancora un giovane tirocinante, per cui incontrarsi non era ancora difficile come adesso. Ora era quasi impossibile vedersi nei giorni feriali. Pur sfruttando al massimo la flessibilità di orario, Miho doveva arrivare in ufficio entro le dieci del mattino; nell'azienda di Shōhei, invece, si cominciava a lavorare prima di mezzogiorno per poi fare gli straordinari fino a notte fonda. Quando volevano vedersi a tutti i costi in un giorno feriale, spesso si incontravano per fare colazione insieme, e chiacchieravano mangiando un menu fisso economico chiamato «Morning Set».

«Avevo pensato di farlo nel fine settimana, ma credo che con queste cose qui sia meglio non perdere tempo.»

Con le scadenze di fine mese che lo pressavano, Shōhei aveva gli occhi tutti rossi.

«Ma che è successo? Qualcosa di cui non potevi parlarmi su Line?»

«No, dovevo farlo di persona. Perché è una cosa molto importante.»

«Si può sapere qual è questa cosa così vitale?»

«A dire la verità, l'altro ieri mi è arrivata una telefonata da un numero sconosciuto.»

«Un numero sconosciuto?»

«Mi diceva che ero in arretrato sul pagamento per la restituzione della borsa di studio.»

«Eh? Avevi preso in prestito una borsa di studio?»

Era la prima volta che Miho ne sentiva parlare.

«No. Io non ne sapevo nulla. I miei genitori avevano fatto tutta la pratica senza dirmi niente. A quanto pare, anche le carte le hanno firmate loro.»

Miho restò in silenzio.

«Quando ho telefonato ai miei, mi hanno detto che avevano chiesto un prestito per pagarmi l'università. A sentir loro, durante i miei studi ne hanno restituito solo una piccola parte, quindi, visto che ora ho cominciato a lavorare, tocca a me restituire quei soldi.»

Dentro la testa di Miho balenò un sospetto.

«Un momento! In passato mi hai detto che per le tasse scolastiche e le spese quotidiane avevi fatto dei lavoretti e dato i soldi in casa. Mi hai pure detto che anche per andare a studiare all'estero ti eri guadagnato il denaro lavorando.»

Miho se lo ricordava bene, perché quando lo aveva sentito, aveva provato ammirazione per quel ragazzo coi piedi ben piantati a terra.

«Sì che l'ho fatto. Davo in casa cinquantamila yen al mese. Ma loro hanno detto che non bastavano assolutamente per il vitto, l'alloggio e le tasse universitarie. Lo sai anche tu, no? Che le tasse dell'Accademia di belle arti sono care.»

Effettivamente i genitori di Shōhei avevano le loro motivazioni nel dire quella cosa. Però...

«E quindi a quanto ammonta? La somma totale della borsa di studio?»

Miho credeva di averlo domandato con nonchalance, senza dare troppa enfasi, ma si accorse che la voce le tremava leggermente.

«È praticamente l'intera borsa di studio, perché avevano preso in prestito centoventimila yen al mese.»

«Eh? Centoventimila?»

«Finché ero studente non c'erano interessi da pagare, ma pare che dopo la laurea si sommi un interesse del tre per cento... L'intera cifra era di 5.760.000 yen, senza interessi. Ma visto che i miei ne avevano restituito una piccola parte, adesso rimangono cinque milioni e mezzo. Ovviamente non sono in grado di restituirli tutti insieme, perciò non mi resta che farlo un poco alla volta.»

Miho ricevette un colpo tale da mozzarle il fiato.

«Scusa per questa cosa improvvisa», disse Shōhei chinando il capo davanti a Miho, che si era ammutolita. Vedendolo fare così, si riscosse.

«Non è colpa tua, Shōhei...»

Tuttavia, mentre si domandava di chi fosse allora la colpa, Miho non riusciva in nessun modo a trovare una risposta convincente.

«Davvero devi essere tu a restituirli, quei soldi?»

«Eh?»

Shōhei guardò Miho dritto negli occhi.

«Voglio dire, in fondo quei documenti non li hai mica compilati tu, no? Ti hanno costretto a restituire una borsa di studio che non sapevi nemmeno che loro avessero preso in prestito.»

«Be' sì. Un po' l'ho pensata anch'io questa cosa», rispose Shōhei annuendo. «Io non lo sapevo, e anche la firma è quella dei miei. Immagino che, se si andasse per vie legali riuscirei a spuntarla in qualche modo. Però è vero che quel denaro l'ho usato io. Loro mi hanno fatto entrare e studiare all'Accademia di belle arti, come avevo sempre sognato. Questo è un dato di fatto, senza se e senza ma. Ed è sempre grazie a questo che mi hanno preso in uno studio di progettazione.»

"Be', in effetti è vero. Però è pieno di lavoro fino al collo e prende uno stipendio misero", pensò Miho.

«Ecco perché non posso far finta che la cosa non mi riguardi. Se per caso i miei genitori morissero lasciando ancora quel debito insoluto, comunque dovrei addossarmelo io.»

«Però la borsa di studio era di centoventimila yen mensili e tu ogni mese davi loro cinquantamila yen, giusto? Quindi centosettantamila yen, che per dodici fanno più di due milioni di yen all'anno. L'Accademia di belle arti è davvero così cara?»

«La retta universitaria è di circa un milione e mezzo di yen. Ma poi ci vogliono i soldi per il vitto e l'alloggio, no?»

"Ma due genitori si prendono carico di quello per lo meno finché un figlio è studente, no?" pensò Miho, ma decise di tacere quel suo dubbio.

«Anch'io l'ho appena saputo, e quindi ci sono cose che devo ancora metabolizzare. Per cui non sono ancora in grado di dire nulla.»

"Ma certo, immagino che il primo a essere sconcertato sia proprio Shōhei."

Miho si ricordò di quando, tempo prima, lui le aveva detto di avere dei genitori «inconsistenti». Lei non li conosceva. Per Miho i genitori erano state due persone che l'avevano tenuta avvolta e protetta. A volte c'erano stati anche dei litigi, in cui si erano urlati contro a vicenda, e aveva pure provato dell'insoddisfazione nei confronti di suo padre, che non manifestava molto le proprie emozioni. Tuttavia, non le avevano mai fatto pesare nulla. Se i genitori di Shōhei avessero maltrattato il loro figlio, per lo meno avrebbe potuto pensare che erano delle cattive persone. Miho provò a immaginare i loro visi. Non assomigliavano a quelli di nessun amico che avesse avuto fino ad allora, erano senza occhi, naso o bocca. Insomma non riusciva in nessun modo a figurarseli. Però le sembrava che quelle facce bianche sorridessero in maniera beffarda.

"Devo chiedere consiglio a mia sorella."

«Umh... lasciami pensare.»

Sua madre Tomoko rimase in silenzio con una ruga profonda che le solcava la fronte. Nel soggiorno di casa Mikuriya erano riunite Miho, Tomoko, Maho, e anche la nonna Kotoko. Persino quest'ultima, che faceva sempre da mediatrice con fare allegro, non apriva bocca.

Alcuni giorni prima, non appena aveva iniziato a raccontare al telefono a sua sorella Maho i fatti riguardanti la borsa di studio di Shōhei, questa l'aveva bloccata dicendo: «Eh no, non va bene. Non posso certo valutarla io da sola una questione che riguarda una così grossa cifra». Così le aveva consigliato di parlarne con i genitori.

Quel venerdì suo cognato Taiyō aveva il turno di notte, così Maho aveva deciso di cenare a casa loro insieme a Saho. Nonostante il padre avesse in programma una specie di bevuta con i colleghi, sarebbe rientrato prima delle dieci, per cui avrebbe potuto partecipare alla riunione. Avere una conversazione sul denaro e sul suo fidanzato con lui, sua madre e sua sorella maggiore, le dava un senso di disagio, così Miho aveva giudicato opportuno coinvolgere anche la nonna. Anche sua madre, che negli ultimi tempi era diventata un po' troppo facile alle emozioni, a suo dire per via della menopausa, avrebbe senza dubbio accolto favorevolmente il fatto che ci fosse anche la nonna.

«Ma, dal punto di vista pratico, è già deciso in che modo verrà restituito questo debito?»

«Non è un debito, ma una borsa di studio.»

«E non è la stessa cosa?»

«Credo di no... Shōhei ha detto che ne ha parlato con l'associazione che l'aveva elargita, ed è stata fissata una cifra di circa trentamila yen da restituire mensilmente.»

«Gli hai chiesto di quanto si tratta di preciso, e non "all'incirca"?» la incalzò Maho, dopo aver preso lo smartphone dalla borsa e aver aperto l'applicazione calcolatrice. Miho riguardò la cifra sentita da Shōhei, che si era appuntata sull'agenda del cellulare.

«Probabilmente circa 30.500 yen.»

«Se ha preso in prestito cinque milioni e mezzo e versa ogni mese 30.500 yen con un interesse del tre per cento...» bisbigliò Maho mentre digitava sulla calcolatrice. «Vent'anni. È calcolato affinché riesca a restituirli in vent'anni».

«Ci vorranno addirittura vent'anni?»

«Soltanto di interessi sono 1.820.795 yen! Anche se si parla di cinque milioni e mezzo di yen, in realtà in totale, tra capitale e interessi, andrà a restituire 7.320.795 yen.»

«Trentamila yen al mese per vent'anni sono una grossa cifra...» disse Tomoko con una voce stridula.

Miho era la prima a saperlo. Poco tempo prima aveva cominciato a risparmiare, e si era trasferita a Jūjō. Aveva rivisto le spese fisse, come il canone d'affitto, la tariffa del cellulare, l'assicurazione sulla vita; ora in ufficio si portava il pranzo da casa e finalmente era arrivata a mettere da parte circa quarantamila yen al mese. Era pienamente consapevole di quanto pesassero trentamila yen al mese.

«Io sono contraria al vostro matrimonio», dichiarò categorica sua madre sollevando finalmente il viso.

«Eh?»

Per quanto Miho fosse preparata a ricevere un parere contrario, non credeva che si sarebbe opposta in maniera tanto netta. Miho era sempre stata la studentessa modello della famiglia. Era andata al liceo più prestigioso del distretto scolastico, e anche l'università l'aveva scelta da sola. Non era mai successo che i suoi genitori si arrabbiassero con lei o fossero contrari a qualcosa che la riguardasse.

«Anche se non so lui che persona sia, perché non l'ho mai incontrato.»

«Allora perché non provi a conoscerlo?» mormorò Miho.

Sua madre scosse leggermente il capo e continuò: «Sono sicura che sia un bravo ragazzo. Lo hai scelto tu, Miho. Non posso ovviamente chiederti di lasciarlo. Però per il matrimonio aspetta un pochino. Frequentalo un altro po' e pensaci bene».

Seppur un po' edulcorata, restava pur sempre una forte opposizione.

«Però non è stata colpa sua se i suoi hanno chiesto un finanziamento per pagargli gli studi. Infatti Shōhei non ne sapeva niente.»

«Be', comunque non bisogna prendere decisioni affrettate. Proprio come dice tua madre, dovresti pensarci un po' su. Immagino che anche tu non abbia intenzione di sposarti tra oggi e domani», si pronunciò infine la nonna. «Portamelo a casa, così posso vedere un po' com'è. Così per lo meno mi rendo conto di che tipo di persona è, no?»

«Sarei felice se tu lo incontrassi, nonna. È una persona veramente gentile, e credo che ti renderai anche conto che è un ragazzo molto intelligente.»

«No, scusa mamma, ma devo chiederti di astenerti dal farlo», obiettò Tomoko alla suocera. E lo fece con voce non fredda, però insolitamente decisa.

«Ma Tomoko...»

«Non voglio che il fatto che tu accetti di conoscerlo gli dia come l'impressione che la nostra famiglia approva la loro relazione. Perché qui, in casa mia, ancora non possiamo essere d'accordo.»

Miho non aveva mai sentito sua madre dichiarare in maniera tanto netta la volontà di respingere una proposta della nonna. Ebbe come la sensazione di comprendere ancora una volta che quella borsa di studio era un problema veramente grosso.

«Non avevo intenzione di arrivare a questo», sospirò sua madre. «Ma lo dico affinché anche la nonna mi capisca. Io non mi oppongo solo per via dei soldi. Se tu lo sposassi ti ritroveresti a instaurare con i suoi un rapporto genitori-figlia. Per dirlo senza mezzi termini, il problema non è tanto il tuo ragazzo, ma mi domando che razza di persone siano due che di nascosto prendono in prestito l'importo complessivo per una borsa di studio e che, dopo che a quella vanno ad aggiungersi anche gli interessi, gli impongono di restituirla.»

«Però Miho si sposerebbe con lui, e non con i suoi genitori», si intromise Maho. Tomoko le lanciò un'occhiataccia.

«La vita matrimoniale è una cosa lunga. E non possiamo sapere cosa accadrà in futuro. Si fa presto a dire che è sufficiente che lui sia una brava persona, che la famiglia di Miho sarà soltanto lui. Nella società giapponese non è ancora tanto semplice separare il singolo dalla sua famiglia. E tu, Maho, dovresti saperlo bene, visto che sei sposata, no?»

«Be', in effetti è vero.»

Il campanello annunciò il rientro a casa di suo padre. Tomoko si diresse verso l'ingresso.

«A dire il vero, un tempo non era raro che ci si sposasse con dei debiti», sussurrò Kotoko a bassa voce mentre si voltava a guardare verso l'entrata.

«Su, fatti forza», le disse Maho dandole un colpetto sulla spalla. «Pensa che a una mia amica i genitori del fidanzato avevano fatto un'assicurazione per cui in caso di sua morte lui avrebbe incassato cento milioni di yen!»

Miho si chiese se davvero avesse un aspetto talmente depresso da meritare quel tipo di consolazione da parte di sua sorella.

«E lei che ha fatto?»

«Si è confrontata a lungo con il fidanzato e, alla fine, non riuscendo a trovare un accordo, ha rotto il fidanzamento.»

"Ma è andata malissimo, allora! Non mi è affatto di consolazione e nemmeno di aiuto!"

«Sono a casa!»

Suo padre entrò nella stanza e i suoi occhi incontrarono quelli di Miho. Nel corridoio, dall'ingresso al soggiorno, doveva aver sentito da sua madre i fatti per sommi capi, eppure suo padre, come sempre, non aveva praticamente cambiato espressione.

«Bentornato», gli risposero le tre, una per volta.

L'espressione severa di sua madre Tomoko era immutata.

«Vado un momento a cambiarmi.» Detto soltanto quello, suo padre entrò frettolosamente in camera da letto.

«Miho, devi parlarne a tuo padre come si deve.»

«Lo so.»

Mentre Tomoko stava allineando sopra la tavola le portate della cena, Kazuhiko riapparve in tuta. Mentre mangiava, Miho gli raccontò svelta che cosa era successo. Sua sorella e sua nonna li osservavano dal soggiorno con il fiato sospeso.

«Be', non so proprio cosa dirti.»

«Eh?» A gridarlo più forte di tutte fu Tomoko.

«Io non riesco a oppormi. È il ragazzo di cui sei innamorata, giusto Miho? Allora discutine con tua madre», concluse suo padre pacatamente, senza mai fermare la mano con cui stava mangiando.

«Ma caro! Davvero tu non...» Tomoko abbassò la testa. «Tu te la cavi sempre così, e ci fai tu la bella figura!»

«Mamma, secondo me non è questo ciò che intende dire papà, non è vero?»

«Lui lascia sempre a me il ruolo della cattiva. Comunque, qualunque cosa dica tuo padre, sappi che io resto contraria!»

Tomoko si alzò in piedi e andò in camera sua sbattendo con violenza la porta. Kazuhiko guardava la scena con la bocca spalancata.

"Ma papà! Se poi devi fare quella faccia, tanto vale che esprimi con chiarezza cosa pensi, no?"

Irritata e non volendo soffermarsi più di tanto su quanto appena accaduto, Miho guardò la nonna e Maho.

«Che faccio?»

«Come ti dicevo, devi discuterne come si deve con tua madre e tuo padre», le rispose nonna Kotoko risoluta. «In fondo sono i tuoi genitori, e si preoccupano per te. E poi effettivamente sette milioni sono una grossa somma.»

«Sono cinque milioni e mezzo.»

«Aggiungendo gli interessi sono più di sette milioni.»

«Sì, però...»

Kotoko si voltò verso il figlio e gli disse: «Anche tu devi parlare come si deve con Tomoko».

«Sì», rispose lui, che era tornato alla sua cena. Miho guardò sua sorella e lei fece spallucce come per dirle: "Anch'io non voglio averci troppo a che fare", ma anche: "Devi decidere tu, Miho".

Secondo Miho anche Jūjō era un quartiere dal carattere informale, ma quello in cui era nato e cresciuto Shōhei lo era ancora di più. Non che non lo sapesse già, perché negli ultimi tempi, nei programmi televisivi di seconda serata, lo avevano presentato più volte, e anche a Miho era capitato di vederlo. I drink bar erano aperti notte e giorno, e dietro la stazione c'era persino una piccola area divertimenti. Insomma era un quartiere che non dormiva, ventiquattr'ore su ventiquattro. Miho doveva ammettere di aver desiderato andarci una volta. Aveva anche letto su una rivista che c'erano molti bar economici che venivano chiamati «Slurp a mille» perché per soli mille yen ci si poteva leccare i baffi. Ma era una cosa diversa dall'andarci perché c'era la casa di famiglia del suo fidanzato.

Miho scese dal treno in leggera tensione. La famiglia di Shōhei abitava in una villetta di legno a circa dieci minuti di cammino dalla stazione. Dopo aver superato la strada dei negozi, si ritrovò di colpo in una via in cui stavano tutte in fila case di legno o piccole palazzine residenziali. Shōhei aveva due fratelli maggiori, ed era dunque il terzogenito. La casa non era di proprietà, ma in affitto.

«Kanako! Sono tornato!» gridò Shōhei, appena arrivarono davanti alla casa, e bussò alla porta. Si sentì un rumore assordante che gelò il sangue nelle vene di Miho.

«Chi è Kanako?»

«Mia madre.»

In quel momento si aprì la porta scorrevole. Una donna di mezza età, con in braccio un cane di piccola taglia, li guardò e sorrise.

«Bentornato.»

«Eccomi qua, ho portato un'amica.»

La donna osservò Miho con attenzione, come per ispezionarla.

«"Un'amica" significa che è la tua ragazza, giusto?» Indossava un pullover rosa e dei jeans. Un abbigliamento giovanile ma che le stava molto bene, abbinato ai capelli tinti di color castano.

«Ah, piacere di conoscerla. Sono Miho Mikuriya.» Miho fece un inchino talmente profondo che quasi sfiorò il suolo con la testa.

«Sì, ho sentito il tuo nome da Shōhei. La casa è un po' in disordine, ma prego, accomodati.»

Era più normale di quanto Miho si aspettasse, e una persona amichevole, così si tranquillizzò. Nel corridoio che dall'ingresso conduceva nel soggiorno erano impilate molte vecchie riviste e contenitori con dentro degli abiti.

«Almeno per quando viene qualcuno potreste anche mettere a posto!» borbottò Shōhei a sua madre da dietro.

«Ma scusa, non ci hai dato neanche un po' di preavviso!»

«Ah, perdonami.»

Alcuni giorni prima, quando stavano parlando un'altra volta della borsa di studio, Miho gli aveva chiesto timidamente che tipi fossero i suoi genitori, e così lui, senza pensarci su due volte, l'aveva invitata a casa loro. Miho era ancora un po' diffidente per la faccenda del debito scolastico, ma la voglia di andare a conoscerli aveva prevalso.

«Non fa niente. Tanto, anche se ce lo avessi detto con anticipo, casa nostra sarebbe stata sempre così.» Dopo aver detto quella cosa contraddittoria, sua madre scoppiò in una sonora risata.

Nella stanza di circa otto tatami c'erano due grandi divani, un tavolino, e due televisori, tutti mobili abbastanza ingombranti. Davanti a uno dei due televisori uno dei fratelli maggiori di Shōhei – o meglio, un ragazzo che dava l'idea di esserlo – stava giocando a un videogame e sull'altro suo padre stava guardando una diretta di golf. Sia il fratello sia il padre erano in leggero sovrappeso e si assomigliavano molto. Probabilmente Shōhei aveva preso dalla madre. Il figlio primogenito lavorava in una compagnia di costruzioni della zona e viveva ancora a casa con i suoi, mentre Miho aveva sentito che il secondogenito, che si era sposato, non passava mai a trovarli. Miho si mise in piedi accanto ai due uomini.

«Ehi, voi due, mettetevi su un solo divano! Non vedete che la ragazza di Shōhei non ha spazio per sedersi?» urlò la madre.

Il padre si alzò obbediente e si trasferì accanto al figlio che giocava al videogame. Nessuno dei due aveva ancora degnato Miho di uno sguardo. Lei stava pensando che doveva presentarsi o per lo meno dire il suo nome, ma non riusciva ad afferrare il momento giusto per farlo.

«Siediti pure dove vuoi», l'esortò Kanako e Miho prese posto dove prima era seduto il padre. Il divano conservava ancora il calore del suo corpo e quel tepore non la faceva sentire a suo agio.

Kanako portò del tè soltanto per Miho, Shōhei e sé stessa. Miho ringraziò e ne bevve un sorso, ma siccome al padre e al fratello di Shōhei non venne offerto, non riuscì a berne di più. La famiglia guardava la televisione senza dire una parola.

«Tu giochi a golf?» chiese a Miho il padre di Shōhei, ruotando il collo. Essendo stata una cosa improvvisa, lei indicò sé stessa col dito chiedendo: «Dice a me?».

«Sì.»

«Ah, no. Mio padre ci gioca...»

«Umh...»

E poi, di nuovo rimasero tutti zitti.

«E lei gioca a golf?» chiese Miho, non riuscendo più a reggere il silenzio.

«Io?» le domandò lui stavolta.

«Ah... sì.»

«No. Ah ah ah!» rispose mettendosi a ridere.

«Eita ha la moto», disse Shōhei.

«La moto?»

«Sì, Eita va in motocicletta», spiegò Kanako. Miho capì finalmente che in quella casa chiamavano i genitori per nome. Non se n'era accorta prima perché Shōhei di solito diceva «mio padre, mia madre».

«Ah... davvero? E ci va spesso in moto?»

«No. Ormai è ingrassato, vedi? Per cui non la prende molto. Dice che si stanca. In fondo ha una bell'età. Però l'altro giorno se n'è comprata una nuova. Ha fatto un finanziamento da due milioni di yen! Per poi lasciarla parcheggiata!»

Al che, per qualche ragione, tutti i membri della famiglia, eccetto Miho, scoppiarono a ridere.

«Ma è una cosa assurda!» lo rimproverò Shōhei continuando a ridere.

«Basta con questi discorsi. Ma serio!» Kanako usò l'intercalare di cui Miho aveva sentito parlare.

Di lì a poco, quando si era fatta quasi ora di cena, Shōhei si alzò in piedi e disse: «Allora noi andiamo a mangiare e poi ce ne torniamo a casa».

«Ah sì?» Senza nessuno che cercasse di trattenerli, Kanako li accompagnò all'ingresso. Il fratello maggiore aveva continuato fino alla fine a giocare ai videogame, senza nemmeno mai incontrare lo sguardo di Miho.

«Senti...» disse Miho timorosamente, mentre camminavano verso la stazione.

«Che c'è?»

«Ho forse fatto qualcosa di strano?»

«Eh? E cosa?»

«Io... ho forse fatto qualcosa di male?»

«Eh?»

Vedendo che Shōhei aveva la faccia di chi non si è reso conto assolutamente di nulla, Miho decise di non chiedere oltre. Pensò che, probabilmente, era una famiglia fatta così. Non c'erano stati né saluti né presentazioni né conversazioni né cena, e le era stato offerto soltanto un po' di tè, ma a quanto pareva non era perché a loro Miho non fosse piaciuta o perché provassero dell'ostilità verso di lei. Forse. Sembrava anche che fossero persone a cui indebitarsi non facesse né caldo né freddo. D'altra parte Miho credeva anche di comprendere i sentimenti di Shōhei, che non se la sentiva di tagliare i legami con loro, e nemmeno di essere brutale. Non erano persone cattive. Semplicemente non erano mai diventati adulti.

Forse era proprio perché aveva quel tipo di famiglia che il talento artistico di Shōhei si era perfezionato. Dopo aver bevuto qualcosa in un'*izakaya* economica davanti alla stazione, tornarono a Jūjō. Una volta arrivata a casa sua, Miho si mise a riflettere sul da farsi. "Cosa devo fare adesso?"

Nell'articolo di oggi non scriverò che mi è accaduto qualcosa, o qualcosa che mi è venuto in mente, ma piuttosto chiederò un consiglio a tutti voi. Se il vostro fidanzato/a o il vostro

coniuge vi dicesse una cosa che vi lasciasse sconcertati, voi che cosa fareste? Una cosa che avete ragione di credere che diventerà un grosso ostacolo nel vostro futuro rapporto a due, che sia un fidanzamento o un matrimonio. E se poi questa cosa non fosse colpa del vostro lui, ma della sua famiglia? Se per di più, una volta saputo tutto, la vostra famiglia si fosse fortemente opposta alla vostra unione?
Se mi sposassi con lui, anche i miei obiettivi, che poi sono il titolo di questo blog, *Una villetta indipendente e adottare un cane*, probabilmente per un bel po' di tempo non riuscirei a raggiungerli. Ecco, un problema grosso fino a questo punto.
Se foste voi al mio posto, cosa fareste?

Quando la sua ex collega Machie, esattamente come prima, apparve davanti alla stazione di Asagaya come un'unica massa marrone – e cioè vestita con un cardigan e una gonna color castagna –, Miho sentì il petto riempirsi di nostalgia.

«Da quanto tempo, Miho! Come sono stata contenta di ricevere il tuo messaggio!»

Anche Machie era tutta felice, al punto da fare il gesto di prendere le mani a Miho.

«Scusa se ti ho fatto venire apposta fino ad Asagaya. Ma mia madre non sta molto bene, e non posso stare via da casa per troppo tempo. Inoltre la casa in cui stiamo adesso non è certo adatta per invitare qualcuno.»

«Sua madre non sta bene?»

«Be', credo che il trasloco le abbia fatto un po' male. Dalla fine dell'anno scorso improvvisamente il suo cuore si è ammalato. Però va tutto bene, deve solo restare a casa in assoluto riposo.»

Una volta entrate in una caffetteria davanti alla stazione, Machie si mise a raccontare. Da un messaggio ricevuto circa una settimana prima, Miho aveva saputo che lei e sua madre avevano traslocato da quella casa che sembrava una nobile dimora e che adesso abitavano in un appartamento in affitto davanti alla stazione.

«Eh? Allora quella casa...»

«L'abbiamo venduta.»

«Ah.»

«Però è stata una vendita positiva.»

A detta di Machie, erano anni che un'impresa immobiliare del vicinato stava chiedendo loro se non gli avrebbe venduto il lotto su cui c'era la loro casa.

«Abbatteranno l'edificio e sul lotto di terreno costruiranno una palazzina un po' più piccola. Io e la mamma andremo ad abitare in uno degli appartamenti. Stiamo qui solo provvisoriamente.»

Machie era leggermente dimagrita, però a Miho sembrò che il suo colorito, così come l'espressione del viso, fossero migliori. Anche il taglio dei capelli pareva un po' diverso. La frangia era divisa al centro e si vedeva bene la fronte.

«Ero indecisa perché anche mia madre era emotivamente legata a quella casa, ma a quanto pare esser stata licenziata è diventato al contrario un ottimo sprone.»

Machie non lo disse espressamente, ma Miho intuì che doveva averne ricavato una somma ingente.

«Anche la casa in cui abitiamo ora mi piace molto, perché è vicinissima alla stazione. In confronto a quella di prima è più piccola, però è calda, la stanza da bagno è bella, e poi è davvero comodo che si possa uscire chiudendo solo una porta a chiave. Al punto che persino mia madre mi dice sempre "Machie, avremmo dovuto trasferirci prima".»

«Bene. E... il lavoro?»

«È una cosa banale, però sto studiando per diventare operatore socio-sanitario. Chiaramente, considerando le condizioni di mia madre, sono competenze che prima o poi si renderanno necessarie. Inoltre, i lavori che posso cominciare a fare alla mia età sono limitati.»

«Non è affatto una cosa banale. Secondo me è un lavoro straordinario.»

«Quando la mamma starà un pochino meglio, ho intenzione di provare a lavorare part time in una casa di riposo. Dopodiché, se ci riesco, vorrei studiare da notaio. Mi hanno detto che, così facendo, posso ottenere incarichi come amministratore di sostegno. Se poi prendo l'abilitazione come care manager, pare che non avrò difficoltà a trovare lavoro.»

"Ah, ecco cos'era", pensò Miho. Quella luce nel viso di Machie era perché aveva trovato uno scopo nella vita, un obiettivo da raggiungere. Non era solo dovuto al fatto che aveva cambiato casa, e che aveva venduto per molti soldi quella vecchia.

«E tu, Miho? Non mi avevi detto che volevi parlarmi di una cosa?»

«A dire il vero...» Miho esitò un attimo, non sapendo da che parte cominciare. «A dire il vero adesso sto con una persona.»

«Oh!»

«Lui dice che vuole sposarmi, però...»

Miho spiegò a Machie della borsa di studio di Shōhei. Lei ascoltò con attenzione per tutto il tempo.

«Effettivamente cinque milioni e mezzo sono una somma importante», commentò Machie, per poi rimanere in silenzio qualche istante. Miho pensò che tutti quanti, non appena sentivano quella cifra, mostravano la stessa reazione. All'inizio dicevano: «E va bene, se è solo una borsa di studio», ma poi, quando sentivano a quanto ammontava, finivano per ammutolire.

«Solo che, vedi, c'è una cosa che ho capito da quando ho lasciato l'azienda», disse Machie sollevando il viso. «Che nella vita ci sono obiettivi che si possono perseguire a partire da qualunque momento. Essendo stata nella stessa azienda per oltre vent'anni credevo che, una volta licenziata da lì, la mia vita sarebbe finita, e invece non era affatto così.»

«Capisco.»

«Perché oggigiorno non c'è esistenza che sia assolutamente sicura.»

«Lei crede?»

«Sì. Secondo me per chiunque è necessario essere preparato a poter ricominciare in qualunque momento e da qualunque punto. Ed è lo stesso per tutti, che si abbiano debiti o meno.»

Anche la Machie di un tempo era una persona gentile e buona, ma Miho pensò che ora sembrasse molto più matura.

Oggi ho incontrato un'ex collega. Sono successe varie cose che l'hanno costretta a lasciare l'azienda, e adesso sta studiando per diventare operatore socio-sanitario. Allo stesso tempo ce la sta mettendo tutta per prendere la qualifica di *care manager*. Da quanto mi ha detto, adesso, anche senza avere nessuna abilità, se si comincia a studiare da infermiera, lavorando in una residenza per anziani (pare che sia relativamente facile trovare lavoro), ci si potrà mantenere per tutta la vita. Parlando con lei mi sono sentita incoraggiata anch'io. Ho capito che, anche perdendo tutto, si può ricominciare da zero.
Da quando lui mi aveva fatto quella confessione sono stata un po' giù di morale, ma ho la sensazione che, grazie alle chiacchiere fatte con la mia ex collega, il malumore si sia un po' dissolto. Amo molto il mio lavoro in azienda e mi sento soddisfatta. Vado pure d'accordo con le persone con cui lavoro. Però voglio impegnarmi anche con questo blog.
Ecco perché oggi voglio parlare senza riserve dei miei reali sentimenti. La verità è che ho saputo che il mio ragazzo ha un debito di cinque milioni e mezzo di yen. Sono stati tutti presi in prestito per la sua borsa di studio, ma lui non ne sapeva niente. I suoi genitori avevano fatto il contratto per il finanziamento senza chiederglielo. Se ci sposassimo, per vent'anni a partire da adesso, dovremmo versare più di trentamila yen ogni mese. Probabilmente, impegnandoci in due, ci potremmo riuscire. Tuttavia questo significa rinunciare a delle cose che normalmente avremmo potuto fare con quei trentamila yen. Tra vent'anni ne avrò circa quarantacinque. Per quanto allora avremmo restituito l'intera cifra, noi due ci ritroveremmo semplicemente alla situazione di partenza. Se penso a questo, anche se lo amo molto, mi sento un po' spaventata. In tutta sincerità, non so come fare. Ovviamente se mi sposassi vorrei anche dei figli, e anche comprare una casa. E invece finirò forse per avere una vita in cui non poter realizzare nemmeno dei sogni tanto modesti, semplici?

Il giorno dopo aver scritto quell'articolo sul blog, Miho ricevette una telefonata su Line da Shōhei.

«L'ho letto.»

Era una chiamata vocale, senza video. Lui rimase in silenzio per un po'.

«Scusa», disse Miho, anche se non sapeva di cosa si stesse scusando.

«Ma no, credo che quella sia una reazione normale al problema della borsa di studio. E poi anche per me è stato un vero shock, perciò è una cosa ovvia che tu sia preoccupata, Miho.»

«Già.»

«È stato un bene capire i tuoi sinceri sentimenti.»

«Sì.»

«Però credo di essermi sentito un po' triste. Perché un po' nutrivo la speranza che magari tu non avresti badato più di tanto alla cosa.»

«La speranza? In che senso?»

«Sì, cioè, credevo che tu mi avresti detto di buonumore: "Dai, lo estingueremo insieme".»

«Tu, piuttosto, Shōhei. Sembra che la cosa non ti preoccupi più di tanto.»

«Quale cosa?»

«Il debito, cioè, volevo dire la borsa di studio.»

«Certo che sono preoccupato. Come potrei non esserlo?»

«Sul serio? Perché non sembra affatto.»

«Non sembra?»

Miho esitò. Era il momento di parlare a cuore aperto.

«Quando ho incontrato i tuoi genitori, il discorso della borsa di studio non è stato assolutamente affrontato. Certo, anch'io non sono riuscita a tirarlo in ballo, però... Se c'è qualcuno che aveva delle speranze, quella sono io. Pensavo che tu ne avresti parlato a casa dei tuoi, e mi aspettavo che loro ci dicessero che intenzioni avevano al riguardo, come si sentivano in merito.»

«Eh no, perché come hai visto, loro sono fatti così.»

«Eh già. Hanno pure detto di aver fatto un altro prestito per la motocicletta! Quindi ho capito che sono persone che in queste cose non si fanno molti problemi.»

Miho non poteva parlare male dei genitori del suo compagno.

«Ecco perché non sono più riuscita a vedere un futuro insieme.»

«Io invece avevo intenzione, d'ora in avanti, di parlarne noi due un poco alla volta.»

«Chissà se è fattibile.»

«Che cosa?»

«Mi chiedo se si possa parlare di una cosa del genere un poco per volta. Io so che qualcuno li deve restituire quei soldi, ma ho capito che ci sono scarse possibilità che i tuoi genitori me lo spieghino in maniera tale da convincermi.»

«Be' quello... in effetti forse è difficile.»

«Visto?»

Anche senza chiederlo a Shōhei, Miho aveva oramai capito che per lui era assodato che quel debito dovessero estinguerlo loro due.

«Ecco perché non dobbiamo riporre alcuna speranza negli altri. L'unica cosa che ci resta da fare è pensare io e te a un modo con cui possiamo metterci l'anima in pace. Poiché le circostanze non cambieranno, forse non ci resta che convincere noi stessi.»

"Alla fine ci sono io. Io che mi metto da sola, nella mia vita, un debito da cinque milioni e mezzo di yen."

«Un po' lo capisco e un po' no, quello che stai dicendo, Miho.»

«Davvero?»

«Alla fine mi sa che è necessario che stiamo lontani per un po' e proviamo a pensarci su.»

«Eh?» fece Miho, ma poi non riuscì ad aggiungere altro. In cuor suo anche lei stava pensando la stessa cosa.

«L'ho capito leggendo il blog. Non posso costringerti a fare qualcosa, o coinvolgerti in qualcosa per via di questo problema. Per un po' io non ti contatterò. Quando ti verrà voglia di parlare con me, fatti pure sentire, anche solo con un messaggio o un'e-mail.»

Miho avrebbe voluto dire che non era così, che a lei andava benissimo essere coinvolta. Ma restò in silenzio, incerta se quelle parole corrispondessero davvero al suo stato d'animo.

«Allora ciao, Miho. Stammi bene.»

La voce di Shōhei era dolce, e prima che lei riuscisse a rispondergli: «Immagino che anche tu avrai tanto da fare, ma prenditi cura di te», lui interruppe la comunicazione.

Sul blog di oggi ho deciso di far fare la sua apparizione a mia nonna Funeko (nome di fantasia). Tra l'altro manca poco alla giornata del rispetto per gli anziani. Ho già scritto in passato qua e là qualcosa di Funeko. E ogni volta che lo faccio i lettori mi mandano dei commenti tipo: «Ma quanto è divertente tua nonna!» oppure «Mi dà la carica» eccetera. E così le ho chiesto che cosa lei avrebbe voluto scrivere se avesse tenuto un blog. Ebbene, i vari argomenti che mi ha fornito sono stati inaspettatamente accattivanti. Per esempio, «A settantatré anni mi sono messa a cercare lavoro», «Il metodo super veloce e super facile per preparare degli ottimi *nukazuke*»,* o ancora «La storia dell'incidente del 26 febbraio che mia madre mi ha raccontato tanti anni fa».**

Oggi fra tutti questi argomenti, vi parlerò di quello che più sembra trovare interesse tra voi lettori, e che è anche la principale specialità di mia nonna, ossia il giardinaggio.

Il titolo è *Fare giardinaggio con cento yen.*

Credo che ci siano molte persone che desidererebbero un po' di verde nelle loro case. Persone che però non sanno da che parte incominciare, e che hanno fatto seccare persino delle comuni piante da appartamento.

E se voi foste una ragazza come me, che vive da sola, quale tipo di pianta potreste coltivare? Ho provato a pensarci. Una pianta semplice, bella, e possibilmente che dia una mano all'economia domestica. Per prima cosa andiamo al negozio a cento yen, che ne dite? Lì comprate del terriccio e il vaso di plastica più grande che vendono. Meglio prenderlo bello

* Sottaceti preparati lasciando fermentare le verdure in crusca di riso. [*n.d.t.*]

** Il 26 febbraio 1936 si verificò un colpo di stato in seno all'esercito dell'impero giapponese. [*n.d.t.*]

grande, mentre per la forma va bene qualunque essa sia, anche rettangolare. Poi, una volta a casa, mettete il terriccio nel vaso. Sul fondo ci sono dei fori, perciò stendiamoci una retina per far scolare l'acqua o una di quelle per i mandarini. Dopodiché andiamo al supermercato. Comprate dell'erba cipollina, del prezzemolo, e se vi piace anche del coriandolo. Su questo lascio fare al vostro gusto. Però la cosa che voglio che rispettiate è che scegliate tutte verdure con le radici ancora attaccate. Io vi consiglio delle erbe aromatiche, e la ragione è che ne basta giusto un mazzetto. Inoltre, quando a comprarle è una persona che vive da sola o un piccolo nucleo familiare, finiscono sempre per avanzare. Invece usarle un po' alla volta mentre le si coltiva in casa è una grande comodità!
Una volta comprate le erbe, tagliatele a circa cinque centimetri dalla radice (mi raccomando, usate in cucina le foglie della parte che avete tagliato via. Se poi non riuscite a usarle tutte, vi consiglio di sminuzzarle e congelarle). Poi, dopo aver tenuto le piantine in un bicchiere con l'acqua per uno o due giorni, piantatele nel vaso. Non importa se non avete una palettina. Fate dei buchi nel terreno con delle bacchette usa e getta, e infilateci dentro le piantine. Prima però stabilite come volete la composizione. Potete mettere l'erba cipollina dietro, e a seguire il prezzemolo e il coriandolo. Se c'è qualcuno che usa di più lo shiso o il prezzemolo occidentale, andate a comprare le piantine in un negozio di giardinaggio (anche loro costano intorno ai cento yen), così potrete coltivare pure quelle in vaso. E poi sarà sufficiente collocare il vaso un pochino in alto e anche delle erbe aromatiche avanzate dalla cucina diventeranno un piccolo angolo di verde. Dopodiché innaffiate abbondantemente fino a che l'acqua non fuoriesce dal fondo. In un mese circa sarete in grado di raccogliere le vostre erbe. Se le usate tagliandone un po' alla volta, vedrete che spunteranno nuovi germogli.

A quel punto dell'articolo Miho inserì la foto del vaso con le erbe aromatiche preparato da sua nonna.

"È proprio vero", pensò. Sembrava un piccolo angolo verde. L'erba cipollina cresciuta dritta dritta, il prezzemolo giapponese e quello occidentale minuti e fitti. Era davvero meraviglioso.

«Davvero va bene questo argomento?»

Funeko, ossia sua nonna Kotoko, guardava con aria preoccupata il computer di Miho. «Cose così le fanno già tutti, no?»

«Invece no.»

Mentre Miho stava risistemando il blog, Kotoko le servì un tè nero profumatissimo nella sua meravigliosa teiera.

«Nonna, è buonissimo.»

«Eh, perché è un darjeeling. Ne compro giusto un po' alla volta in un negozio specializzato. Lo doso come si deve con un cucchiaino, poi scaldo l'acqua fino a una temperatura molto alta, e infine metto il cappuccio alla teiera.»

Accanto alla teiera era appoggiato il copriteiera fatto a mano dalla nonna. Siccome aveva cucito insieme dei pezzi di stoffa trapuntata, il cotone di cui era imbottito gli dava un aspetto soffice.

«Di solito nei giorni di riposo ti vedevi con Shōhei, no? È forse successo qualcosa?»

Miho aveva già parlato in precedenza a sua nonna del blog. Le aveva anche messo un link sullo smartphone, e pare che ogni tanto lei lo leggesse.

«Umh...»

«È per via dei soldi?»

«Quando ho scritto sul blog riguardo alla sua borsa di studio, ho avuto dei forti riscontri.»

In realtà i riscontri erano stati molto più che forti. Due giorni dopo, una famosa blogger, che era anche scrittrice, aveva twittato: Cara ragazza che non sa come fare con il problema della borsa di studio del suo fidanzato: vorrei tifare per te, dirti di farti forza, ma devo ammettere che un debito di cinque milioni e mezzo di yen è una cosa difficile da affrontare. Chissà se le istituzioni non possano fare qualcosa? Al tweet era linkato il blog di Miho. Il tutto era stato ritwittato da svariati altri blogger e alcuni lo avevano fatto citandola e aggiungendo le loro personali opinioni. Le visualizzazioni della pagina erano ulteriormente aumentate, arrivando a un numero a cinque cifre e anche la quantità dei commenti era cresciuta in maniera esponenziale. Non erano soltanto pareri favorevoli. In mezzo alle frasi che dicevano Coraggio! o Un po' lo capisco quello che provi, Peako. È normale che tu non sappia cosa fare, c'erano anche altri commenti che dicevano Questa ragazza non ha il diritto di sposarsi, Tanto per cominciare, le premesse sono sbagliate. Se il denaro è così importante, avrebbe dovuto cercare fin dall'inizio quel tipo di uomo, Povero il suo ragazzo, che la vede scrivere questo di lui, Chi non vuole restituire il denaro preso in prestito è al pari di un ladro.

Miho era parecchio giù di morale e aveva avuto perfino paura, perché molti dei commenti denotavano un completo fraintendimento di ciò che lei aveva scritto.

"Comunicare quello che si prova a molta gente è una cosa davvero difficile", aveva pensato.

Nonostante avesse immediatamente caricato un post in cui ringraziava tutti per i pareri espressi e ammetteva che doveva rifletterci con calma, dopo non aveva più scritto nulla sulla borsa di studio. Tuttavia voleva comunque proseguire con il blog. Lo aveva già annunciato ed era per quello che aveva coinvolto anche Kotoko.

«Non ti pare che ci sia qualcosa di più importante di questo tuo blog?»

«Cosa?»

«Dopo quella sera hai poi parlato di Shōhei con tua madre e tuo padre?»

«No, ho semplicemente incontrato la sua famiglia.»

Miho raccontò a Kotoko tutto quello che era successo quando era andata a casa dei genitori di Shōhei. Che era rimasta parecchio sorpresa per il fatto che erano persone dall'aria molto diversa rispetto ai suoi, e aveva avuto l'impressione che avessero contratto anche altri debiti... Insomma, aveva pensato che avessero un diverso modo di considerare i prestiti, ma che non sembravano persone di indole cattiva.

«Ho capito.»

«Che ne pensi, nonna? Se fossi al mio posto che faresti?»

«È una domanda difficile», rispose Kotoko esitante.

«L'altro giorno hai detto che un tempo era frequente che le persone avessero un debito simile, non è vero?»

«Be' sì, però il costo della vita era diverso. Anni fa era un'epoca in cui, quando lievitavano i prezzi, aumentavano anche gli stipendi. Ecco perché bastava impegnarsi e lavorare per poter restituire il denaro, e poi in una decina d'anni anche il valore stesso del debito mutava. Però adesso... Sì, ultimamente l'economia va un po' meglio, ma se si ritornasse a una fase di deflazione i debiti crescerebbero in maniera tangibile.»

«Smettila di dire soltanto cose che mi mettono ansia.»

Kotoko scosse il capo. «Non è mia intenzione. E inoltre, come dici tu, quella che deve sposarsi sei tu, Miho. Perciò è anche vero che l'importante è che le persone coinvolte siano ben ferme nella loro decisione. Un buon partito è una merce rara.»

«Shōhei è un buon partito?»

«Se fa il suo lavoro come si deve, non è violento, non gioca d'azzardo e non beve, probabilmente è già più che abbastanza.»

A quel punto Kotoko iniziò a parlare a Miho di Yasuo e Kinari. A quanto pareva, i due avevano di recente cominciato a convivere.

«Yasuo è un uomo che non guadagna molto, ma nonostante questo Kinari ha pensato che fosse un buon partito, no?»

«Mi domando cosa ci abbia trovato di tanto buono.»

«Di sicuro ha pensato che per fare un figlio e condividere la vita, più che il denaro le andasse bene lui. O per lo meno questo valeva per Kinari.»

«Capisco.»

«In altre parole, alla fine dipende tutto da te, non credi Miho? Devi essere tu ad assumerti la responsabilità della tua vita. Per quanto i tuoi genitori o io possiamo metterci d'impegno, non potremo mai sostituirci a te.»

Kotoko stava cercando di confortare Miho, ma quelle parole le facevano paura.

Il mese successivo le arrivò un messaggio da Shōhei, che per un bel po' non si era fatto sentire: Stavolta ho avuto l'onore di creare il manifesto per il duo classico europeo «Favorite». Da quando sono entrato in azienda ho sempre avuto a che fare con lavori in cui avevo solo un ruolo di supporto, ma questo è il mio primo lavoro individuale. Dal primo del prossimo mese i manifesti verranno distribuiti e affissi in ognuna delle principali stazioni delle ferrovie private JR, e sicuramente in quelle di Ueno, Roppongi, Shibuya, e altre in cui ci sono sale per concerti. Se per caso aveste occasione di vederli, sarei felice se fermaste un attimo il passo a pensare: "Questo qui lo ha fatto Shōhei Numata!".

Non era un messaggio inviato soltanto a Miho, ma a tutta la rubrica. Quando nella casella di posta vide il suo nome, si sentì felice e il cuore le balzò in gola. Anche se, una volta capito che aveva inviato lo stesso messaggio anche agli altri della rubrica, ci era rimasta un po' male.

Le venne subito in mente di telefonare a sua nonna.

«Senti, nonna, tempo fa avevi detto di essere disposta a conoscere Shōhei, non è vero? Se per te va bene, mi faresti almeno la cortesia di venire con me a vedere un manifesto che ha disegnato lui?»

Anche per Miho sarebbe stata la prima volta che vedeva un suo manifesto. Però, siccome aveva visto un lavoro di graphic design che lui aveva fatto per la laurea, era sicura che fosse venuto di certo molto bene.

«Sono contenta dell'invito, Miho, ma ci devi andare con tua madre e tuo padre.»

«Eh? Ma loro non ci verranno di sicuro! Lo sai anche tu che hanno un totale rifiuto nei confronti di Shōhei.»

«Non è affatto così. In fondo tu sei la loro adorata bambina, è ovvio che abbiano voglia di conoscerlo. Se poi tua madre dicesse che non lo farà mai e poi mai, allora ci verrò io.»

«Però...»

«Sono i tuoi genitori.»

Da quando sua madre aveva detto di opporsi al suo matrimonio, Miho non aveva contatti con lei. Sentendosi in qualche modo a disagio, le comunicò brevemente la cosa con un semplice SMS.

– Prossimamente un manifesto creato da Shōhei verrà affisso nelle stazioni. Il primo giorno vorrei andare a vederlo, ci verresti insieme a me?

Dopo un intero giorno di silenzio, quando Miho si era già mezzo arresa, arrivò una risposta da sua madre. Ho capito. Ci vengo.

Si diedero appuntamento a Shibuya, al rientro di Miho dall'ufficio. Quel giorno, quando al mattino era arrivata in azienda, non aveva visto il manifesto nel tragitto da Jūjō a Shinjuku. Finito di lavorare, si recò al luogo stabilito per l'appuntamento, cioè ai tornelli davanti a Hachikō all'interno della stazione di Shibuya, e accanto a sua madre, che aveva un'espressione rigida, vide anche suo padre, in giacca e cravatta. Dal fatto che aveva la sua valigetta si capiva che stava rientrando dall'ufficio.

«Oh, è venuto anche papà?»

«Quando gliene ho parlato, ha detto che voleva venire.»

Miho si girò verso suo padre e lui annuì. «Perché è una cosa importante.»

«Eh?»

«È una cosa importante che ti riguarda.»

Vedendo che Miho se ne restava zitta, senza sapere cosa rispondere, sua madre disse: «Allora, andiamo a cercarlo?».

Scrutando tutto intorno, per prima cosa camminarono nella stazione dal lato della JR.

«Ma tu puoi camminare, mamma?» chiese Miho, preoccupata per lei, che appena un mese prima aveva subito un'operazione. Lei rispose con un impercettibile sorriso.

«Ormai camminare non è più un problema. Anzi, in una certa misura, camminare mi fa bene per evitare che si formino delle aderenze nel punto in cui mi hanno tagliato.»

«Nei miei giorni di riposo, andiamo a passeggiare insieme», aggiunse suo padre.

«Sul serio?»

L'idea di quei due che camminavano uno accanto all'altra era assolutamente impensabile quando Miho abitava insieme a loro. Magari, da che erano rimasti soli, il loro stile di vita era cambiato.

«A tuo padre inaspettatamente piace molto camminare. E dal momento che grazie al golf è già allenato, vedessi come fila spedito!»

Chissà se era solo un'impressione di Miho, ma mentre diceva quella cosa, l'espressione di sua madre era in un certo qual modo imbarazzata. Camminarono lenti per tutto il lato della JR e fecero un giro fino ai grandi magazzini Tokyu, ma non c'era nessun manifesto che potesse essere opera di Shōhei. Ogni volta che ce n'era uno che riguardava un concerto, Miho ci correva vicino e controllava, poi i suoi genitori la raggiungevano lentamente da dietro. Le sembrava di essere tornata bambina. Poiché Miho era la secondogenita, non era quasi mai successo che uscissero solo loro tre, come stavano facendo ora, Maho era sempre insieme a loro. L'unico posto in cui erano andati in tre era stata la sua cerimonia di laurea. Anzi no, c'era stata un'altra volta. Il giorno delle gare sportive, in seconda elementare, sua sorella aveva preso l'influenza ed era quindi assente. Dopo aver lasciato Maho a casa della nonna, i suoi genitori erano venuti insieme a vederla gareggiare. Sulla strada del ritorno, Miho, suo padre e sua madre avevano camminato tenendosi tutti e tre per mano da scuola fino a casa. Quel giorno, seppur preoccupata per le condizioni di salute di sua sorella, Miho era felice di poter avere i suoi genitori tutti per sé. In mezzo a suo padre e sua madre, era così eccitata che davvero i suoi piedi quasi non toccavano il suolo, e più volte era stata sul punto di fare un capitombolo. Lei e Maho andavano d'accordo, però non poteva fare a meno di desiderare di avere molto di più lo sguardo dei suoi genitori su di lei. Quando se lo ricordava provava affetto per la sé bambina. Riflettendoci, le tornò in mente che anche suo padre, che dava l'impressione di aver sempre affidato alla moglie le cose di casa, aveva partecipato agli eventi che riguardavano le figlie.

«A quanto pare non c'è.»

Pur cercando dappertutto dentro la stazione della JR, non c'era niente che potesse essere il manifesto di Shōhei.

«A questo punto non resta che andare di sotto», disse il padre di Miho a bassa voce.

«La metropolitana, dici?»

«Le altre stazioni della JR le possiamo girare dopo, mentre torniamo verso Jūjō, perciò ora scendiamo in metropolitana.»

Miho avrebbe voluto evitare la metropolitana. Sapeva quanto la stazione della metro di Shibuya fosse enorme, piena di scale, e intricata. Per di più, alle sei passate, traboccava di gente. Aveva l'impressione che già solo la folla l'avrebbe sfiancata.

«Ma per te va bene, mamma? Ce la fai ancora a camminare?»

«Per così poco ce la faccio benissimo.»

Forse per una premura nei confronti del viso preoccupato di Miho, Tomoko le mostrò un sorriso un po' più aperto rispetto a prima.

«Per prima cosa proviamo ad andare al piano dei tornelli», propose suo padre, insolitamente energico.

«Sì!»

"Lo sapevo, sono sempre il mio papà e la mia mamma."

Guardando le figure di spalle dei suoi genitori che, davanti a lei, si stavano dirigendo verso le scale della metropolitana, Miho pensò che le bastava già solo quello. Non avrebbe mai immaginato che, nonostante si trattasse di quel Shōhei, a cui si erano così tanto opposti, avrebbero cercato per lei con tanto impegno.

Tuttavia, anche al piano dei tornelli e nel corridoio in cui erano allineati i vari negozi, il manifesto di Shōhei non c'era.

«E adesso non resta che comprare il biglietto per entrare e andare giù ai binari», insisté suo padre.

«No, non fa niente. Basta così. Proverò a cercarlo io un altro giorno in qualche altra stazione. E poi, quando lo trovo, vi contatto un'altra volta.»

«No, dai. Ora che siamo venuti fino a qui, non lasciamo perdere, no? Come ultima cosa proviamo almeno a guardare dentro la stazione della metro, su!»

Kazuhiko andò avanti per primo e si mise in fila per acquistare i biglietti.

«A quanto pare è stata tua nonna a dirlo a tuo padre.»

«La nonna? E che gli ha detto?»

«Che siccome si tratta del compagno della sua adorata figliola, se non si faceva coinvolgere per bene, in maniera più attiva, poi in seguito se ne sarebbe pentito.»

«Davvero?»

«Pare che gli abbia detto che d'ora in avanti saranno sempre meno le occasioni in cui, in quanto famiglia, noi saremo coinvolti nella tua vita, Miho.»

«Sempre meno...»

«Nel caso in cui tu ti sposassi e avessi dei bambini, noi non avremmo più nulla a che vedere con quel che decidi o giudichi di fare. Questa è probabilmente l'ultima volta.» Sua madre sorrise con aria triste.

«Non è affatto vero.»

«Forza, andiamo.» Kazuhiko tornò da loro e distribuì i biglietti.

«È la prima volta che uso un biglietto solo per l'ingresso alla stazione.»

«Ora che me lo dici, è la prima volta anche per me!»

Miho e sua madre si guardarono in faccia e scoppiarono a ridere.

«Sono i tuoi genitori.» Le parole della nonna le scorrevano nella testa come un refrain.

«Per prima cosa proviamo ad andare al piano più in basso, quello della linea Fukutoshin. Poi da lì, verremo su un po' alla volta.»

Prendendo due ascensori scesero nel sottosuolo.

«Non avevo mai usato questa linea, ma è veramente in profondità, eh!» disse sua madre, che li precedeva, voltandosi indietro verso Miho e suo padre.

«Perché la linea Fukutoshin è l'ultima che hanno costruito. Immagino che non ci fosse più spazio per fare un altro binario.»

Quando arrivarono sulla banchina era appena arrivato un treno, ed era stracolma di passeggeri.

«Scusate tanto! Vado io avanti a cercare, e se lo trovo torno indietro a chiamarvi. Voi camminate pure lentamente.»

Miho stava per mettersi a correre, quando sua madre la fermò.

«Se ti metti a correre con tutta questa gente è pericoloso. Non ti devi preoccupare per me, perciò su, camminiamo. E poi, facendolo lentamente, riusciamo a vedere entrambi i lati del binario, per cui è la maniera più efficace.»

Anche il padre di Miho approvò quelle parole con un cenno del capo.

«Scusate, e grazie», disse Miho, mortificata.

Il manifesto era al centro della banchina. Miho lo riconobbe a dieci metri di distanza, al punto che sembrava uno scherzo il fatto che fino ad allora non lo avessero trovato. Sentì un tonfo nel petto, lo stesso che aveva provato la prima volta che aveva visto un disegno di Shōhei.

«Che ti succede?» le chiese sua madre, accorgendosi che aveva assunto una camminata svelta.

«Credo che sia quello», disse Miho indicandolo.

Quando si avvicinò, vide che era effettivamente del duo classico che Shōhei aveva menzionato nel messaggio.

«È lui?»

«Sì, penso che non ci sia ombra di dubbio.»

Tutti e tre si misero dritti davanti al manifesto. Era molto più grande di quanto Miho avesse pensato. Su uno sfondo nero, come quello di un cielo di notte, era tracciato un disegno con dei minuscoli puntini dorati. Sembravano delle stelle, ma, a guardar bene, anche il profilo di una donna e una luna. Solo alle labbra della donna era stato dato un piccolo tocco di rosso, che appariva come un cuore fluttuante nel cielo notturno. Con lo stesso color oro erano posizionati in maniera discreta il luogo e l'orario del concerto, e il nome del duo. Miho lo trovò davvero magnifico. A prima vista semplice, ma invece notevolmente elaborato.

«Chissà se è fatto con la tecnica della lacca?» disse Kazuhiko.

«Che?»

«Sembra un semplice disegno, però mi domando se per l'occasione non se lo sia fatto realizzare prima in lacca e poi l'abbia fotografato e editato.»

Ora che glielo sentiva dire Miho pensò che le strisce verso

i bordi, che sembravano nuvole nel cielo, erano forse dovute alla lucentezza della lacca.

«È vero. Ma che bravo papà, che te ne sei accorto!»

«In effetti è molto elaborato», disse sua madre, come impressionata. Il marito le mise una mano sulla spalla.

«Lo facciamo venire a casa nostra, così gli domandiamo come lo ha fatto?»

«Per te va bene?» chiese Miho girandosi istintivamente verso Tomoko. Lei stava ancora osservando il disegno, con una piccola ruga in mezzo alla fronte.

«Se dovessimo dirti di no, lo faremo solo dopo averlo conosciuto. Ho la sensazione che altrimenti ce ne pentiremmo. È quest'opera che me lo sta dicendo», disse il padre, e la madre fece un lieve cenno di assenso.

«È stato proprio bravo ad accorgersene, sa?»

All'ora di pranzo del successivo giorno feriale, Shōhei, che si era presentato a casa Mikuriya in abito elegante, si sorprese della capacità di osservazione del padre di Miho.

«È proprio così. In origine me lo sono fatto realizzare in lacca, e poi ho caricato la foto su un software del PC e l'ho editata. A essere sincero, è costato parecchio tempo e denaro, perciò i colleghi più anziani e i miei superiori mi hanno fatto una ramanzina, sostenendo che avrei dovuto disegnarlo tutto con quel programma simulando la lacca, ma io mi sono impuntato, dicendo che così non avrebbe avuto profondità. È stata una vera fatica», spiegò Shōhei sporgendosi in avanti col busto, felice che qualcuno l'avesse capito. Poi, all'improvviso, come se si fosse reso conto di trovarsi nel soggiorno della casa di famiglia della sua fidanzata, sorrise con aria imbarazzata e bevve un sorso del tè che la madre di Miho aveva portato.

«E senti… quel tipo di tecnica l'hai studiata all'università?» chiese Tomoko, dopo aver finito di servire il tè, mentre si accomodava accanto a Kazuhiko. Per quanto Shōhei fosse un ospite che originariamente non erano molto ben disposti ad accogliere, quel giorno sembrava che sapere cose su di lui fosse per loro la cosa più importante al mondo.

«Sì. All'università mi sono state insegnate tutte le tecniche di base. Inoltre in questi pochi mesi, da quando sono entrato in azienda, ho imparato innumerevoli cose. Possediamo le tecnologie più avanzate, e anche il livello dei colleghi più anziani è molto alto, per cui apprendo di continuo.»

Nonostante Shōhei fosse a conoscenza del fatto che i genitori di Miho sapevano della borsa di studio, rispose loro in modo chiaro e senza la minima esitazione. Sembrava persino che la conversazione lo stesse divertendo.

«Da quanto dici sembra una buona azienda, eh?»

Il padre di Miho, che di solito era uno di poche parole, stava chiacchierando parecchio.

«Anni fa un mio insegnante mi disse che ci sono un sacco di cose che non puoi imparare fino a che non cominci a ricevere uno stipendio, ed è proprio vero. L'azienda per cui lavoro è leader nel settore, ma è fortemente votata alla formazione. Pretendono moltissimo e lo stipendio è un po' basso, ma quello che faccio è gratificante e i rapporti interpersonali sono molto buoni.»

Il padre di Miho annuì impressionato.

«Anche questa frase la prendo in prestito da un mio ex professore dell'università, ma lui diceva che in un'azienda se è buona anche una sola tra queste tre cose: stipendio, tipo di lavoro e rapporti interpersonali, allora si può andare avanti. Tuttavia, se tutte e tre sono inaccettabili, è meglio licenziarsi, altrimenti si rompe l'equilibrio mentale. Nella mia azienda ben due sono a posto, per cui be', penso che mi sia andata bene.»

Shōhei si mise a ridere grattandosi in testa e coinvolgendo nella sua risata anche i genitori di Miho. Accanto a loro, quest'ultima stava riportando alla mente svariate cose. Nel periodo in cui lei e Shōhei avevano cominciato a frequentarsi, aveva comprato un vestito in un negozio di Shinjuku. Quando era ritornata a casa si era accorta che l'orlo dell'abito era leggermente strappato. Così lo aveva riportato subito al negozio, ma la commessa, con dei modi bruschi, le aveva detto che non accettavano resi. Era stato Shōhei che, senza litigarci e senza arrabbiarsi, era stato abile a negoziare fino a far sì che lei potesse restituire l'articolo. In un certo qual modo le era sembrato uno su cui poter fare totale affidamento. Da allora, le sembrava ancora più risoluto. Anche se, essendosi visti per lo più a casa dell'uno o dell'altra da che si erano messi insieme, non aveva avuto affatto modo di accorgersene.

«Senti...» disse sua madre a Shōhei, dopo essersi scambiata uno sguardo con suo marito. «Ora mi piacerebbe offrirti il pranzo, ma siccome poco tempo fa sono stata ricoverata, non sono proprio in ottima forma.»

«Ah sì, Miho me lo ha detto. Deve perdonarmi se mi sono presentato in un momento simile.»

«Ma no, figurati. Siamo stati noi a invitarti. E quindi, ecco, io e mio marito avevamo pensato di ordinare del sushi o dell'anguilla, ma tu quale dei due preferiresti? Se poi non ti piace il pesce, di' pure cosa vorresti. Qualunque cosa.»

Shōhei guardò Miho. Anche lei fece sì con il capo, dicendogli: «Non fare complimenti».

«Allora... posso avere del sushi?»

«Bene, ordiniamo quello.»

Anche dopo che da un locale lì vicino era stato portato il cibo, la conversazione non si interruppe. Parlarono dei club cui Shōhei aveva aderito quando era alle medie o alle superiori, che cosa l'avesse spinto a specializzarsi in belle arti e poi, passando a Miho, di che tipo di bambina fosse stata.

«Questa zuppa l'ha preparata lei, vero signora?» disse Shōhei a un certo punto, prendendo la ciotola che era accanto al sushi.

«Ah sì, ho pensato di fare almeno quella.»

Dentro la ciotola c'erano delle vongole aperte. Non si poteva non pensare che quello fosse un piccolissimo modo che sua madre aveva scelto per festeggiare la prima volta che l'uomo che probabilmente avrebbe sposato sua figlia era venuto a casa loro.

«È squisita. Si sente bene il sapore del dado.»

«Normalmente uso un dado pronto in granuli, ma oggi, siccome veniva un ospite, l'ho preparato come si deve, partendo dall'alga *kombu*.»

«Davvero? Mia madre non sa cucinare, per cui, a parte nei ristoranti è la prima volta che ne mangio una così.»

Nell'istante in cui Shōhei tirò fuori quella cosa sulla sua famiglia, Miho avvertì una lieve tensione tra i suoi genitori.

«L'abbiamo saputo da Miho.»

La madre appoggiò le bacchette e si raddrizzò.

«Intendo la questione della borsa di studio.»

«Sì.»

Anche Shōhei, che aveva spazzolato quasi tutto il sushi, mise giù le bacchette. A guardar bene, la madre di Miho, invece, non aveva quasi toccato cibo. Nonostante stesse mantenendo la calma, doveva essere parecchio tesa.

«Io e mio marito ne abbiamo parlato.»

I due coniugi si scambiarono un cenno d'intesa.

«Mamma, di questa cosa possiamo anche parlarne in un altro momento.»

«No, Miho, ascolta.»

«Va bene così, tanto lo so già», disse Shōhei interrompendo madre e figlia. «So che siete preoccupati. È una cosa ovvia, trattandosi di una somma esorbitante. Solo che, personalmente, penso di dovermene occupare io, visto che è un debito che hanno contratto per permettermi di studiare.» Shōhei fece un inchino. «Vi chiedo scusa. Credo sia inevitabile che per questa cosa voi siate contrari alla nostra unione. Però non sareste disposti ad aspettare un po' di tempo? Per quanto adesso mi sia impossibile sposare Miho, mi farebbe piacere restituire il denaro o cercare un'altra soluzione continuando a stare con lei.»

A questo punto Shōhei spiegò un piano che doveva aver escogitato negli ultimi tempi.

«Da quel giorno non ho fatto che pensarci. Che magari, traslocando in un posto più economico, e tagliando le spese fisse, potrei riuscire a restituire molti soldi. Ne ho parlato in azienda, e mi hanno detto che, se lo faccio nei giorni festivi, mi danno il permesso di intraprendere un secondo lavoro... Perciò la mia intenzione è di estinguere il debito facendo anche un altro piccolo lavoretto.»

I genitori di Miho si guardarono di nuovo.

«Vedo che hai pensato proprio a tutto, eh?»

«Sì. Anche se mi dispiace moltissimo dover far aspettare Miho.»

Sentendo quello, il padre disse: «Allora siamo d'accordo, vero Tomoko?», lanciandole uno sguardo per ottenere da lei il permesso. La madre fece un lieve cenno di sì.

«In realtà anche noi abbiamo una piccola idea.»

«Quale?»

Miho sentì una fitta al petto, immaginando che stessero per fare un discorso spaventoso. Sua madre la guardò negli occhi e scosse leggermente il capo, come a dirle che non doveva preoccuparsi.

«Anche noi ci siamo a lungo confrontati. Abbiamo chiesto consiglio anche alla nonna di Miho, che sarebbe mia madre. E così abbiamo deciso che dei cinque milioni e mezzo di yen del debito, cinquecentomila yen ve li daremo noi, come fossero il nostro dono di nozze per Miho. Poi, i restanti cinque milioni, che ne pensate se li prendeste in prestito dalla nonna e li restituiste tutti insieme all'associazione che ha erogato la borsa di studio? Questi cinque milioni li ridarete alla nonna in dieci anni a un interesse dell'un per cento. Sarebbero all'incirca 43.800 yen al mese. Ovviamente compilerete anche i documenti necessari per il prestito. Così sarà una cifra che, lavorando in due, sarete in grado di restituire, e poi trattandosi di soli dieci anni l'impatto che questo avrà sul vostro futuro diventa un po' più piccolo, non vi pare?»

«Papà...» erano anni che Miho non vedeva suo padre parlare con una tale energia e così tanto a lungo.

«È un totale spreco pagare un interesse pari a quasi due milioni di yen. Invece, se il prestito è di dieci anni, anche se d'ora in avanti aveste dei bambini, lo estinguerete prima che arrivi il momento in cui vi occorrerà più denaro.»

«Quando avrete dei figli, e se dovesse succedere qualcosa alla nonna, allora ripenseremo alla cifra da restituire», si intromise Tomoko.

«Ma perché fate questo per me?» gridò Shōhei invece di pronunciare parole di gratitudine o di scuse, forse perché sorpreso. «Perché vi spingete a fare questo per un estraneo come me?»

«Perché lei è la nostra famiglia. Miho è la nostra adorata figlia e noi vogliamo che sia felice», disse la madre con voce soffocata. «Parlerò con onestà. Quei soldi... sia i cinquecentomila che vi daremo noi e sia i cinque milioni della nonna non sono affatto una piccola somma. Anche per noi sborsarli è una cosa piuttosto difficile e che ci costa parecchio. Voglio che questo ti sia ben chiaro. E poi voglio che tu renda felice la nostra Miho.»

«Mamma, papà, grazie», disse Miho chinando il capo.

Sua madre le disse: «Devi ringraziare tua nonna. Perché è stata lei a fare questa proposta».

«Immagino che Miho ve lo abbia detto, ma io non ho mai ricevuto molto amore, nemmeno dai miei genitori. Per questo motivo anche in futuro potrei finire per commettere qualche goffo errore nei confronti di Miho. Vi chiedo quindi, per favore, di farmi voi da guida, qualora capitasse.»

Shōhei si alzò in piedi e fece un profondo inchino. «Grazie infinite. Sono senza parole. Non dimenticherò mai quello che avete fatto per me.»

«Ti raccomando nostra figlia.»

Miho si accorse che anche Shōhei stava piangendo.

E così per il momento il problema della borsa di studio è stato sistemato.

Si è deciso che d'ora in avanti noi due, per dieci anni, restituiremo il denaro un po' alla volta. Senza dubbio saranno anni lunghi e difficili. Di tanto in tanto, com'è normale che sia, mi capita ancora di sentirmi spaventata.

Adesso stiamo cercando di affittare una casa che sia il più vicino possibile a quella di mia nonna, alias Funeko, e di recarci così direttamente a casa sua nel giorno del pagamento della rata. Anche se mia nonna, inaspettatamente, non ci tiene poi così tanto. Anzi, dice che è contenta perché «al giorno d'oggi non si trovano tanto facilmente dei posti che ti applicano un reale tasso d'interesse dell'un per cento».

È proprio un'ottimista in tutto e per tutto.

E come credete che io mi sia convinta?

Ho pensato che nella vita ogni cosa sia un'esperienza e

un'opportunità, e che quindi anche un debito sia un'esperienza, e possa diventare un'opportunità.
Ecco perché ho intenzione di descrivere qui nei dettagli come procederà la restituzione del denaro.
Voi aspettate e vedrete.
Nella vita ci sono un sacco di cose sulle quali non abbiamo potere. L'età, le malattie, il genere sessuale, il tempo...
Io credo che anche qualche tipo di debito sia una di quelle.
In tal caso, allora non è poi così impensabile che noi che lo abbiamo possiamo essere felici, no? Cosa c'è di male a pensarla così?
Il denaro, il risparmio, sono fatti per rendere felici le persone.
Ma se diventano uno scopo non va bene. Sono parole della nonna, ma anch'io adesso le condivido con tutto il mio cuore.

bentō: pranzo al sacco tipico della cultura giapponese, conosciuto all'estero anche con l'espressione inglese *lunch box* o *bentō box*. Si tratta di un contenitore suddiviso in scomparti con al suo interno un pasto completo a base di riso bianco, verdure, uova e altri cibi proteici. Preparato in casa o acquistato già pronto, è il tipico pranzo di studenti e impiegati.

konbini: abbreviazione di *konbiniensu sutoa*, dall'inglese *convenience store*, sorta di emporio che vende prodotti di uso quotidiano, in genere aperto ventiquattr'ore su ventiquattro.

mochi: preparazione a base di riso glutinoso (*mochigome*), cotto al vapore e pestato in modo da diventare una pasta appiccicosa, poi modellata in piccole focacce rotonde. A contatto con il calore, specie se immerso nel brodo, il *mochi* riacquista consistenza gommosa, ed è uno degli ingredienti base della zuppa *o-zōni*. Oppure può fungere da base per la preparazione di diversi dolciumi, il più famoso dei quali è il *daifuku*, un *mochi* ripieno di marmellata, per esempio di fagioli azuchi.

osechi-ryōri: cibo tipico del Capodanno, venduto in speciali scatole da *bentō* chiamate *jūbako*. I piatti che compongono l'*osechi* hanno ciascuno un significato particolare che celebra il nuovo anno: alga *konbu*, soia nera, orata, uova di aringa ecc.

o-zōni: zuppa di verdure. Il 1° gennaio in Giappone è una festa religiosa, tant'è che nella notte tra il 31 dicembre e il 1° gennaio ci si reca al tempio per ringraziare la fine felice di un anno e pregare perché il nuovo trascorra senza problemi. Ci si riunisce tutti insieme a mangiare piatti della tradizione, tra cui questa zuppa.

ramen: piatto a base di tagliatelle o spaghetti serviti in brodo. La pasta è preparata con farina, acqua e sale, con aggiunta di *kansui* (una sostanza fortemente alcalina, solitamente carbonato di sodio o carbonato di potassio, che conferisce ai *noodles* un sapore unico e il caratteristico colore giallognolo). Servito in ristoranti dedicati (*ramen-ya*) conosce un'infinità di varianti e locali.

N.B. Al cambio attuale 1 € equivale a circa 145 ¥.